U0024724

燕歌行

卷11

歷史真相

酒徒 著

目錄

CONTENTS

第一章

千斤買馬骨

「那就煩勞韓卿，替朕去招安朱元璋，
算是千斤買馬骨吧，給其他反賊也做個樣子！」
見朝臣們難得不再對著幹，
妥歡帖木兒衝中樞左丞韓元善揮了下手，一臉疲憊地說。
「臣誓不辱命！」韓元善立刻跪倒，大聲回應。

「爾等這是做什麼，速速平身！」妥歡帖木兒先是一愣，然後哭笑不得的擺手道。不怪脫脫瞧不起這些漢臣，的確膝蓋太軟了些。幾句話就給感動成如此模樣！

「謝陛下鴻恩！」中書左丞韓元善、中書參政韓鏞等漢官不敢抗命，伸手抹了抹眼角，緩緩站起。

妥歡帖木兒見此，心中愈發覺得脫脫不值得自己倚重。像這些漢官，明明對朝廷忠心耿耿，而脫脫卻千方百計防範他們，甚至規定凡議軍事，漢人、南人回避，這不是將人才朝淮賊那邊推麼？如果不是他平素所為太過，逯魯曾怎麼會戰敗之後就直接投降了朱賊？反過來千方百計跟朝廷作對！

正感慨間，卻見中樞左丞韓元善又抹了把眼淚，哽咽著向自己施禮道：「陛下，臣有一計策，可令朱賊死無葬身之地！」

「嗯？」脫歡帖木兒微微一愣，臉上立刻湧起幾分期待，「速速說予朕聽。若是可行，朕必將依從！」

「臣聞朱屠戶北犯之前，曾給其麾下眾賊排了座次，他若死，徐達繼之；徐賊死，則吳良謀、胡大海、吳二十二和劉子雲按順序繼承，唯獨將陪著其一道出生入死多次的心腹蘇明哲排除在外；而那蘇賊明哲，在淮安群賊中又穩坐第二把交椅，如今朱、徐兩賊都出征在外，蘇賊坐擁淮揚，若是陛下許下高官厚祿，他區區一個編外小吏，豈能不感激涕零？」

「嘶！」蒙元君臣齊齊倒吸冷氣。一直想著如何對付朱重九，如何對付徐達，卻偏偏把這淮安軍中穩坐第二把交椅的蘇明哲給忘了！

此人可不像朱屠戶，擺明了要革蒙元的命；此人也不是徐達，當初不造反的話，早已成了一具餓殍。此人是落第秀才，徐州府的弓手，好歹也算是天子爪牙，對為「國」出力，心裡一點兒都不排斥。**此人陪著朱屠戶出生入死，到頭來卻要做千年老二，他心中豈能半點怨氣都沒有？**

「臣蒙陛下不棄，倚為肱骨。多年來卻寸功未立！」正當妥歡帖木兒興奮得幾乎跳起來的時候，中樞左丞韓元善又拱了下手，自動請纓道：「若陛下有招降那蘇賊之意，臣願輕衣簡從前往淮安，以三寸不爛之舌說其舉城來降，給朱屠戶來一個釜底抽薪！」

「不可！」話音剛落，平章政事哈麻立刻大聲反對，「那淮揚乃虎狼之穴，吉凶難測，萬一蘇賊執迷不悟，將韓大人扣下來以向朱屠戶明志，我朝豈不又痛失一肱骨?!」

「微臣以為，去招安那蘇賊明哲，用一行省參政足矣，若是派一中書左丞，反倒助長了其囂張氣焰！」監察御史袁賽因不花也站出來附和。

話說得非常漂亮，但內心深處，其實**二人在意的根本不是韓元善的死活，而是大元朝的等級次序！**

如果招安一名造反的弓手，都得派出個正二品中樞左丞去，那要是縣令、知府或者某地漢軍萬戶也造了反，豈不是得大元皇帝妥歡帖木兒親自去跟他談判？況且韓元善對朝廷來說雖然是擺設一個，但畢竟級別在那，萬一被蘇賊當眾給推出去砍了，朝廷臉面往哪兒擱啊?!

「依微臣之見，不妨讓韓大人先修書一封給蘇賊，試試他的態度。」

比起哈麻和袁賽因不花二人來，脫脫之弟，御史大夫也先帖木兒的思維倒是靈活了許多。「俗語云，勝負不僅見於陣前，即便蘇賊不肯答應，畢竟韓大人的信也能在他和朱賊二人間埋下一根巨刺！」

「那倒是，戰場上數月勞師無功，所以只能寄託在這些虛無縹緲的盤外招數上！」哈麻立刻接過也先帖木兒的話頭，冷嘲熱諷地說。

「所以說，上陣親兄弟嘛！」袁賽因不花也湊趣道。

脫脫帶著舉國精銳遠征淮揚，幾個月來消耗錢糧無數，除了炸開黃河，淹死了數十萬無辜百姓之外，至今沒有任何實質性功勞，反倒讓朱屠戶冷不防打過了黃河，如果是個知道進退的，早就該交出兵權，回到大都城閉門思過，等待朝廷處置了。

而他非但不肯承認自己無能，反而利用其弟也先帖木兒和侍御史汝中柏等黨羽在朝中百般開脫，試圖永遠尸位素餐下去。

對此，非但脫脫的政敵哈麻、月闊察兒等人看著不順眼，一些原本持中立態度的官員，如御史中丞搠思監，中書右丞桑哥失里等，心中也頗有微詞。此刻見有人帶頭發難，立刻圍攏上前，七嘴八舌地幫腔道：「的確，也先帖木兒大人與脫脫大人兄弟情深，所以關心則亂。」

「陛下，臣彈劾御史大夫也先帖木兒因私廢公！」

「臣附議！」

「陛下，臣彈劾哈麻構陷大臣，擾亂軍心！」也先帖木兒之所以留在朝中，就是為了替自家哥哥看顧後路，聽眾人越說越不像話，給左右使了眼色，準備組隊開始反擊。

「陛下，脫脫大人為國殫心竭慮，奮不顧身，值此戰局未明之際，幾位大人不思全力助之，卻在其身後百般製造麻煩，其行可疑，其心可誅！」侍御史汝中柏是脫脫一手提拔起來的臂膀，立即跟在也先帖木兒身後左劈右砍。

「臣附議汝中柏大人！」

「臣願意用性命擔保，脫脫大人絕無私心！」

中書參政韓鏞、禮部尚書扎魯不花、兵部侍郎者別帖木兒等人，平素也跟脫脫多有往來，不願眼睜睜地看著他被人汙蔑，也紛紛站出來。

御書房裡，瞬間吵成了一鍋糊塗粥。支持脫脫兄弟和支持哈麻的臣子們，各列一陣，唇槍舌劍，鬥得不亦樂乎；至於韓元善到底該不該招安蘇明哲，或是採用哪種手段去招安才更為恰當，反倒沒人討論了。

妥歡帖木兒雖然是個有名的軟耳朵，卻也受不了臣子們當著自己的面打群架，直氣得臉色發青，用力一拍桌案，怒道：「住口！爾等到底想幹什麼？爾等眼裡還有朕這個天可汗麼？」

「陛下恕罪！」眾臣子嚇了一跳，這才注意到君前禮儀，紛紛退開數步，叩頭謝罪。「臣等失態了，請陛下責罰！」

「都給我滾起來！」妥歡帖木兒指著眾人，咆哮道：「除了互相傾軋，爾等還會什麼？」

這些臣子們，一個個趴在地上，看似對自己這個皇帝禮敬有加，實則根本沒把自己這個皇帝當一回事，甚至對大元朝的興亡，恐怕他們也不在乎；反正朱屠戶不喜歡殺人，他們到時候主動投降過去，說不定還能像逯魯曾那樣平步青雲！

越想，妥歡帖木兒越是氣苦。自己這個大元皇帝，做的到底還有什麼意思？正恨不得大哭一場的時候，門外忽然傳來一陣凌亂的腳步聲。

緊跟著，朴不花滿臉灰敗地跑了進來，也不管御書房裡有多少大臣在，手扶著柱子，一邊大聲喘息，一邊流著淚彙報道：

「陛下，大事不好了啊，奴才剛剛得到消息，另一個朱賊於廬江擊殺奈曼不花，兵進安慶，如今整個安慶路已經俱不為朝廷所有了！」

「什麼？」妥歡帖木兒眼前一陣陣發黑。「哪個姓朱的？你從哪裡得知的消息？你說明白些！」

「陛下小心！」平章政事哈麻反應極快，趕緊撲過去，搶在妥歡帖木兒倒下之前攙扶住他的胳膊。「兵來將擋，水來土掩。一個小小的安慶，無關痛癢！」說罷，回過頭狠狠瞪了一眼朴不花，責備道：「你這高麗奴才，消息到底是從哪得來的？還不趕緊說個明白！」

「是，是二皇后命奴才組織高麗人四處替陛下打探軍情！」朴不花嚇得趕緊跪下，急急地解釋道：「奴才那些同族都對陛下忠心耿耿，他們在長江上得知安慶失守的消息，立刻想方設法以最快速度將消息傳了回來！」

「原來陛下在機速局之外，又讓二皇后私下招募了一批高麗細作！」平章政事哈麻偷偷看了妥歡帖木兒一眼，又看了看與自己同樣滿臉詫異的御史大夫也先帖木兒，腳底板隱隱有些發冷。

這件事，從頭到尾，他這個平章政事居然一點都不知情。看表情，脫脫之弟，另一派系的首腦人物也先帖木兒似乎也是第一次聽聞。

誰說陛下昏庸糊塗來著，誰說陛下怠慢朝政來著？如果他再勤快一點，做臣子的，哪裡還剩下什麼活路?!

「你這狗奴才，朕讓你找那些做生意的高麗人刺探淮揚反賊的消息，你怎麼連安慶的事也管起來了？」妥歡帖木兒的反應也不慢，強忍著頭暈目眩的感覺，呵斥道：「事情到底是哪一天發生的？有具體的密報麼？」

「有，有，在這兒，奴才已經帶來了！」

朴不花立刻從貼身口袋掏出一份被汗水潤濕的密報，雙手捧過頭頂，稟報道：「奈曼不花大人是五天前在廬江戰歿的，隨即另外一個朱賊，偽和州總管朱賊元璋就撲向了安慶。奴才知錯了，奴才記得陛下當初的叮囑，只管去對付淮揚朱賊；但奴才的族人都是些小商小販，什麼都不懂，請陛下念在他們一片為您效忠的赤心上，饒恕奴才和他們這一回。」

到底是個人精，一番話非但將緊急軍情說了個清楚，同時替妥歡帖木兒向群臣做出了解釋。

最近一年多來，朝廷派往淮安和揚州的細作，一批接一批的失蹤，朱屠戶那邊對待失手的細作，也不如像戰場抓到的俘虜那般客氣，要麼直接推到城外用火銃打爛腦袋，要麼送到窯場和礦山服十年以上苦役，導致整個機速局上下將潛入淮揚地區視為送死之旅，只要有辦法，皆避之唯恐不及，所以妥歡帖木兒如果只是針對淮揚安排高麗探子的話，倒也沒損害任何臣子的利益。

當然了，即便有損害，這個節骨眼兒上，也沒哪個不開眼的敢跳出來指摘妥歡帖木兒繞開滿朝文武的行為有失恰當，否則，妥歡帖木兒只要把臉一拉，質問眾人為何奈曼不花戰死這麼多天了，朝廷卻現在還沒得到任何消息，當臣子的一樣要面臨說不清的麻煩！

能爬到一二品大院位置上的，沒一個是傻子，哪怕是以耿直聞名的侍御史汝中柏，權衡了利弊之後，都沒有跳出來直諫，而是輕吸了口氣，建言道：「安慶乃水上咽喉，上接江州、武昌，下俯太平、集慶，萬一讓朱賊站穩了腳跟，江西和江浙俱危矣！」

「卿且少安勿躁，朕正在看！」剛剛從朴不花手中將密報拿過來的妥歡帖木兒白了汝中柏一眼，沒好氣地回道。

有些廢話根本沒必要說，整個河南江北行省的東部都被朱賊重九所掌控，另一個朱賊則卡住了安慶，隨時都可以封鎖長江水道，朝廷今後甭說派遣官員和兵馬到兩浙了，想知道那邊的消息，都得先從陝西、湖廣兩省繞個大圈，或者派人冒死從海上直接泛舟到松江。

這兩條路線中任何一條，來回少說都得半個月，要是江南發生重大變故，待朝廷插手時，黃花菜早都涼了。

「陛下……」汝中柏鬧了個大紅臉，嚅囁著嘴巴，訕訕退到一邊。

原本跟他屬於同一個陣營的兵部侍郎者別帖木兒，顧不上替隊友打抱不平，拱了下手道：「陛下，那朱賊元璋雖然名義上歸朱賊重九統屬，但據說其巢穴內所行之政，卻與淮揚那邊有諸多不同，其對天下士紳的姿態，也遠比朱重九這個屠夫要有禮數。」

「哦，卿此言何意？」妥歡帖木兒剛好將密報看完，讓自己儘量恢復鎮定。

「鎮南王叔侄去年冬天被朱賊重九所敗，至今元氣未能恢復！」者別帖木兒很有眼色，開口先擺脫了勸朝廷重新啟用鎮南王叔侄的嫌疑。「所以，他們叔侄能保住半個廬州已屬不易，根本沒有力氣去阻擋朱賊元璋；而達失八禿魯和帖木兒父子，眼下又鞭長莫及，所以眼下朝廷對於朱賊元璋只適合智取，不宜再出兵征剿！」

「嗯！你繼續說！」妥歡帖木兒緩緩坐回龍椅。

者別帖木兒的話很委婉，既隱晦地點明了眼下朝廷兵力捉襟見肘的事實，又杜絕了鎮南王叔侄東山再起的可能，令妥歡帖木兒不得不耐著性子聽下去。

「既然朱賊元璋並不甘心被朱賊重九掌控，又肯禮敬士大夫，那朝廷何不派一個德高望重的文臣前去招安於他？正像先前幾位大人所說的那樣，無論成與不成，至少都在他和朱屠戶二人之間打下了一根巨刺！」

「嗯，卿言之有理！」妥歡帖木兒再度點頭，然後將目光轉向御書房內的幾個文武重臣，「諸位愛卿以為如何？」

如果沒聽到朱元璋打進安慶的消息，哈麻肯定依舊要帶頭極力反對，然而眼下前一個姓朱的還沒解決，第二個姓朱的又站起來了，他就不能不權衡輕重了。

皺著眉頭思考了好一會兒後，謹慎地回道：

「臣以為，者別大人所言有理！眼下朝廷的確沒有太多精力放在安慶，而那安慶又與徐壽輝的老巢比鄰，朱賊元璋如果能洗心革面的話，無論對朱重八還是南派紅巾妖孽，都成了極大威脅！」

「臣附議！」難得哈麻沒有反對自己這派人的建言，御史大夫也先帖木兒趕緊敲磚釘腳。

「臣附議！」月闊察兒雖然很不滿哈麻的行為，但也不好公然跟自己屬於同一陣營的人唱反調。

「臣以為，者別大人所言，乃老成謀國之策！」中間派桑哥失里第三個表態。其他人，要麼屬於脫脫一派，要麼屬於哈麻一派，更不可能出言反對，紛紛贊同朝廷拿出高官厚祿，嘗試對朱元璋進行收買。

「那就煩勞韓卿，替朕去招安朱元璋，算是千斤買馬骨吧，給其他反賊也做個樣子！」見朝臣們難得不再對著幹，妥歡帖木兒衝中樞左丞韓元善揮了下手，一臉疲憊地說。

「臣誓不辱命！」韓元善立刻跪倒，大聲回應。

「愛卿平身！」妥歡帖木兒抬了抬胳膊，強擠出一絲笑容。「那朱賊元璋既然裝作禮賢下士，即便不肯招安，應該也不會為難韓卿，只是蘇賊那邊……」

「臣有一子名崢，蒙陛下之恩，進士及第，如今在通州組織民壯屯田。陛下如果不嫌其粗鄙，可以先將他召回來，替臣去揚州開道。想以他屯田使的身分，倒也不至於抬高了蘇賊，令其得意忘形！」韓元善磕了個響頭。

「這，朕豈能讓你父子同時去冒險？」妥歡帖木兒大為感動。

「若無大元，豈有臣父子的富貴榮華？臣一直慚愧無法回報陛下知遇之恩，如今終於得到機會，臣父子願意為陛下粉身碎骨！」韓元善眼含熱淚表白。

如果妥歡帖木兒再拒絕的話，可就寒了忠臣之心了，於是他咬著牙答應，「也罷，朕給你父子這個機會便是，無論出使結果如何，只要你父子活著歸來，朕定不負你父子的耿耿忠心！」

出使安慶，也許還能像者別帖木兒分析的那樣，平安而歸；出使淮揚，卻絕對是九死一生。韓元善身為漢臣，能為大元做到如此地步，哈麻、月闊察兒等蒙古、色目大臣即便心裡不痛快，反對的話也說不出口。

當即，君臣等人就把出使細節，以及能許給朱元璋和蘇明哲兩人的好處給定了下來，然後公開下旨褒獎韓元善父子，以壯其行色。

韓元善自然又是泣謝君恩，隨即出宮回家，收拾行李，準備出發。

其子韓崢也被朝廷派遣快馬輕車接回了大都，父子兩個見了面後，又是一陣豪言壯語。待朝廷派來的馬車和官員離開後，兩人來到書房內，卻是對坐垂淚。

「我兒，你可記得我韓家祖先崛起之事？」半晌之後，韓元善開口問道。

「父親大人可是說十代曾祖晉王隆運公？」畢竟是進士及第，韓崢立刻從家譜裡找到答案。

韓家雖然是大元朝的漢臣，卻是道道地地的北方人，其十代高祖韓隆運，就是歷史上遼國南下的急先鋒韓昌。在大遼國自統和元年到統和二十年間，六次對北宋的大規模戰爭中，都立下了赫赫戰功，所以賜姓為耶律，封晉王，子孫後代顯赫了上百年。

遼國被女真毀滅之後，韓家子孫便恢復了舊姓，出仕大金，輔佐完顏宗弼攻入汴梁。女真被蒙古所滅，韓家進入大元，憑著對戰場和在官場的無雙適應能力，漸漸在大元朝裡也站穩了腳跟。

雖然數十年來，韓家子侄都是清貴官兒，沒有掌握任何實權，但該有的土地、俸祿以及各項好處，卻半點兒都沒少撈！

如今到了回報朝廷的時候，韓元善豈能忘了祖宗遺訓？銜著自家兒子勉強嘆了口氣，道：「正是！吾兒，你莫怪為父心狠，硬生生拆得你妻離子散，實在是咱們韓家幾百年來，就是靠此才綿延不絕，富貴不斷！」

「父親大人放心，兒此番出使淮揚，必捨命報效朝廷，以為我韓家換取日後風光！」韓崢在回來的馬車上，已經想清楚了前因後果，對父親笑了笑，寬慰道。

誰料，中書右丞韓元善卻是低聲呵斥道：「胡扯，為父讓你想想祖先所為，豈是讓你前去送死?!為父今天苦苦在陛下面前討了這個差事，不是嫌自己和你活得太長，而是我韓家**又到了選擇的時候**！當年晉王殿下正是看出了大遼國運上升，而大宋自高粱河之戰後，兵馬一蹶不振，才捨命報效遼國。如今，**那朱屠戶連戰皆勝，已經露出一代霸主跡象，我父子怎麼能去做那螳臂當車之舉？**」

「父親大人……」沒想到轉折如此大，韓崢愣了愣，滿臉錯愕。

「你個癡兒！」韓元善氣得連連搖頭，「枉你讀了那麼多書，居然如此愚鈍！為父叫你去淮揚，不是去送死，而是去尋找機會，投靠朱總管。你見了蘇長史後，只管將朝廷的所謀和盤托出，他們便無法再拿你當朝廷的使節對待。而為父到了朱元璋那邊之後，則全力說服他效忠朝廷，並盡力留下你弟在他那邊。無論其答應不答應，咱們韓家父子兄弟之間，從此都老死不相往來，待他日江山重定，自然有一支會重新崛起，讓我韓家的富貴榮華代代不斷！」

「阿爺！」韓崢叫了聲，眼睛泛紅。父子三個，一人選擇一家，看似萬般穩妥，但今後**所要付出的代價卻是骨肉分離，甚至某一天要在沙場上面對面舉起刀槍。這種選擇，真的必須麼？**

「你我並不是第一家，當年女真滅遼，和元滅女真，咱們韓家都做出過同樣的選擇！」韓元善伸出乾枯的大手，輕拍兒子的肩膀慘然道。

「咱們父子能鮮衣怒馬，那是當年大元滅金時，你曾祖曾叔祖他們用性命換來的，咱們既然享受了，就得為這個家族做出犧牲。你也是讀書人，為父不跟你講什麼大道理，只告訴你一句話，歷史上這樣做的，肯定不只咱們韓氏一家，**這世間從沒見過傳承千年的國運，只有存在傳承千年的家族！**」

「阿爺——！」韓崢眼中緩緩落下淚來。

父親大人說得沒錯，當年三國鼎立，諸葛家兄弟就各侍一主，三兄弟在魏蜀吳都身居高位；再往下，隋煬帝遠征高麗，追隨楊玄感抄了他後路的群臣裡頭，就有虞世基、楊雄、來護兒等人的兒子。縱觀史冊，**多頭下注，幾乎是大家族生存的基本技能**。韓氏遠非這一策略的始作俑者，也肯定不會是最後一家！

「你去了淮揚之後，不要急於表現！無論蘇長史那邊要你做什麼，都先答應下來，多聽多看，少做驚人之舉，更不要故意表現自己的本事！」韓元善諄諄叮囑著。

「孩兒記住了！孩兒斷不會連累父親！」楊崢用力點頭。

「糊塗！」韓元善瞪了自家兒子一眼，終究是蜜罐裡泡出來的孩子，根本不懂得輕重緩急，但是這當口，他也沒時間再從頭教導兒子了，只好壓住心中的失望，解釋道：「為父要你先蟄伏一段時間，不是說連累不連累，為父既然送你過去，自然會對朝廷這邊想好說詞，況且你是被朱賊扣下的，輔佐他並非出於本心，朝廷即便知道你替朱賊效力，也不好拿為父怎麼樣！」

「為父叫你先多聽多看，是為了你的將來。」他繼續說道：「那朱屠戶能在不到三年時間內，從芝麻李麾下的一介小卒，躍居紅巾群雄之一，風頭和勢力甚至遠遠居於劉福通和徐壽輝等賊之上，自然有他的長處；並且他的施政手段，也與朝廷大相徑庭，你投奔過去之後，如果什麼都不瞭解就胡亂施展，肯定會給自己惹上一堆麻煩；如果捺下性子來多聽多看，從頭適應，以你進士及第的底子，將來的前途又怎會在那些連書都沒讀過幾本的人之下?!」

老辣，這就是老辣！韓元善將自己多年的為官之道對兒子耳提面命道。

畢竟是名列左榜的青年才俊，韓崢稍微一琢磨，很快就理解了父親的良苦用心。然而，與此同時，一個更大困惑卻從他心底緩緩上湧，抬起紅腫的眼睛，看著父親蒼老的面容，不禁說道：「既然您如此看好朱屠戶，何不趁著大元皇上沒注意，咱們全家都投奔過去?」

「傻話！」韓元善愛憐地看了看兒子，搖搖頭：「為父畢竟吃了大元朝這麼多年俸祿，危難之際，不能一點事都不為他做。況且咱們韓家如此大的基業，豈能說捨棄就捨棄？為父在大都城裡替你們兄弟倆守著，等將來你們兄弟兩個自然有一人來取之，那時，看在你或你二弟的情面上，人家也不會太難為我這個尸位素餐了一輩子的糊塗官！」

「二弟？」韓崢心中一團疑雲散去，另一團疑雲又起，「您讓二弟去安慶，難道認為**那朱重八將來有機會跟朱重九逐鹿天下麼？**」

韓元善身體微微一僵，整個人瞬間彷佛又老了二十歲。

「唉，為父哪裡知曉得如此多啊，為父只能看到這大元朝肯定是要玩完了，但將來天下是屬於誰的，卻真的看不明白。本來，那朱重九是風頭最勁的，然而他重草民而輕士大夫，殊不知這天下終究還要與士大夫共治才行。倒是那朱重八出道以來，一舉一動都甚有章法，非但能勤學淮揚之長，而且不忘我儒學根本，雖是後發，前途未必比那朱重九差得太多！」

「那朱重八居然有如此眼光？」韓崢有些難以置信。

對於朱重九和淮揚大總管府，通過邸報、報紙以及坊間巷裡的傳聞，他瞭解得不少，但對另一個姓朱的，卻從沒關注過。

「豈止是有眼光！此人雖然脫離了郭子興，卻始終將郭子興視為上司，有情有義；他雖出身紅巾，卻不准明教妖人隨意行走；雖出身草莽，大軍所過之處，不但對士紳大族秋毫無犯，並且還延請楓林先生為謀士，甚得南方士林之心！」

韓元善對朱重八的觀感頗佳。

「可那朱重九也懂得將商貿紅利與治下士紳分享，兒聽聞市井謠傳，淮揚大戶們去年從商號分得的錢財，遠遠超過了以往朝廷免掉的那點賦稅！」

韓峥被自家父親安排去投奔朱重九，開始替自己未來的主公辯解起來。

「癡兒，老夫以前說你讀書讀傻了，你還不高興！」聞聽他的話，韓元善忍不住冷笑道：「這天下士紳在乎的豈是區區賦稅？說實話，能稱為一地望族的，誰家也不差那點錢糧，**他們在乎的是千年不易的特權**。我兒，你明白否？」

「他們不是一時糊塗，他們念念不忘的，是千年不易的特權！」

淮安，都督府臨時行轅。

長史蘇明哲咧著嘴，緩緩將手中名單湊到蠟燭上，火焰跳動，寫滿名字的白紙慢慢變成灰燼，同時將無數秘密徹底吞沒。

第一軍副指揮使劉子雲、長史逯魯曾、內衛處主事張松、工局主事黃老歪、大匠院院正焦玉，還有幾個早在徐州起就追隨朱重九的人，眼睛望著蠟燭上方緩緩生起的青煙，臉上寫滿了憤怒與不甘。

董摶霄所率領的浙軍被全殲於江灣城下，方國珍帶著與淮安軍的盟約，全軍撤回了溫州，脫脫的三十萬大軍丟下了三萬多具屍體後鎩羽而歸。淮安軍自獨立門戶以來**最大的一場危機已經徹底被化解**，然而，在座眾人卻是誰的心情都不輕鬆。

根據內衛處和揚州府衙聯合訪查，在最危險的時刻，淮揚三地居然有上百號大戶人家，暗中與董摶霄或者脫脫建立了聯繫，隨時準備裡應外合，將淮揚大總管府推翻在地。

而這百餘大戶人家裡頭，居然有一半以上，都有子弟在大總管府或者淮安軍中擔任著不低的職位，剩下的那一小半家族，這兩年也沒少從淮揚諸多工坊和淮揚商號中獲取紅利！但是這些職位和紅利卻換不回他們的忠誠，因為淮揚大總管府目前所推行的政令，與他們堅信的理念格格不入。

他們堅信**帝王士大夫共治天下**！這天下向來就不是百姓的，而是皇帝和「才俊」們共同所有。至於後者，在古代也叫做賢達、君子、士族，北宋以降則統稱為士大夫。

與士大夫共治天下，這句話據說最早出自文彥博之口。當時北宋神宗皇帝認為新法有利於百姓，只是遭到士大夫的反對，文彥博則非常誠實的回道：陛下非是與百姓治天下，而是與士大夫共治天下。

而在此之前，北魏孝文帝就曾經說過：「今牧民者，與朕共治天下也。」

上溯到更早，魏武曹操也曾經對著全天下人詔告，「自古受命及中興之君，曷嘗不得賢人君子與之共治天下者乎？」

對鐘鳴鼎食之家來說，錢財得失不過是個數字，特權的減少，卻是切膚之痛。**沒有了特權，就讓他們失去與生俱來的優越感，失去了努力的方向；沒有了特權，便讓他們損失了無數巧取豪奪的機會和白吃白占的可能！**

他們讀書多，比草民更聰明，也擁有更多的人脈和治政經驗。他們能言善辯，還懂得著書立說，把黑的寫成白的，把白的寫成黑的，然後指著上面的謊言，臉不紅心不跳的說，這才是被掩蓋的事實。

所以自古以來欲得天下者，哪怕其如漢高祖一樣出身於社會的底層，想實現自己的目標，都必須**與賢者、士大夫們共用利益**，否則，他就是獨夫民賊！哪怕他有天大的功勳，哪怕他曾救無數普通百姓於水火，他都是，也必須是個暴君。把他推進泥坑，再不斷潑髒水，以儆效尤，就是士大夫們的共同責任！

而那些外來入侵者們，如五胡，如女真，如蒙元，無論他殺了多少人，燒掉了多少漢家典籍，毀滅了多少城市的鄉村，只要他們肯分權於士大夫，他們就是千古一帝。於是有很多士大夫引經據典，推斷出「夷狄入華夏則華夏」。

於是，一個又一個雄主，一個又一個盛世，就在血泊中誕生了。哪怕當時的百姓十室九空，哪怕活下來的人口銳減到原來的三分之一，反正被殺的和被侮辱的，不是他們。

於是就有很多士大夫揮毫潑墨，千方百計為大屠殺塗抹，將其描述為漢家子孫咎由自取。反正，士大夫們依舊可以與入侵者們一道高高在上。

……

儘管內衛處的權力被嚴格限制，並且非經兩個指揮使及以上級別官員同時簽字，不准對任何人動用刑訊，調查出來的結果依舊觸目驚心。

故意散布謠言製造混亂，故意囤積貨物哄抬價格，故意將淮安軍的機密洩漏給敵軍，甚至還有人故意製造防禦疏漏，給脫脫創造機會渡過黃河！

一件件，一樁樁，如果全都追查到底的話，估計淮揚三地原本就沒剩下太多的大戶人家，將再砍掉一大半。如果連他們的子侄輩也一起算上的話，淮揚大總管府、淮揚商號將同時癱瘓，甚至連出征在外的第二、第三和第五軍，士氣都要受到嚴重影響。

所以反覆權衡之後，蘇明哲採用了揚州知府羅本和明理書院山長劉基兩人的意見，仿照三國時官渡之戰後曹操的故伎，將內衛處辛苦查探出來的名單付之一炬。

「在這個節骨眼上，**最關鍵是穩定人心**！至於其他，軍中之事自有各軍指揮使去按軍律追究；工坊之事，則有工局各級主管處理，淮揚商號也有自己的一套監管章程！」

感覺到屋子裡的壓抑氣氛，蘇明哲笑了笑，「總之一句話，凡事都按規矩來，勿縱勿枉。畢竟在當時，誰都不知道咱們淮揚大總管府能不能堅持得住，所以也情有可原！」

這幾句話，也引自劉基劉伯溫給他的諫書，並非他的原創，出身於小吏的他，想不出來如此「高明」的主意，放過絕大多數暗中與蒙元有聯繫者，只追究那些付諸實際行動的傢伙。而後一類人的罪名，也儘量不往「謀逆」、「勾結外敵」等條目上靠，只根據其行動事實，援引相關的律法和規則進行處置。

「媽的，真是便宜了他們！」有人大聲唾罵。

更多的與會者，則是報以低低的長嘆，「呼——！」

除了這樣，還有什麼更好的辦法？眼下朱大總管正在大清河畔跟脫脫兜圈子，徐達、胡大海則帶著弟兄們在脫脫身後尋找機會。如果大夥在淮揚三地突然展開一場清洗行動的話，恐怕最高興的就是韃子朝廷。

「除了那些身居要害職位和已經掌握了確鑿證據的，其他相關案卷也都一併燒掉！」

第一軍長史逯魯曾只是心理承受能力差，政治經驗和手段都遠遠超過了蘇明哲等，乾脆「好人」做到底，「燒的時候，別藏著掖著，擺在內衛處院子裡，或者大街上燒都行，讓那些人徹底安了心，不用怕大總管回來找他們秋後算帳！」

「是！屬下明白。屬下這就派人去辦，保證讓想看的人都看見！」曾經做過一任蒙元知府的張松，乾脆俐落的答應了下來。

「慢慢來，這不是一朝一夕的事情！」知道劉子雲、黃老歪和焦玉這些朱重九的鐵杆支持者們不甘心，逯魯曾看了幾人一眼，「老夫會把咱們今天的決定留一份給大總管，如果他回來後覺得咱們的處置不妥當，還可以讓內衛處繼續追究，反正那些人肯定捨不得跑掉。」

「重點是就算殺了他們，換上來的來也是一樣！」遠道趕來議事的揚州知府羅本，從角落中發聲道：「眼下淮揚三地，讀書識字的，基本上全出自士紳之家，短時間內，大總管府根本離不開他們。但等縣學、府學和百工技校的第一批學生結束學業之後就會好得多，學子們會更明白事理，也對大總管更忠心。這次揚州之戰就是個好例子，講武堂的學兵和受過講武堂培訓的將佐遠比那些沒受過訓的人表現好！」

他的話讓大夥臉上的表情輕鬆許多，當初朱總管拿出大筆金錢去投入縣學、府學、技校和講武堂時，很多人都覺得非常困惑。上學非但不交束修，學堂還發衣服管飯；學手藝不給師父白幹活，每月有工錢可拿，這大總管對娃子們也太寵溺了些！

然而，當危機來臨時，這些學堂的作用就顯現了出來，坊間巷弄主動跳出來駁斥大總管已經戰死謠言的，十個裡頭有七個是縣學和府學的學子。工坊裡日以繼夜幫忙打造兵器的，也多是技校的後生。而講武堂的學兵對大總管的回報更直接，直接拿起武器走上戰場，與淮安軍共同進退！

只要他們一批批成長起來，大總管府就不會再面臨像今天這樣打落牙齒吞進肚的困境。哪怕他們當中很難出現「臥龍、鳳雛」這般驚才絕豔人物，然而三個臭皮匠頂個諸葛亮，憑藉絕對的數量優勢，他們也可以令大總管在將來問鼎天下的戰鬥中碾壓任何敵人！

「今後年的縣學和府學，還有百工技校，學生錄取數量至少增加一倍！」笑過之後，素以吝嗇聞名的淮揚大總管府長史蘇明哲，忽然斬釘截鐵般說了句：

「錢不成問題，只要各府各縣能招到教習和學生，需要加撥多少錢。老夫砸鍋賣鐵也給你們湊出來！」

「哲公，這是不是操之過急了些？如果學生太多的話，難免會良莠不齊！」揚州知府羅貫中臉上露出猶豫的表情。

以往秀才和舉子們之所以在民間備受推崇，就是因為數量稀少，若是把錄取名額加倍的話，則需要大幅降低錄取門檻。如此一來，學校的神秘感和崇高感勢必受到影響，讀書人的地位也必將越來越不值錢。

「子曰，有教無類！」蘇先生引經據典。「昔日聖人門下弟子三千，能稱賢者不過七十有二，但剩下的兩千九百二十八人，又何嘗不是聖人故意灑下的儒學種子？」

這話就顯出老吝嗇鬼的真實水準了，先用揠苗助長的方式，將讀書人的整體數量成倍擴大，至於其中能產生多少真正的大賢，暫且不必去管，反正在新式學堂讀過書的，或多或少都會受到新政的影響，一旦他們學成之後分散到各地，就等於讓淮揚新政將種子撒了出去，早晚有機會開花結果。

「這……」羅貫中還是覺得蘇先生的辦法不太妥當，求援般將目光轉向逯魯曾。

誰知逯魯曾卻對蘇明哲的提議大為讚賞，點點頭道：「蘇長史言之有理，有教無類，因材施教，才是昔日聖人辦學的主旨。眼下某些人有恃無恐，不就憑著物以稀為貴麼？只要新學的學子略有小成，他們還有何底氣再囂張下去？況且這些人也不過是粗知句讀而已，怎麼有面孔稱賢?!」

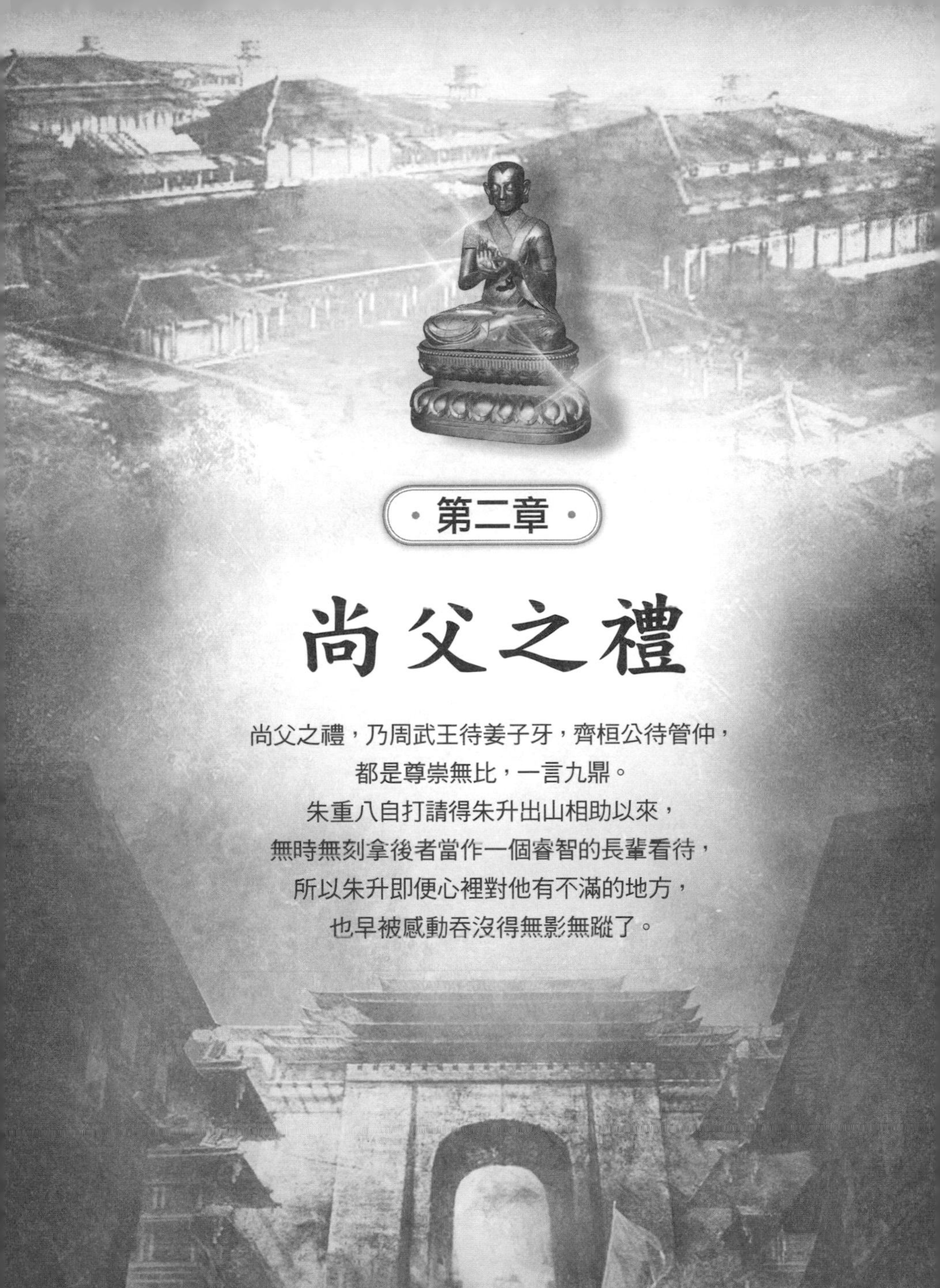

第二章

尚父之禮

尚父之禮，乃周武王待姜子牙，齊桓公待管仲，
都是尊崇無比，一言九鼎。
朱重八自打請得朱升出山相助以來，
無時無刻拿後者當作一個睿智的長輩看待，
所以朱升即便心裡對他有不滿的地方，
也早被感動吞沒得無影無蹤了。

身為一代科舉榜眼，老夫子對自己的某些儒林同道們是打心眼裡失望，不過會寫幾首歪詩，掉幾句酸文，就自視高人一等，就把人踩在腳下，這種人首先在心術上就不正。真正的儒者講究的是「正心、修身、齊家」，然後才是治國平天下，為了自己做人上人，不惜出賣主公和同僚者，與鄉間流氓混混沒任何分別。

「你放心，如今我淮揚的讀書人，只嫌少，不會嫌多，即便他們學有所成之後，揚州、高郵和淮安三地安置不下，還有徐州、宿州和睢陽呢，日後我淮揚大總管又豈會只限於淮揚一隅！」聽逯魯曾支持自己，蘇先生將心中的真實想法說了出來。

這下，羅本沒理由反對了，今天在淮揚所遇到的難題，將來肯定也會在徐州、宿州和其他大總管府即將納入版圖的地方遇到，新的地區依舊需要設立官府，設立作坊，設立商號的倉庫和門面，一樣需要用到大量的讀書人；眼下，只要是讀書人，就免不了與地方上的士紳之家有著「斬不斷理還亂」的聯繫。

普通人家的孩子，從七八歲起就被視為一份勞力，要麼去砍柴放牛，要麼進作坊當徒弟學手藝，哪有閒錢來讀書識字？隨著大總管府治下的地盤不斷擴大，人才的缺口也會成倍擴大，若是無法將足夠多的，對大總管府忠貞無二的學子填補進去，各級地方官府將完全被當地的士紳和他們的子侄把持，新政恐怕很快就要變得和舊政沒什麼兩樣，任朱總管有拔山之力也無法挽回！

想到這兒，羅本不再有絲毫猶豫。「哲公和善公說得極是，下官的眼光終是淺了！下官回到揚州之後，立刻著手安排來年的學校擴招和入學事宜！」

「淮安府老夫親自去安排，高郵府少不得就要勞煩令師了！」逯魯曾捋了下鬍鬚，做出安排。「咱們三個人都不懂得領兵打仗，總得在後面把糧草兵源給大總管操辦好！」

「百工技校還要勞煩黃主事！」蘇明哲給工局主事黃老歪也派了任務。「還有大匠院那邊，火槍和火炮的改進還得抓緊，第五軍宋長史和參戰的學兵們都認為神機銃雖然射程遠，但裝填麻煩，擊發複雜，遇上雨天和霧天還容易啞火，戰場上形同雞肋；四斤炮的作用也越來越小，嚇唬人的作用大於殺傷，反倒是大抬槍和虎蹲炮，裝了散彈後都是一打一整片。」

「是！」被逯魯曾和蘇明哲兩個點到名的，立即起身領命。

「錢不成問題！需要的話，你們兩個儘管說！大都督出征前曾留下話，缺了誰的，都不能缺了工局和大匠院的！」蘇明哲補充道。

聞聽此言，黃老歪和焦玉兩個都紅了眼睛，咬著牙發誓道：「請長史轉告都督，三個月之內，我們一定解決掉神機銃的擊發難題，如果做不到，甘受任何責罰！」

「責罰兩個字就不用提了！」蘇明哲笑道：「你們也知道，咱們家都督的性子，向來不會難為咱們這批老人，但咱們也得替他長臉，否則讓其他弟兄們如何看待咱們！」

這番話語氣很緩和，內容卻重逾萬斤。百工坊和大匠院，都是在朱重九的親自指點下建立起來的，於大總管府中的作用和地位也越來越重，但最初的板甲也好，火炮也罷，一直到最新推出的拉絲機和神機銃，幾乎都是朱總管一直在領著大夥幹，拿了那麼高俸祿的大匠、匠師和普通工匠們，基本上都是在打雜，很少能獨立拿出一樣新武器，或者獨立開發出一種新機器設備。

黃老歪和焦玉兩個聽了，心中更是慚愧莫名，說道：「蘇長史不提，我們也知道自家的斤兩。沒別的法子，只能以勤補拙罷了，如果真的到了幹不動的那一刻，斷不敢尸位素餐下去，辜負大都督的知遇之恩！」

「也不用說得這麼嚴重，你們努力就好。無論缺錢還是缺物，我這邊一力給大夥擔著！」蘇明哲要的就是這個態度，安慰道。

他們三人說得熱鬧，內衛處主事張松卻是越聽越眼熱。他是去年十二月臨陣倒戈過來的，資歷比在座任何人都淺，幹的卻是得罪人的活，所以心裡特別在乎自己的存在感，故意咳嗽了一聲，然後說道：

「五天前從百工坊帶走的那個姓趙的製炮匠師已經招供了，他有一個本家哥哥在朱重八手下做事，數月前，朱重八那邊也仿照咱們，開辦了一個百工坊，封了他那個哥哥一個昭武將軍頭銜，他那個哥哥想回報朱重八的恩情，所以派人帶了信來，請他幫忙打探如何把火炮鑄得更輕，射程更遠！」

「嗯！」蘇明哲不高興地說：「知道了，這件事等下我會親自處理！」

「長史，黃某馭下無方，願領軍法！」黃老歪被人當眾打了臉，自動請罪。

「姓趙的又不是你親兒子，你領個狗屁軍法！」蘇先生又是好氣，又覺得黃老歪可憐，罵道：「況且咱們的造炮之術已經不是被人偷第一回了，要是次次都拿你工局主事來開刀，你黃老歪即便有九個腦袋，也早砍成禿椿子了！」但終究不好過分回護對方，又道：「還是咱們都督看得遠，咱防備不了別人偷，卻**可以永遠領先一步**，只要不是老想著靠一招吃一輩子，就沒什麼可怕的！」他將頭轉向張松，冷冷道：

「把那吃裡扒外的工匠還有他的全家老小，都送到礦井裡去挖煤，什麼時候都督回來，定了他的罪，什麼時候再按律處置。至於朱重八那邊的細作，統統砍了腦袋，然後把人頭給朱重八送回去，順便問問他，到底意欲何為？」

「是！」張松舉起手，向蘇明哲行了一個蹩腳的軍禮。

「善公，還得麻煩您老給毛總管去一封信，讓他帶著麾下弟兄儘快返回滁州！免得那鳳陽假和尚狗急跳牆！」蘇明哲又將目光轉向逯魯曾。

「沒什麼麻煩的，既然察罕帖木兒已經北撤了，毛總管也該回和州休整幾天了！」逯魯曾點頭道：「順便讓水師到江上打打江匪，免得日子久了，有些人以為咱們火炮都生銹了！」

這兩位可不是朱重九，對歷史上驅逐蒙元的朱元璋沒有分毫敬仰之心，只覺得姓朱的既然不顧自家大總管多番提攜之恩，趁著淮揚三地遇到危險的時候動了不該動的心思，就必須付出代價。否則，如果其他諸侯人人都以他朱重八為榜樣，就是把內衛處的人手再增加三倍，也阻止不了各家細作對武器作坊的窺探。

黃老歪、焦玉等人對朱重八的觀感更差，大夥都清晰的記得，此人只是一個小小的十夫長時，就得到了自家都督的折節相待；而此人後來之所以能從十夫長一躍成為郭子興的親軍指揮使，又一步步擁有自己的地盤，也跟淮揚的大力支持密不可分。

欠下如此多的恩情，卻不懂得回報，反倒想將淮安軍的鎮軍之寶偷回家，這廝的人品可見一般！大總管府如果不儘早給其點顏色看看，少不得此人今後還要蹬鼻子上臉！

當即大夥你一言我一語的，便制定了對朱重八的警告兼懲罰策略，然後由逯魯曾執筆寫了一封措辭極其嚴厲的信，交蘇先生用印之後，派遣信使乘坐水師的戰艦，將幾個細作的人頭與書札一道星夜送往了安慶。

那朱元璋剛剛拿下安慶，正忙著出榜安民，恢復秩序時，猛然接到逯魯曾親筆書寫的質問信和一大堆石灰浸過的人頭，立刻火冒三丈。

然而，看見淮安軍信使那副有恃無恐的模樣，一肚子無名業火又迅速被壓了下去，拱了拱手，訕笑著說：「上差容稟，這事實在有些冤枉，末將前段時間與元將奈曼不花打生打死，忙得無暇他顧，根本不知道有人居然打著末將的名義去揚州做下如此醜陋勾當！」

「你是說，你對此毫不知情？」奉命前來下書的信使張說，乃是內衛處的一名副尉，平素沒少處理過類似的案件，早猜到朱重八會一推二五六，冷笑著道。

「不敢，大人息怒，末將萬萬不敢！」朱重八小心翼翼地陪笑道：「既然大人那裡已經掌握了切實的口供和憑據，末將也絕不敢替手下人遮掩。請大人先去驛館休息數日，且容末將把此事從頭到尾查個明白，如果真的是朱某麾下有人做出如此下賤勾當，末將定會給大人，給朱總管和蘇長史一個交代！」

有道是快刀子難剁老牛皮，碰上朱重八這種軟硬不吃的態度，張說也沒太多辦法；況且如今之際，淮安軍也不宜與和州軍同室操戈，因此冷笑道：

「朱將軍最好快一些，張某等得，可吳、陳幾位將軍卻未必像張某這麼好說話。你家驛館張某就不去住了，我淮安水師的戰艦此刻就泊在城外的江港當中，船上自有張某的住處，什麼時候朱將軍把事情查清楚了，派人知會張某一聲就好！」

「那是自然，放心，不敢讓大人等得太久！來人，取些安慶的土產來，給大人一併送到船上去！」朱重九強忍怒氣，命人取了一盤金錠作為禮物，然後親自將張說送出了安慶城外。

待信使的馬隊去遠，他轉過身來，卻是滿臉寒霜，從腰間抽出佩劍，一劍砍在城門上，「噹啷——！」產自揚州的寶劍受不了如此巨力，從正中央折為兩段，大門上的銅扣也被劈裂，有片巴掌大的銅板倒飛而回，擦著朱重八的耳朵掠過，帶起一串殷紅色的血珠。

「大總管！」親衛們嚇得魂飛天外，一股腦地湧上前。

朱重八卻像一頭發了狂的老虎般，咆哮著：「滾，都給老子滾開！老子閒得手癢了，想剁幾下門板聽個動靜還不成麼？你們這些不長眼的東西，全都給老子滾蛋！」

侍衛們哪裡敢離開，繼續上前勸阻，然後一個接一個被朱重八摔出門洞外，鼻青臉腫。

好在朱重八神智尚未完全被怒火燒毀，下手時保留了一些分寸，才沒鬧出人命來。饒是如此，連續三、四次被摜在鋪著青石板的地面上，眾侍衛依舊被摔得嘴角見血。

正鬧得不可開交之際，耳畔忽然傳來幾聲低低的咳嗽聲，「嗯哼，嗯嗯！」緊跟著，一輛外面包著白銅的四輪馬車緩緩從城內駛進了門洞。

透過推開的車窗，露出一張蒼老且威嚴的面孔，「大總管這是操練士卒麼？只是地方選得不太好吧？莫非大總管想要教導弟兄們如何奪取城門，所以才特地親自演示給他們看？」

「這……」朱重九心中的怒火瞬間被質問聲澆熄，抹了把滿是汗水的額頭，訕訕走到車窗前，就像一個做錯了事被長輩抓到的頑童般，「先生怎麼來了？先生勿怪，朱某只是心中積了一團火，需要發洩出來而已！」

「那大總管現在可是發洩完了？」坐在車中的老漢問，臉上的表情沒有絲毫變化，如果嘴巴動作的幅度再小一點，儼然是道觀裡的木頭神像。

「當然已經完了！沒想到會驚擾了先生！」朱重八拱手賠罪，又轉向侍衛們，做了個羅圈揖，「朱某剛才魯莽了，請各位弟兄海涵則個。」

「不敢，不敢！」眾侍衛呲牙咧嘴地站成一排，齊聲回應。

自家主公就是這點好，易怒，但絕不殃及無辜，並且醒悟過來後懂得賠禮，而不是好像做屬下的就活該被他當成土偶丟來丟去一般。這讓大夥誰都不好意思太較真，反而由衷覺得他是難得的真性情。

坐在馬車中的朱升也是如此，看到朱重八身為一軍主帥，居然向眾侍衛們拱手施禮，眼中立刻湧起一股濃濃的讚賞。接著責備道：

「豎子，欲成大事者，豈能喜怒皆形於色?!昔日韓信忍了胯下之辱，方有後來三齊王之功業；勾踐臥薪嚐膽，終能一朝滅吳。若是唐高祖起兵之初就不肯認李密為兄，反而主動去招惹瓦崗，豈會有大唐三百年江山？你看看這些古聖先賢，哪個像你？連幾句無禮的話都聽之不得？」

「先生教訓得是，小子知錯了！請先生勿要棄我！」朱重八頓時被教訓了冷汗淋漓，將手抱在胸前，對老者執晚輩之禮。

「胡鬧，老夫幾時說過要棄你而去了！老夫這條命，早晚被你個豎子活活累死！」朱升被朱重八惶恐的模樣逗得莞爾一笑，捋著鬍鬚罵道。

「先生真的不是要離開？」朱重八又驚又喜，手舞足蹈。

「當然不是！老夫怕你耐不住性子，才過來看看，還好，你居然還知道等那廝走了之後再發作！」朱升有點兒恨鐵不成鋼，「發洩夠了沒有？發洩夠了就上車吧，咱們坐在車裡慢慢說！」

「是！」朱重八高興地拉開車門，縱身而入，隨即大器萬分地衝著侍衛們揮手，下令道：「都散了吧，不用跟著。在安慶城內，還用擔心有人對付朱某不成？若是有人受了傷，就自己去找郎中診治一下，等忙完這陣子，朱某再親自給爾等賠罪！」

「不敢，不敢！」眾侍衛再度躬身，目送朱升和朱重八二人坐著馬車離開，然後快步追了過去，緊緊地護住車廂左右。

「這群混帳！居然敢不聽老子的命令，真是皮癢了！」朱元璋武藝高強，聽得車廂外的腳步聲，笑著搖頭。

「**為將者，要恩威並施**，光是有恩無威，必被小人所乘！」朱升皺了下眉頭，告誡道。

「小子受教！」朱元璋立刻收起臉上的笑容，「今日之事，先生可有良策教我？」

「什麼事，什麼良策？老夫怎麼不知道你遇到事情了？」朱升板起臉來。古井無波的面孔上，不帶任何人間煙火。

「那蘇明哲做事向來謹慎，如果不是拿到了真憑實據……」朱重八心中著急，將話脫口而出，隨即快速閉上嘴巴，問道：「先生的意思是……」

「**成大事者，豈能被小節所拘？**」朱升長吐了口氣。

自家的主公其他方面都好，就是性子始終難以擺脫一股江湖之氣，總想著一人做事一人當，卻不知道，**只要你坐上了某個位子，便早已不是一個人。更不可能有什麼可獨力承擔之事！**

「此事乃胡惟庸與汪廣洋二人議定，具體執行者則是拱衛司主事楊畢。揚州那邊既然把幾個拱衛司的細作全給砍了，想必已經掌握了足夠的證據！」朱重八訕訕地垂下眼皮。

淮安軍對外出售的火炮價格居高不下，自身所裝備的火器也遠比對外銷售的要精良，和州軍這邊，在研製遠射程火炮方面卻始終一籌莫展，所以迫不得已，他才採納了一個風險極大的下策，派人去揚州偷師，沒想到剛剛取得了一些眉目，就被淮安軍的內衛處連瓜帶蔓給抄了個乾淨！

損失幾個細作不算什麼大事，拱衛司已經步入正軌，很快就能重新把觸角伸進他們想去的地方。但如何給淮揚大總管府一個交代，卻令朱重八十分撓頭。

平心而論，以目前的實力，朱重八真的沒把握跟淮安軍一爭短長，哪怕是在淮安軍的主力大部分都被脫脫所吸引的情況下，留守後方的第四軍和毛貴所部滁州軍連袂西進，依舊能給安慶帶來滅頂之災。

「那拱衛司主事楊希武曾經是你的貼身書佐吧？」朱升的語調，依舊沒有絲毫變化，彷彿根本不知道自家與淮揚方面的實力對比一般。「從其平素行事風格上看，應該是個能忍辱負重的性子，亦分得明白緩急！」

「這……」朱重八臉上露出了不忍之色。

按照朱升的提議，楊希武就是自己給淮揚大總管府的交代，把他的人頭交給使者帶回去，就可以平息蘇明哲等人對自己窺探火器製造秘笈的憤怒。可楊希武向來對自己忠心耿耿，如果自己因為頂不住淮安軍的壓力，就將他拋出去做替罪羊，今後自己還有什麼臉去面對麾下其他弟兄？

「楊希武的名字楊畢取得不好，畢者，網羅也。楊者，巨木也。畢之羅之，飛鳥皆盡！」見到朱重八沒有決斷的模樣，朱升又橫了他一眼。

「您老是說……」朱重八的臉上立刻陽光萬道，瞪著一雙丹鳳眼，手舞足蹈，「找一個跟楊畢長得差不多的傢伙殺掉，把人頭給淮安軍的使者帶回去，然後讓楊畢改個名字，去別處先躲幾天。待這場風波過去了，再慢慢補償他不遲！」

「正是！」孺子可教，朱升的老臉上露出欣慰的表情。「如果你能拿出一些讓淮揚那邊動心的東西補償他們更好，畢竟兩家現在是盟友，而非仇敵，只要你這邊的存在對他們依舊有利，他們應該也不願意擔上兄弟鬩牆的惡名！」

朱重八吸了口氣，自己能讓淮揚總管府動心的，恐怕就是糧食和鐵礦了，特別是後者，更是發動戰爭的必需物資，而淮安、揚州和高郵等地偏偏都不產鐵。

但眼下淮安軍與和州軍之間的實力相差如此懸殊，自己還送鐵礦過去，不是唯恐死得太慢麼？那淮揚的百工坊拿鐵礦煉成精鋼，打成兵器，剛好再提著殺上門來！

正猶豫間，耳畔又傳來朱升那沙啞的問話聲，「以我軍如今之實力，能禁止兩地商販往來否？」

「當然不能！」朱重八想都不想便回道。

淮安軍固然需要和州、安慶一帶所產的糧食和生鐵，和州軍對淮安方面的依賴性卻更強，雖然自己在有了獨立的地盤之後，已經竭盡全力去建立各類作坊，甚至不惜厚著臉皮去淮安偷師學藝，但武器、鎧甲和各類攻城器械的產量和品質依舊不如對方，遠遠滿足不了兵力擴張和發動對外戰爭的需求。

「王克柔、張士誠和郭子儀等人能否聽從你的提議，減少向淮揚輸送各類物資？」朱升神秘地笑了笑，明知故問。

朱重八的臉色瞬間變得通紅，閉上嘴巴，無言以對。

答案很明顯，無論為了自家生存和擴張，還是為了獲取各種各樣層出不窮的奢侈之物，其他群雄都不會停止向淮揚運送糧食和生鐵。而自己，也沒任何勇氣去提出一個共同針對淮揚的倡議，否則，恐怕頭天把書信送出去，第二天上述幾家諸侯就會聯手打到安慶城下來，甚至自己的名義上司郭子興都會立即大義滅親！

「唉！」知道朱重八此刻心裡肯定不好受。朱升也不過分逼迫，輕輕嘆了口氣，閉目不語。

從實力對比上，朱重八與朱重九之間的差別，絲毫不比赤壁大戰前的劉備和曹操之間的差距小。在名氣和人望方面，此朱亦遠不如彼朱，但此朱卻知道禮賢下士，知道士大夫乃社稷之綱，知道復禮義、修仁德，以唐宋之法治天下；而彼朱那邊，卻是綱常失序，禮義無存，從百官到販夫走卒，人人有口皆言利……

先賢許衡曾云「**以權治國，不過當世；以利治國，不及三代；以德治國，長治久安。**」縱觀史冊，以利治國，數千年未聞其一。昔齊之管仲開女閭，重商賈，齊遂稱富，而管仲一死，桓公不久便命喪奸佞之手。齊軍出戰，亦再罕見勝跡，甚至有人在陣前廣拋財貨，亂其軍心，而齊將紛紛搶奪，置軍令於不顧，隨即一潰數百里……

如今朱重九走得比管仲更遠，可以預見，用不了多久，其治卜必將禮樂崩陷，道德淪喪。宦者失其政，士者忘其學，耕者棄其田，權錢勾結，虎狼遍地。而無錢無勢者，百死卻無處訴其冤聲……

越想，朱升的心情越是沉重，肩頭上的責任感和使命感也愈發地強烈。古聖先賢所預見的那種人競相食的亂世就要到來了，其慘烈景象，甚至有可能會超過蒙元當年血洗江南，作為繼承了往聖之學的儒者，**自己必須要站出來，必須輔佐一個英雄，力挽天河，撥亂反正……**

陽光透過雕花玻璃窗照進車廂內，在人臉上投下色彩斑斕的影子。隨著車輪的移動，窗外陽光忽明忽暗，人臉上的色彩也變幻不定。

在沉默中過好久，車廂中的寧靜才被朱重八的嘆息聲打破，「唉——！步亦步，趨亦趨，卻望其奔逸絕塵！」

「汝心已死乎？若死，則現在歸附，日後必不失齊、粱之位！」朱升抬起眼皮，雙目中露出兩道精光。

齊王韓信和粱王彭越，當年都是漢高祖麾下大將，在漢軍掃平天下的戰爭中，立下了不世之功。漢高祖也如現在的朱重九一般，出身寒微卻氣度恢弘，但是在天下平定之後不久，齊王韓信就被降職為淮陰侯，雖然小心翼翼地閉門謝客多年，最後依舊難逃一死，彭越則在毫無防備的情況下，被漢高祖派出軍隊襲擊並擒獲，最後誅了三族。

朱重八雖然是個赳赳武夫，肚子裡墨水卻不比尋常書生少，聞聽此言，打了個冷戰，「小子以尚父之禮事先生，先生何必辱小子？先生若有撥雲見日之策，儘管說出來便是，小子一定言聽計從！」

尚父之禮，乃周武王待姜子牙，齊桓公待管仲，項羽待范增，都是尊崇無比，一言九鼎。朱重八雖然勢力單薄，自打請得朱升出山相助以來，但無時無刻拿後者當作一個睿智的長輩看待，所以朱升即便心裡對他有不滿的地方，也早被感動吞沒得無影無蹤了。

故而此刻聽朱元璋說出尚父兩個字，朱升的眼眶便開始發紅，沉吟半晌，道：「看你這急性子，老夫有說過不幫你麼？只是此刻，我和州軍戰力尚不及淮安軍十一，許多計謀都無法施展而已，所以眼下你只能暫且隱忍，該服軟之時必須服軟，該拿好處給人家，就竭盡所有；一點點慢其心，惰其謀，讓他把注意力全放在蒙元那邊，然後以安慶為基業，內修政治，外煉甲兵。以儒為本，以百工雜學為用。然後高築牆，廣積糧，靜待天時之變。」

頓了頓，又說道：「那朱重八重草民而輕士大夫，殊不知，其麾下文武，亦早為士大夫乎？生死之際，人皆以性命相托，顧不上起什麼私心，當然其政令通暢，每出一策，從上到下皆全力執行。待其外部之患消失之後，那蘇、徐、胡、劉諸人，誰還肯與販夫走卒稱兄道弟？若真的如他所宣稱的那樣，人無高低貴賤，皆生而平等，那諸將捨死作戰又是為了誰？若販夫走卒亦可與百官坐而論道，那賢臣良將殫精竭慮又有何圖？故外患一緩，其內必亂，待其亂生，則是我和州軍問鼎天下之機！」

內修政治，外練甲兵；以儒為本，以百工雜學為用；高築牆，廣積糧，緩稱王，躲在朱重九身後，靜待天變，**當淮揚系的內亂爆發之時，趁機取而代之**。

這，就是**朱升給朱重八指明的道路**，其重要性，不亞於當年諸葛亮給蜀先主的隆中對；而朱重八的魄力和心胸，也的確不亞於當年的劉備。稍作權衡之後，就將朱升的策略全盤採納下來，並且動用一切力量去付諸實施。

膽大妄為，「背著」和州軍主帥和重臣，「私下」向揚州派遣細作的拱衛司主事楊畢被處以「極刑」。拱衛司副主事趙雄被撤職查辦，其下校尉五人，副尉十餘人被踢出軍中，發往礦山戴罪立功；楊畢的直屬上司胡惟庸和汪廣洋二人官降兩級，一年內不得再入都督府議事。

朱重八親筆寫信向淮揚大總管謝罪，以從弟和下屬身分自居。再度申明和州軍與淮安軍之間的依附關係，發誓隨時聽候淮揚大總管府調遣。

與「楊畢」的首級、書信一道，隨使者張說返回揚州的，還有十船生鐵。朱重八在信中申明，這批生鐵乃和州方面的賠罪之物，如果大總管府仍然覺得誠意不夠的話，他願意傾盡所有。

此外，和州、安慶兩地所產的鐵礦，今後凡是商販運往揚州，只需要向都督府繳納一成稅，並且只此一次，沿途任何釐卡不再重徵。而任何從揚州販運到和州、安慶兩地的貨物，除了「冰玉」這類頂級紅貨之外，也只需要向都督府繳一次稅，任何地方官府和釐卡都無權再徵收第二次。如有違者，商販可以直接到安慶路的都督府衙門舉報。

……

如是林林總總，共二十餘條，每一條都對淮揚大總管府做出了巨大的讓步。

如果放在國家與國家之間，足以引發軒然大波。

然而，朱重八發出了「喪權辱國」的書信後，和州軍上下卻沒有任何人說出什麼不滿意的話來。在朱升、李善長、胡惟庸、汪廣洋等一干謀臣的聯手努力下，所有人都在第一時間明白，自家都督是被淮安軍的戰艦逼著才不得已而為之，要想洗刷今日之恥，大夥必須一道臥薪嚐膽。

這些小動作，當然不可能完全瞞過淮安軍敵情處的耳目，幾乎跟使者張說前後腳，一些相關消息就送了回來。然而眼下北方戰事未定，徐州、宿州和泗州三地間還有大片曾經被洪水和元軍蹂躪過的區域需要去光復，短時間內，淮揚大總管府的確沒有多餘的精力再去專門打壓和州，所以只能暫且對朱重八的小動作睜一隻眼閉一隻眼。

不過，蘇明哲和逯魯曾兩個也不是什麼易與之輩，軍事上不方便對朱重八採取行動，其他方面卻沒有這麼多羈絆。很快，一封以淮揚大總管名義，推舉郭子興為安、廬兩州大總管的信，就送往了汴梁。同時，孫德崖也被舉薦為廬州都督，負責與和州都督朱元璋一道輔佐郭子興，從南北兩側儘快向盤踞在六安的鎮南王叔侄發起進攻。

消息傳回安慶，朱元璋氣得咬牙切齒，隨即便採用了李善長的策略，向彭和尚、孫德崖、毛貴、彭大、張士誠和王克柔等人派出信使，攜帶禮物修好。

書信到了眾諸侯之手，有人看過後僅僅是付之一笑，有人私底下卻起了諸多心思，特別是幾個最近風頭正盛的人物，治下地盤大小已經不亞於淮揚，再要求他們繼續像原來那樣對大總管府唯命是從，予取予求，也的確有些不近人情。

江南，平江城外，吳山大校場。

「砰砰，砰砰砰砰砰，砰砰砰砰！」爆豆子般的火銃聲連綿不絕。

擺在軍陣正前方五十步處的靶子，被打得木屑飛濺，發射完畢的火銃兵們卻對目標看都不看，在百夫長的指揮下，迅速將火銃豎起來，快步後退。

第二排的火銃兵，則在另外一名百夫長的指揮下緩緩前進，與後退的自家袍澤在左肩處交錯而過，將手中的火銃架在刀盾兵的巨盾上，向五十步外的靶子發起第二輪打擊。

「砰砰，砰砰砰砰，砰砰！」九十餘名白亮亮的鉛彈飛出，將原本就已經不堪重負的靶子打得四分五裂。

火藥燃燒的白煙迅速籠罩了整個軍陣，淒厲的銅哨聲卻如利刃一般刺透煙霧，刺進人的耳朵。第三個火銃兵百人隊在哨子的指揮下，也收起兵器，緩緩後退，第三個百人隊則擦著他們的右肩迅速插上，毫不猶豫地朝目標區發起第三輪攻擊。

「砰砰，砰砰砰，砰砰砰砰！」「轟！」「砰砰，砰砰砰，砰砰砰砰！」

有一個不和諧的聲音突然出現於自隊伍中央偏左方的某個位置，蘇鐵打造的火銃炸膛了，將持有者的臉皮掀去了一大片。

傷者倒地慘叫，臨近的幾個火銃手被嚇得魂飛魄散，本能地抱起兵器就向兩側閃避。跟在隊伍後的督戰兵迅速發現他們，數根長鞭抽過去，將試圖逃走者抽得倒翻在地。

「住手！」正在不遠處觀禮臺檢驗訓練成果的張士誠皺了下眉頭，將造價昂貴的單筒望遠鏡重重地摔在桌上。「不要打了！他們既然不適合做火銃兵，拉下去做划槳手就是，何必當眾打得這麼狠，傷了士氣！」

「是！」新任崑山都督，張士誠的弟弟張士德乾脆地答應一聲，跳下觀禮臺，大步走向軍陣。坐在張士誠身後的李伯升、呂珍等人，卻忍不住輕輕皺眉。莊家的孩子皮糙肉厚，挨上一頓鞭子，用不了三天就能爬起來，繼續參加訓練，但被刷到划槳手隊伍中，卻是徹底沒了前途。

雖然划槳手在水戰時，不用與敵軍去拼命，然而划槳手這輩子一直被固定在船隻的底艙，出最大的力氣，吃最差的伙食，拿最低的軍餉，一旦受傷或者累垮了，就會被踢出軍隊，任其自生自滅。

張士誠卻無暇考慮幾個小兵的前途，正所謂慈不掌兵，沉迷於權力滋味中的他，眼睛始終望著遠方，那裡是**如畫卷般壯麗的河山**，**引無數英雄盡折腰**。

江山如此多嬌！怪不得如朱屠戶那樣的粗鄙人物，在喝酒之後，都能信口吟出如此佳句。

這與文采無關，更大取決於其**氣度**與**見識**。朱屠戶當年一戰定淮安，從而徹底海闊憑魚躍，當然是豪情滿懷，而張某如今心情與朱屠戶初下淮安恰恰相似，也終於打下了一塊屬於自己的膏腴之地，也終於可以不受掣肘地揮灑自己的心中所想。

與淮安類似，平江，又名姑蘇城，也是能工巧匠雲集之地，早在數千年前，干將莫邪夫婦兩個就曾經在這裡給吳王闔閭鑄劍。而平江路卻不像淮安那邊，除了鹽鹵和芒硝之外，不產其他任何礦藏，在姑蘇大地下，鐵、銅、錫、鉛一樣不缺，甚至有的鐵礦周圍，還能挖出大量的金銀來！

因為守著巨大的太湖，平江、崑山州一帶同時又是魚米之鄉，根本不用像淮安那樣，每年都指望著從運河往內高價購入糧食。平江路的稻米根本吃不完，承平時節，每年可以用大漕船拉著，一船船運往遙遠的北方。

拿下了如此一個帝王之基，如果張士誠心裡還不生出些雄心壯志的話，可就白來世上走一遭了，所以他幾乎照搬了除了軍制之外，淮揚大總管府那邊所有的東西，包括參謀部、百工坊、大匠院和講武堂這種別出心裁的機構，都照葫蘆畫瓢不誤。

但是麾下的謀臣和官員們，顯然沒領略到淮揚那邊的精髓，與第五軍一模一樣的兵器和戰術，卻打不出後者在江灣城下的精氣神。同樣是才俊之士雲集的參謀部，對死守嘉興的朱亮祖就拿不出任何辦法；同樣是集中了能工巧匠的百工坊，用天下聞名的蘇鐵，照著高價從揚州購買回來的火銃仿製，卻避免不了頻頻炸膛……

想到自家在武備方面與淮安軍的巨大鴻溝，張士誠就又忍不住一陣心煩意亂，同樣是精鐵打造的銃管，為什麼淮揚那邊的火銃敢保證四十發持續射擊不炸膛，自己這邊的仿製品卻意外頻頻？工匠們的手藝能差到如此巨大麼？

姑蘇人可是以心靈手巧而聞名天下，姑蘇匠人打造了各類飾物，無論精細程度和花色，早年間都甩了淮安那邊不知道多少條街。憑什麼照著貓畫虎，卻依舊畫出條土狗來?!

「把那支炸了膛的火銃給百工坊的饒主事送過去，讓他根據銃管上的編號，找到製造者，罰其四個月薪俸。」背對著自家謀臣，張士誠吩咐道：「還有，在百工坊和大匠院同時懸賞，能造出連射四十發而不炸膛銃管者，封大將軍，嫡傳子孫與國同休！」

「主公慎言！」話音剛落，長史黃敬夫立刻站出來，大聲進諫：「主公初下吳越，諸事未定，萬不可如此之早就授與他人顯職。」

「此例萬萬不可輕開！」副長史蔡彥文緊隨其後極力勸阻，「與國同休，乃不世之殊榮，主公今日輕予一雜工，他日為主公開疆拓土者，將如何封之？」

「臣附議！」

「末將覺得黃長史說得有道理！」

「臣弟附議蔡長史！」

……

文武官員，包括張士誠最倚重的弟弟張士德、張士信都七嘴八舌地勸阻。說一千，道一萬，眾人的觀點歸結起來無非是兩條。第一，出頭的椽子先爛，眼下張家軍的實力還遠不及淮揚，千萬不要打自立為王，分封百官的主意。第二，即便封官，也不能把大將軍這麼顯赫的職位，封給區區一名工匠，否則，其他文武官員再立了大功，將無法可酬。給的官職低了，大夥會覺得自己的重要性還不如一個工匠；給得太高了，則滿朝都是大將軍、大丞相，官職轉眼就不再值錢，被外人聽說後，也會留下千秋笑柄。

誰料原本有從諫如流之名的張士誠，今天的表現卻極其固執，用力拍了兩下桌案，呵斥道：「住口，都別給老子瞎嚷嚷了！不就是一個大將軍職位麼？如果你們能給老子造出不炸膛的火銃和火炮來，老子甭說封你們做大將軍了，就把這個平江總管之職拱手相讓也心甘情願！一群沒遠見的東西，光看到大將軍的職位榮耀，就看不到我軍眼下局面尷尬！」

「這……」

「臣……」

眾文武都被罵愣住了，一個個面面相覷，茫然不知所措。

見到大夥六神無主的模樣，張士誠忍不住又長長地嘆氣，哀嘆道：

「唉！要我怎麼說，你們才能明白呢？這大將軍只是個千金買馬骨的誠意，光給一份榮耀和俸祿，不可能讓他真的去領兵打仗，也不可能讓他與諸位同列，給張某出謀劃策！」

眾人聞聽，這才鬆了口氣，紛紛堆起笑臉，做著揖賠罪道：「原來如此，臣冒昧了！」

「主公英明，末將剛才多嘴了！」

「一個大將軍的位置，還能傳給子孫。無論怎麼說，那工匠都賺到了！」

「可惜臣不懂打鐵，要不然，哈哈……」

……

「行了，別瞎嚷嚷了。」聽到周圍亂哄哄的聲音，張士誠忍不住再度用力拍打桌案。「爾等不要看不起工匠，若不是當日造出了火器，朱總管怎麼可能席捲兩淮？況且張某自己也不是什麼富貴人家出身。論貴賤，煮海燒鹽，又能比掄錘子打鐵高到哪裡去？」

「主公當時乃龍困淺灘！」

「自古成大事者，必勞其筋骨，苦其心志……」

「主公乃蓋世英雄，當然吃得這苦中苦，那百工之流，終日不過為兩餐所謀，怎麼會如主公一般困厄之時，依舊胸懷天下？」

「就是，那漢昭武也曾製鞋販履，但畢竟是帝王之後。時機一到，便一飛沖霄。」

……

四下裡，又響起一片充滿恭維味道的反駁聲，誰也不肯再准許張士誠自輕自賤，將身分與「巫醫樂師百工之流」同列。

張士誠自打受淮安軍支持渡過長江之後，幕府之中就收納了大批江南的讀書人，一些被他抓獲的蒙元文官也紛紛投效。在這兩類人的全力支持下，他非常輕鬆地就在江南站穩了腳跟，並且實力每一天都以肉眼可見的速度膨脹著。因此，他對這些人所說的話越來越重視，不知不覺間，已經形成了一種依賴。

此刻聽眾人說自己並非天生的貧賤之輩，而是蟄伏的潛龍，心裡雖然覺得十分荒唐，卻也不好當眾反駁，笑了笑，擺手道：

「製鞋販履的話不要再提了，張某何德何能，敢與蜀漢開國帝王相提並論？倒是諸位，若想將來不至於委屈了自己的才華，還是請從現在起，就好好替張某謀劃出個長遠之策來才好！漂亮話雖然好聽，畢竟不能當飯吃，咱們常州軍如今雖然佔據了一塊膏腴之地，但是南面有老賊達識帖睦邇負隅頑抗，西有陳友諒、彭瑩玉等虎視眈眈；這北邊麼，就不說了，大總管雖然待張某不薄，但張某畢竟只是個外臣，非其嫡系，所以，諸位若想富貴久長，還是多拿出點本領來，張某先前要厚賞造銃工匠，無非也是這個意思！」

「這……」眾文武一時語塞，誰也不知道該怎麼開口才好。

正所謂，人比人得死，貨比貨得扔。常州軍在最近十幾個月來固然高歌猛進，可北面的淮安軍發展速度更快。特別是成功將脫脫逼退之後，連芝麻李、趙君用兩個人當初的地盤都盡數收歸囊中。

如今，從睢陽到揚州，差不多四路兩府之地都歸其所有，周圍還跟著一大堆唯其馬首是瞻的爪牙，常州軍跟他相比，無論地盤和兵力、聲望，都是螢火蟲比月亮，小泥鰍比巨鯨。

「過去張某照搬淮揚，開工坊、立商號，辦武學，爾等都覺得張某是東施效顰，但除了亦步亦趨之外，張某也想不出什麼更好的主意來。爾等都是飽學多聞之輩，爾等若是不喜張某處處效人故伎，何不趁早給張某獻條良策出來？」見眾人都不說話，張士誠用手指關節在桌案上敲了敲。

這話可就有些刺耳了，常州軍眾文武聽聞個個額頭見汗，特別是出身於江南的讀書人，臉色紅得幾乎淌下血來。

以目互視了數下，由行軍長史黃敬夫帶頭，道：「主公何出此言？那淮揚之政惑亂綱常，混淆貴賤，乃飲鴆止渴也；短期易見奇效，久則不攻自敗。主公若是不信，儘管拭目以待！」

「我只見到它抗住了脫脫的百萬大軍，然後從容北上登萊！」同樣的話，即便再有道理，聽上幾十遍後，也會令人生厭。張士誠皺了皺眉頭，笑著回應，「且不說他將來如何？敬夫現在可有良策教我？」

你別說淮揚之政如何如何不好，你如果有好辦法，儘管拿出來啊，張某聽著便是！

那黃敬夫也有幾分急智，被張士誠逼得無路可退，咬了咬牙，道：「微臣心中的確已有一策，不敢稱良，本欲與同僚反覆斟酌之後再獻予主公，今日既蒙主公折節相問，且容微臣細細稟之！」

「張某洗耳恭聽！」見對方說得如此自信，張士誠湧起了幾分期待。

「蒙元代宋以來，不修德政，科舉亦時斷時續，豪傑無出頭之機，百姓無隔夜之糧，不得已，紛紛揭竿而起！」黃敬夫開篇名義，點明了蒙元落到今天這般窘迫地步的原因。

「如今天下堪稱豪傑者，一為徐壽輝，二為劉福通，三為朱重九，主公起兵稍晚，只能暫列其四，餘者皆不足道也！」

「嗯！」張士誠聽了，手抹著光溜溜的下巴點頭。在他心中，天下豪傑也是這麼幾個，至於毛貴、彭瑩玉、郭子興、朱元璋之流，只是別人的打手和爪牙，根本不值得去給予過多關注。

「今朱重九麾下帶甲十萬，又剛剛將脫脫逼退，聲望一時無兩，主公昔日曾受其恩惠，疆土與揚州也只有一水之隔，所以斷不可輕易與其相爭！」

見張士誠肯認真聽自己的剖析，黃敬夫大受鼓舞，清了清嗓子，繼續進諫，「而徐壽輝、劉福通等輩，與主公相距甚遠，暫且也只宜被視為盟友。如此，只要朱重九不染指江南，主公所面臨的對手就只有一個，**蒙元官府！**」

「的確如此。以朱大總管往日所為推測，接下來，他估計會安穩很長一段時間。」張士誠點點頭。

據他所知，朱某人去年南下揚州，就是受了朱重八的蠱惑才兵行險招。否則，以此人的優柔寡斷，恐怕還要在淮安蟄伏很長一段時間，把兵力攢足，糧草輜重攢夠了，才會穩穩當當南下。

「吳越自古便是膏腴之地，杭州為故宋所在，黎民恨蒙元苛政以久，趁著朱重九無力過江之機，主公亦傾力南進，克杭州，奪溫、台金華，然後直撲泉漳。背靠大海，自成一國。然後開商路，造巨船，往來高麗、琉球、東倭與西洋諸蠻，廣取海貿之利。然後以重金修甲兵，招募良將，打造無敵之師，拒敵於國門之外，對內，則開科舉，選賢能，廣開言路。效兩宋故政，與士大夫共治天下，以仁義安撫百姓。令百姓明禮儀，知廉恥，閒時夜不閉戶，戰時死不旋踵。如此，霸業可成，待時機一到，取九鼎如探囊取物！」

「啪！啪！啪！」張士誠聽得兩眼發光，雙手不停地拍著。

這段時間，他算是見識了江南的富庶，在北方三十畝地才能養活一家人，在吳越差不多五畝就足夠。如果家裡的男女稍微勤快些，農閒時再捕魚、打獵和織布補貼一下的，擁有五畝水田，足以過得相當滋潤。

隨著地盤的快速擴張，他也像嬰兒般，以吸奶般的速度補充著自己的知識厚度和廣度，明白吳越乃南宋的菁華所在，知道南宋朝廷在只擁有小半壁江山的情況下，依舊遠比大金好蒙元富庶，憑的就是海貿。更知道吳越之地，比天下任何地方文氣都盛，都推崇士大夫，得了士大夫之心，就令此膏腴之地風平浪靜。

所以黃敬夫所謀，在他聽來，幾乎字字句句都是為了吳越量體裁衣，都落在了實處。

「蒙元精兵皆集中於北方，若想南下，第一個要面對的就是朱重九，第二個面對的則是劉福通。由朱、劉二人做屏障，我軍可以從容操演士卒，厲兵秣馬。而那朱重九之所以能在兩年時間內雄踞淮揚，窺伺天下，所憑不過有二。」

受到張士誠的表現鼓舞，黃敬夫頭腦愈發清晰，非但將獻《降中對》時的諸葛亮給取而代之，並且迅速化身為官渡之戰前的郭嘉，比較其自家主公和競爭對手的優劣之勢來。

「其一，火器犀利，至今天下無出其右。其二，財貨之豐，亦堪稱富甲天下。然此二項皆不可持久，脫脫此番南下，元軍所攜帶火炮就突然從無到有，並且數以百計。而徐壽輝、朱重八、劉福通等人亦在自行鑄造槍炮，雖然此刻各方所造之物俱不及淮揚精良，但日積月累，差距會越來越小，而朱重九所得財貨皆依仗四下販賣火器之暴利，一旦各方皆領悟到了製造火器之秘，誰還肯以超過十倍本金的價格，從他那邊換取自己唾手可得之物？」

「黃大人所言甚至！」

「聽黃大人之言，頓有撥雲見日之感！」

沒等黃敬夫把話說完，四下裡，已經傳來一陣喝彩之聲。高啟、徐賁、張羽等一干江南名士們紛紛撫掌大讚。

· 第三章 ·

同室操戈

同室操戈，乃朱重九最痛恨的事，當初他之所以立約，
就是為了避免蒙元未退，而漢家豪傑兄弟相殘。
如果常州軍今天把鎮江軍強行吞併掉，
除非讓朱重九死在黃河之北，否則，
他回到揚州之日，就是淮安軍殺向江南之時！

此時江南的文氣遠濃於北方，淮安、高郵和揚州三地雖然因為商貿發達，吸引了一小批讀書種子，但人才儲備厚度依舊遠遜與吳越。打個具體的比方，在淮揚，讀書人的入門標準是識文斷字；而吳越，卻是能吟詩作賦，二者根本就不是一個層級。

出於上述原因，朱重九費盡了力氣，甚至通過科舉考試才聚集起來的幕僚班底規模，張士誠非常輕鬆就達到了，並且從名望上看，還遠遠超過了朱重九。淮揚大總管府至今能拎出來提一提的名士，只有老榜眼逯魯曾、參軍陳基、葉德新、施耐庵和羅貫中師徒和宋克、章溢；而張士誠這邊，除了黃敬夫、蔡彥文、宋濂等謀臣外，還將吳中四傑中的高啟、楊基、張羽、徐賁一網打盡。此外，聞名遐邇的北郭才俊，除了宋克之外，也都盡數落入了囊中。

不像當初朱重九初下淮安那會兒，只有極少人才能看出大元朝氣數已盡，如今，只要是眼睛沒長在腳後跟上的，都認為蒙元不能夠再度中興了，所以，吳越各地的讀書人被張士誠拉入幕府之後，不管最初是被迫還是主動，都很快就進入角色，準備輔佐張士誠成就帝王之業。

一則，大夥可以有機會盡展心中所學，治國平天下；二來，與天性固執的朱屠戶相比，從諫如流的張都督更值得追隨，至少，他得了江山之後，會與士大夫們共用權柄，不像朱屠戶那樣，試圖混亂綱常，讓販夫走卒和讀書人平起平坐。

「此外，那朱重九眼下氣勢雖盛，然剛不可久！」受到同僚們的鼓勵，黃敬夫清清嗓子，繼續指點江山：

「俗語云，欲壑難填，凡以利驅人者，利盡則心散，心散則勢衰。其二，淮揚軍得運河之便，亦受運河之苦，蒙元只要能集中起兵馬，從大都出發，水路最多一個半月就能抵達徐州，而糧草補給，亦可以憑漕運源源不斷。所以蒙元每次拿下，朱重九都首當其衝，兩虎相爭，必有一死，存者亦筋疲力盡矣！

「其三，淮揚自古缺糧，徐宿剛剛經歷一場大水，山東則成了戰亂之地，朱重九治下各地，數年之內，糧荒會始終如影相隨。如今天下豪傑或者有求於他，或者迫於其兵勢，或者因為唇亡齒寒的緣故，不得不向他輸送糧食，日後卻不會永遠如此，萬一蒙元威脅不再，朱重九又試圖問鼎逐鹿，呵呵……」

黃敬夫手捋鬍鬚，傲睨顧盼，得意之情溢於言表，文士們又紛紛撫掌擊節，喝彩連連。

有些話不用說得太明白，真的到了需要爭奪天下那天，傻子才會再賣給朱重九半粒糧食！甚至不用到那天，只要待到實力足夠與朱重九同場競技時，張家軍恐怕就會想出各種藉口，減少對淮揚的糧食供應，到那時，朱重九手中的火器再強又如何？

沒有糧食，士兵們總不能餓著肚子打仗！況且只要蒙元那邊不被拖垮，朱重九就絕對不敢傾力南下，否則，一旦他露出破綻，曾經被他擊敗的那些蒙元將領肯定要立刻露出牙齒。

「好，好！」在一片興高采烈的議論聲中，張士誠心情大悅，四下看了看，笑道：「黃先生真乃孤之子房也！咱們常州軍就按這個方略辦，不過得悄悄地做，不要大張旗鼓，有些事可以做，眼下卻萬萬說不得！」

「願與主公一道重整河山！」黃敬夫擦了把額頭上的油汗，朗聲回應。

「願輔佐主公，救蒼生於水火！」眾才子皆是豪氣干雲，聲音一個比一個響亮。

武將如張士德、張士信、潘原明、呂珍等，或為張士誠的弟弟，或為其親戚，當然希望張士誠做皇帝才好，大夥好跟著一道享受榮華富貴。

但是當初與張士誠一起臨陣倒戈的另外一個重要人物李伯升，卻有些膽小，遲疑道：「將來之事，得根據情況再定，不能連鹵水都沒打出來，就先想著如何分鹽巴！眼下橫在大夥面前的嘉定，就是一道坎，如果連它都拿不下，我軍就摸不到杭州城的大門，更甭說什麼南下泉漳，自成一國的大話了！」

「老李啊，你就會給我添堵！」張士誠粗豪地道：「不是說人無遠慮，必有近憂麼？大夥考慮長遠些，有什麼不好？」

「怕是好高騖遠！」李伯升繼續大潑冷水，「什麼想法都得實際一點吧？如果攻不下杭州，我軍所據之地不過是常州和平江兩府。按照此番出兵前的約定，太湖之西各地則要交給王克柔，他那邊若不是隔著一個獨松關，說不定比咱們先一步還把杭州給拿了去！」

這桶冷水有點滿，非但澆得張士誠臉上喜色消失，一眾文臣武將也是好生尷尬，從北往南攻取杭州，向來是要繞著太湖走，一條路是走湖西的宜興、湖州、臨安，中間卡著一個天下聞名的獨松關；另外一條則簡單得多，沿著大運河一路南下，途中沒有任何險阻。

此番南征，雖然打的是張士誠一家的旗號，但隊伍實際上卻是兩支，如今西路在王克柔率領下，已經攻破了湖州，隨時準備跟張士誠在杭州城下會師。而常州軍這邊，先是在無錫城下被拖了整整十天，然後朱亮祖又帶著一夥殘兵敗將擋在了嘉定城外，多日無法寸進，就這戰鬥力，還提什麼日後跟朱重九爭江山呢，不被王克柔一口吞了就得燒高香了！

然而，好不容易才在張士誠心目中確立了士大夫的完美形象，眾幕僚們豈肯被李伯升幾句話就將其破壞掉，當即，黃敬夫和蔡彥文兩個互相看了看，把心一橫，齊聲道：「李將軍休要長他人志氣，只要張都督肯依某等之計，嘉定城唾手可得。」

「呀，李某倒是看走眼了，沒想到二位能有如此本事！」李伯升草莽之氣未脫，對黃蔡二人沒有絲毫禮敬之心，冷笑道：「也罷，從明日起，李某就將弟兄們從嘉定城外後撤三十里，任由二位隨意施展！」

「老李！」張士誠氣得緊握拳頭，喝止道：「他們兩個的本事在於運籌帷幄，你的本事在於陣前爭雄，從古至今，你看到誰曾派讀書人拎著刀子上陣來過？」

「不妨！」黃敬夫凜然擺手。都被逼到這個份上了，他如果再往後躲的話，先前一整年的努力就要徹底白費了。

「主公且給黃某一道軍令，黃某願意拿著它去嘉定城中，向那朱亮祖擺明利害，說舉城來降，此計若成，則主公非但轉眼即可兵臨杭州城外，並且麾下再添一員猛將！如若不成，則黃某之頭必會掛於城牆之上，也免得李將軍日日看了生厭！」

「使不得，使不得！」張士誠大驚失色，一把拉住黃敬夫的胳膊。「老李他是怕咱們妄自尊大，不思進取，所以才出言刺激一下，黃愛卿何必如此較真？」

他是真心替黃敬夫著想，怕後者一旦入嘉定城，就沒命活著回來，誰料黃敬夫卻越勸越來勁，自告奮勇道：「臣願立軍令狀，若是不能替主公取來嘉定，願持頭以謝！」

「這個？嗯……老李你……」張士誠一時間急得滿腦門全是汗。那朱亮祖豈是輕易會被說服之人！當年朱重九挾大勝之威，迫他和廖大亨二人歸附，他都找藉口一拖再拖。最後毅然強渡長江，逃回蒙元那邊，如今張家軍只不過跟他打了個平手，他怎麼可能反而會投降？

正手足無措間，又聽李伯升憤憤地朝地上吐了口吐沫，打臉道：「姓黃的，你不要自己去找死了，如果面子上下不來，李某向你賠罪便是！」說罷，僵硬地給黃敬夫做了個揖。

「這就對了，老李是個實在人，不會說話，黃卿你別跟他計較！」張士誠如蒙大赦，擦著額頭上的汗道：「來來來，咱們今天不談嘉定，大夥兒找地方先喝幾盞酒，舒緩一下心情！」

「主公且慢！」黃敬夫卻不肯領情，仍是請纓道：「黃某原本就打算親自前往嘉定，並非完全為言語所迫！」他轉過頭，傲慢地向李伯升拱了拱手，道：

「李將軍的好意，黃某心領了，君子言出有信，嘉定，黃某是非去不可！」

這就有些鑽牛角尖了，張士誠雖然尊重他，心裡不覺也有些窩火。然而黃敬夫接下來的話，卻瞬間讓他的怒火熄滅，由衷地佩服。

「朱亮祖肯不肯歸降，是他自己的事；能不能守住嘉定，卻是全嘉定士紳的事。」黃敬夫淡定地整了整衣衫，從容道：「他這個義兵萬戶，兵馬糧草來自地方，而不是朝廷，如果地方士紳都願意歸降主公，即便他不願意投降，也只有掛印而去一條路可走；反之，若地方士紳皆不願降，就算他想把嘉定城獻給主公，恐怕也是有命謀劃，沒命付諸實施！」

「嘶——！」不光張士誠一個人佩服得五體投地，其他常州軍的高級將領也個個倒吸冷氣。

與鹽丁們無牽無掛的境況不同，所謂「義兵」，與眼下的「毛葫蘆」兵、團練相似，都是地方士紳為了鎮壓紅巾義軍而自己組建的鄉勇，非但其兵刃器械，糧草輜重，大部分要由士紳們分攤，連軍中士卒也全是地方士紳大戶家的佃戶、長工乃至私奴，對主人家有著無法割斷的依附關係。

而義兵中的各級將佐，也完全由士紳大戶之家那些有出息的子侄擔任，彼此之間關係錯綜複雜。如果他們鐵了心要抗命的話，瞬間就可以令一整支「義兵」

癱瘓在地。除非主將有絕對魄力和本錢，能痛下殺手，把所有營頭清洗一遍。否則，除了向他們妥協之外，根本沒有第二條路可走！

而黃敬夫即將去做的事，就是**以張士誠的名義去拉攏嘉定城內外的士紳大戶**，憑著他以往不錯的才名，憑著高啟、宋濂、楊基、張羽、徐賁等人在讀書人中的聲望，以及他們各自背後的龐大宗族，只要張士誠給出的條件合適，此行的成功機會絕對在六成以上。

即便雙方談不攏，文人和文人間自有一套相處法則，出於給自己留退路的考慮，地方士紳們也會想方設法保證黃敬夫平安離開！

「善！大善，孤得敬夫，如魚得水！」沒等眾武將們從震驚中回過心神來，張士誠已經大笑撫掌。若不是皮膚因為風吹日曬略顯健康了些，與戲臺上的大漢昭武皇帝扮相別無二致。

「請主公效仿當年大漢高祖，與江南百姓立約，復宋制，興教化，與百姓秋毫無犯！」蔡彥文帶頭敦促。

隨後，楊基、張羽、徐賁等人也躬身道：「請主公效仿當年大漢高祖，與江南百姓立約，復宋制，興教化，與百姓秋毫無犯！」

「哈哈哈哈……」張士誠仰起頭，放聲大笑。「准，孤准奏便是。黃卿，你和大夥替孤起草一篇檄文，傳給江南各地的父老。具體該如何寫，你們這些飽學才子們商量著來。只要能趕走蒙古人，咱們自己人跟自己人之間還有什麼不好商量的？這天下，原本就該與有本事的人共治！否則，孤即使累死恐怕也忙不過來！」

「主公聖明！」黃敬夫、蔡彥文、楊基、張羽、徐賁等人對張士誠鄭重施禮。宋濂、高啟等穩重之人雖然覺得張士誠答應得有些輕率，但如果能將蒙元用武力打碎的「君王與士大夫共治天下」理念重新黏合起來，並且能替儒家在新朝中爭取到無可替代的地位，他們也樂見其成。

只有李伯升、呂珍和一些鹽幫頭目出身的武將，心中隱隱覺得有些失落。但在讀書人面前，他們原本就有些自卑，如今後者還聲稱能兵不血刃拿下他們犧牲了數千兄弟也沒能得手的嘉定，讓他們只能尷尬地退在一邊，聽周圍的人聲鼎沸。

「報——！」一個來得非常及時的小校，徹底解決李伯升等人的困窘。

看臺上的熱鬧聲戛然而止，黃敬夫回過頭，不滿地問：「汝有何事，如此大呼小叫？難道你心裡就沒有軍法二字麼？」

「這，這……」小校被質問得滿臉通紅，將目光轉向張士誠，求饒般道：

「是王克柔王將軍在轅門外求見，他命令小的過來先向主公告知的，小的不知道大人正跟主公有要緊事商量。小的知罪，請主公寬恕！」

「你起來吧！」張士誠此刻心情正好，擺擺手，「回去告訴王將軍，就說本都督馬上親自出去接他！」說罷，大步流星跳下看臺。

黃敬夫等人雖然被小校給掃了興，但也知道怠慢不得，與李伯升等武將緊緊跟在了張士誠身後。

才走了二十幾步，蔡彥文心中忽然閃過一絲亮光，快步貼近張士誠的耳邊，以極低的聲音提醒道：「主公可知那王克柔今日為何而來？」

「那有什麼難猜的，他攻不下獨松關，孤這邊也被嘉定城給擋住了，想必他是過來商量跟孤再度合兵，集中力量從一個地方下手！」張士誠稍一琢磨，就想出了答案。

「那主公可願意跟他合兵？」蔡彥文不動聲色地問。

「當然，人多力量大麼！先前分兵各走一路，原本就是為了提防被元軍給堵住的沒辦法中的辦法！」張士誠順口回道。

然而，很快，他的臉色一變，停住腳步，道：「你是說，既然咱們有希望拿下嘉定，就沒必要跟他搭夥？你這不是讓本都督被人罵麼？」

「臣不敢！」蔡彥文眼裡不帶任何畏縮。「臣還想知道，倘若合兵一處，將以誰為主？誰為從？主公的承諾，那王克柔將軍可會奉行？」

「當然是以孤為主，這是過江之前朱總管那邊早定下來的！」張士誠毫不客氣地說道。隨即雙手交叉，在胸前反覆屈屈伸伸，「你說得也是，這小子對朱某人佩服得緊，叫他往東絕不會往南，孤這邊的承諾若是有跟淮揚那邊對不上號的地方，他還真不會聽！」

「呵呵……」蔡彥文搖搖頭，不再說話。

黃敬夫等人也紛紛停住腳步，圍在張士誠身邊，目光中充滿了期盼。**有些選擇，肯定是要做的，如果做了，就不能再回頭。對一個普通人如此，對一城一國，恐怕也是如此。**

周圍的氣氛瞬間緊張起來，校場上的火銃聲也激烈如爆豆子般響著。縷縷硝煙飄過，張士誠被刺激得大聲咳嗽，然後，用力抹了一下嘴巴，咬著牙道：「爾等不必如此看孤！孤今天既然許下了承諾，就不會輕易改口，一會兒見了面，孤會想方設法讓王克柔跟孤一道走，跟著孤，一道去取嘉興和杭州！」

「就怕倉促之間，王將軍恐怕很難如主公這般做出決斷！」蔡彥文目光裡湧上幾分陰毒，「況且他那個人，眼界淺得很，萬一與主公起了分歧，兩軍再想合作下去恐怕就難了！」

「是啊，王克柔將軍麾下也有兩萬多兵馬呢，如果自行離開，我軍就會被斷一臂！」黃敬夫看了看蔡彥文，笑呵呵地道。

「孤明白，孤自有主張！」張士誠擺弄著手指，不斷發出「咯咯」「咯咯」的關節錯位聲，有點疼，但是帶給他更多的卻是一種殺伐果斷的快意。「士德，士信，你們兩個去中軍帳準備一下，等會兒咱們在那邊招待王將軍！」

「得令！」回答的聲音格外響亮，張士德與張士信兩人垂涎王克柔手中的兵權與地盤已經很久了，巴不得立刻就取而代之。

「九四，那可是咱們在高郵就同生共死過的老兄弟！」旁邊的李伯升卻是大驚失色，喊著張士誠沒發跡前的名字，勸阻道：「你想想，當年咱們一起出來的老兄弟，如今還剩下了幾個？」

「李將軍不得無禮！」沒等張士誠回應，黃敬夫搶先一步呵斥。

「李將軍，主公之名，你我豈能直呼？還不速速退下，找個地方閉門思過！」蔡彥文緊隨黃敬夫之後，義正詞嚴地教訓李伯升。

張士誠原本就覺得李伯升最近變得越來越婆婆媽媽，對自己有許多掣肘，被黃、蔡兩個人一提醒，立刻意識到這是在對方心裡依舊沒把自己當作主公來看待，不由得皺起了眉頭，雙目中閃出一道冷光。

李伯升頓時被這道冷光逼得滿頭是汗，接連後退了好幾步，才重新站穩腳跟，向張士誠深深俯首，「主公勿怪，末將不是有意衝撞，但是，主公您即使不念當年舊情，也應該記得那高郵之約的第一條寫的是什麼。」

「高郵之約……」張士誠愣了下，緊握的拳頭緩緩鬆開。

如果李伯升不提，他還真的把這份盟約給忘了，一經提醒，有些話立刻在耳邊敲響如洪鐘大呂：吾等起義兵，志在光復華夏山河，韃虜未退，豪傑不互相攻殺，有違背此誓者，天下群雄共擊之。吾等起義兵，志在逐胡虜，使民皆得其所，必約束部眾，無犯百姓秋毫，有殘民而自肥者，天下群雄共擊之。……

同室操戈，乃朱重九最痛恨的事，當初據說他之所以拉著趙君用、毛貴和郭子興等人立約，就是為了避免蒙元未退而漢家豪傑兄弟相殘，如果常州軍今天把鎮江軍強行吞併掉，除非讓朱重九死在黃河之北，否則，他回到揚州之日，就是淮安軍殺向江南之時！

「那高郵之約，張某當然記得，李老哥，你這是想哪去了，我是讓士信他們兩個去把中軍帳收拾一下，免得讓王將軍看了笑話。怎麼可能包含別的意思？」

張士誠又變回了原來那個義薄雲天的張九六，笑呵呵上前扶住李伯升，拍打著後者手背說道。

「是啊，是啊，李將軍真是以小人之心度君子之腹！」黃敬夫、蔡彥文二人也乾笑著。

一干謀士當中，他們兩個追隨張士誠時間最久，清楚地知道高郵之約的整個制定過程以及上面的每一段文字；更清楚的知道，常州軍即便吞併了鎮江軍，短時間內，實力與淮揚那邊相差依舊巨大，根本擋不住對方全力一擊，所以，心中一些蠢蠢欲動的念頭立刻被嚇得縮了回去，再也不敢繼續慫恿張士誠，去行什麼殺人奪軍之策。

「嘿！」李伯升卻冷笑著將頭扭到一旁，不肯再接黃、蔡二人的話。

對於這兩個所謂的飽學之士，他現在是打心眼裡厭煩，甚至覺得張士誠之所以變得越來越涼薄，就是受了這兩個傢伙蠱惑的緣故。但是，以他的能力和影響力已經無法再阻止張士誠對讀書人的倚重，所以只能自己敬而遠之，以求將來能問心無愧。

黃敬夫和蔡彥文二人被當眾掃了面子，臉上的表情好生尷尬，打著哈哈說道：「走了，走了！主公說是出來迎接貴客的，被幾句廢話一耽擱，又耗費了不少功夫。王將軍不知道內情，搞不好以為主公是故意怠慢於他呢！」

「走了，走了，咱們自己人有爭執難免，但誰都不准往心裡頭去！」張士誠趁機大手一揮，結束剛才的話題，掉轉頭，走向轅門。

那王克柔早已得到了通知，正在營門口跟當值的小將有一句沒一句地聊著家常，猛然間看到軍營裡衝出一大群人，知道是張士誠到了，趕緊將戰馬的韁繩丟給親兵，向前急行數步，拱手道：「張都督，我有急事找你，所以才事先沒約就匆匆趕來了！怎麼樣，沒耽誤你的大事吧！」

「咱們兄弟，你還跟我扯這個？」張士誠又換了第三副面孔，衝上前，與王克柔相對見禮，「再大的事情，能比你來了還大麼？那句話怎麼說來著，子曰，有朋自遠方來，不什麼來著？看我這個腦袋瓜子，簡直跟榆木疙瘩一樣！」

「不亦樂乎！」黃敬夫趕緊接了句，「見過王將軍！有道是，士別三日刮目相看！半月不見，王將軍舉手投足間可是更具名將氣度了！」

「見過黃夫子，蔡夫子，還有諸位兄弟！」王克柔笑著拱手還禮，隨即衝著張士誠身後的眾文武做了個羅圈揖。

「見過王將軍！」「王兄弟客氣了！」眾文武根據各自與對方的關係遠近，紛紛拱手相還，有的還故意向前擠了擠，以示自己跟周圍的文人們有所不同。

王克柔目光從大夥臉上迅速掠過，驚詫地發現張士誠幾乎把常州軍的所有核心人物都帶了出來，嚇了一跳道：「弟兄們太客氣，我不請自來，給大夥添亂了。」又將目光轉向張士誠，「張都督，都是自家兄弟，何必弄得如此鄭重？早知道你這麼做，我乾脆不親自來，寫信商量就是了！董摶霄死了，咱們此番出兵的目的已經達成。我想把湖州讓給你，自己帶兵返回鎮江去，不知道老哥是否能抽出幾千兵馬來，過去與我交接？」

「這……」張士誠和眾文武俱是一愣，特別是李伯升、呂珍等以前與王克柔交往頗多的武將，簡直恨不得立刻找個地縫鑽進去。

太丟人了，自己這邊還在悄悄地謀劃如何擺鴻門宴，吞併人家的隊伍和地盤，誰成想，人家卻自己把地盤送上門來了！兩相比較，**誰君子誰小人，一目瞭然**。

「這次出兵倉促，老窩那邊很多東西都沒準備好，萬一被賊人所趁，咱們就有些進退兩難了！」王克柔卻不知道剛剛發生在常州軍內部的爭執，見張士誠遲遲不肯回應，還以為此人是跟自己見外，笑了笑，繼續說道：

「所以呢，既然最初的目的已經達到，小弟我就準備返回鎮江去了，一方面根據最近戰場上收穫的心得，把手底下的兵馬好好整頓一番；另一方面，也能替老哥你看著點身後，讓你放心地跟韃子周旋！」

「這，兄弟，你真是太客氣了！」張士誠的臉皮再厚，聽到此處，也慚愧得兩頰漲血，大手在身前搓了幾下，結結巴巴地道：「湖州是你帶著弟兄們捨生忘死才攻下來的，哥哥我怎麼好意思白拿？你儘管放心回鎮江，湖州隨便留兩三百人就行。我另外派兩千兵馬去歸安縣替你看著，等你什麼時候騰出手來了，我的人馬再撤回來就行！」

「不可，不可，張大哥麾下的兵馬也不充裕，況且小弟我也不懂治理地方，還不如直接把湖州給了你！」王克柔聞聽，立刻用力擺手。

「那怎麼行？你把我張九四當成什麼人了，居然厚著臉皮從自家弟兄手裡搶地盤？」張士誠也客氣起來，死活不肯接受對方的大禮。

眼見著二人推讓個沒完，常州軍長史黃敬夫心中大急，輕輕咳嗽了幾聲，打岔道：「主公，難道你不請王將軍進營中坐坐麼？這大冷天的，都堵在轅門外說話總不是道理！」

「啊，你不說，我差點忘了！怪我，怪我！」張士誠立刻朝自己腦袋上狠拍了一巴掌，隨即拉住王克柔的胳膊道：「湖州城歸誰的事情，咱們以後再說，今天難得兄弟你有空來，咱們一定要好好喝上幾十大碗！」

「我這點酒量，哪是哥哥的對手？」王克柔被拉得踉蹌了幾步。

「你小子別裝，都是當年推鹽包的弟兄，咱們誰還不知道誰?!」張士誠卻不肯鬆手，拉著王克柔往軍營裡頭走，「你放心，今天你喝倒了，我派八抬大轎把你送回去，如果你願意住哥哥我這兒，我找四個美人來給你暖床。放心，全是沒被碰過的清倌人，絕不會拿殘花敗柳來糊弄你！」

「張大哥，你真是太客氣了！」王克柔無奈，只好跟著張士誠。

須臾來到中軍帥帳，張士信和張士德兩人早已安排好了宴席，大夥分賓主落座。王克柔的親兵也被張士誠的女婿潘元紹帶進了軍營內，緊靠著中軍帥帳，另外設酒席款待。

吳地自古就是魚米之鄉，飲食文化甚為發達，再加上張士誠如今正春風得意，從沒考慮過量入為出，因此這頓酒席極盡奢華之能事，把個王克柔吃得眉開眼笑，幾度差點咬了自家的舌頭。

飯桌上，賓主談得也十分融洽。除了最近一段時間各自於戰場上的收穫之外，還共同展望了天下大勢，兩人都一致認為大元朝已經日薄西山了，縱使有神仙幫忙，也不可能再度中興。

「蒙元的漕糧，半數為江浙行省供應！」見張士誠和王克柔兩個說來說去，始終沒涉及到正題，黃敬夫心裡頭著急，找了個自認為恰當的機會插嘴道：

「而南面的處州、溫州山多地少，物產並不豐富，所以只要主公和王將軍合力拿下杭州，就等於卡住了蒙元朝廷的糧袋，稍微將手收得緊一些，就可以令一粒米都不會再運到大都去！」

「正是此理！」蔡彥文與黃敬夫二人向來是心有靈犀，端起一盞酒，笑呵呵地道：「雖然兩位將軍身處江南，但只要能斷了蒙元朝廷的糧食供應，大都城那邊就不可能繼續募集兵馬南下，無形中亦是幫了朱總管一個大忙！」

「那是自然！俗話說，皇帝不差餓兵麼！」張士將酒盞轉向王克柔，「所以我想多一句嘴，王家哥哥其實不急著現在就返回鎮江，咱們兩家兵馬合在一起，先把杭州給端下來，待分了杭州城內的錢糧，王家哥哥你再整頓兵馬，也會容易許多！」

「這話有理！！」王克柔舉起酒盞跟張士德碰了碰，「黃先生，蔡先生，你們說得肯定有道理。我在之前，也曾經起過同樣的念頭，但我昨天卻聽到了一個消息。大總管又開始整軍了，先前的五個軍都要擴編為廂，朱總管叫它為軍團。並且王宣的黃軍，已經直接在山東改編為第六軍團，總兵力接近七萬，軍械糧草供應都與其他五個軍團一模一樣！」

「此話當真！」在座的常州軍文武俱是一愣。

最近忙著籌畫自立門戶，他們還真沒怎麼關注淮揚那邊的變化，只知道朱重九、徐達和胡大海三個都殺過了黃河，與脫脫、雪雪、察罕帖木兒和李思齊四將在泰山腳下殺了個難解難分。卻不知道在放手與脫脫惡戰的同時，朱重九居然還有精力來重新規劃他的淮安軍！

「我何必騙你們?!」王克柔又喝了一大口酒，臉色因為酒精的刺激，現出幾分微紅，「所以我琢磨著，乾脆參照王宣的辦法，直接帶著麾下弟兄們併入淮安軍算了！要不然眼瞅著被人家越落越遠，將來主動送上門去，人家也不願意要了！」

話音落下，整個中軍帳內立刻變得鴉雀無聲，所有常州軍文武，包括張士誠自己都愣在了當場，手中的酒杯歪歪斜斜，裡邊的酒水被灑了大半都沒人顧得上去管。

主動歸附，將地盤和兵馬全都交給朱重九，**放著好好的一方諸侯不做，卻只求去做區區一介指揮使！**這與常州軍日前圖謀的完全自立門戶動作，根本是背道而馳！**姓王的莫非腦門上剛剛被射了一箭？還是他在故意試探常州軍的虛實?!**

「我知道張老哥你志向遠大，所以願意把湖州留下來給你做基業，以全咱們兩兄弟這些年來的情誼！」王克柔明顯是有些酒意上頭了，不管別人願意不願意聽自己的陳述，囉囉嗦嗦地說道：

「但我這個人呢，跟老哥你不一樣，沒啥大志向，所求不過是自己有口安穩飯吃，順帶著再給孩子們弄個好前程。最近這幾仗打下來，兄弟我也明白了，這打天下和治天下都不是一件很容易的事，所以乾脆趁早投奔到朱總管帳下，落個下半輩子踏……」

「王將軍是不是操之過急了些？**你怎麼知道這天下將來一定就會姓朱？**」黃敬夫猛然驚醒，出言打斷。

不能讓姓王的繼續說下去了，再說下去，難免張士誠會受到他的影響，**如果常州軍也走了回頭路，自己心中那些抱負怎麼還可能有機會舒展？吳越士紳的利益，又要依靠誰來保障？**

「是啊，王將軍，還請三思！」

「王將軍最好觀望一段時日再做決斷！」

「王將軍不願治下百姓將來再受刀兵這苦，可謂大仁！然朱大總管那邊，卻未必有王將軍一席之地！」

不光是蔡延文，高啟、宋濂等幾個很少開口說話的江南名士陸續出言勸阻，在眾人眼裡，淮揚之治只能起到一時之效，隨後便會是大亂的開始。所以，無論是為王克柔本人著想，還是為了常州軍的安全著想，大夥都必須阻止鎮江軍的內附。

誰料那王克柔卻是個心志堅定之輩，認準的路，九頭牛也拉不回。只見他端起酒盞，紅著臉朝四下拱手道：「諸位哥哥的好心，王某這裡領了！諸位哥哥勿勸，王某做出這個決定不是一天兩天，只是心裡念著跟九四的交情，所以在北去之前，才特地親自過來說一聲！」

「既然你心意已決，說與不說還有什麼分別?!」被王克柔的拗勁兒氣得火冒三丈，張士信將手中酒盞用力往桌案上一拍，歪著脖子嚷道：「無非將來領著兵馬來征討我兄弟時，心裡能少些不安罷了！行，你儘管去，我兄弟洗乾淨脖子，就在這裡等著你就是！」

「可不是麼，說一千，道一萬，你不過是畏懼淮揚那邊火器犀利，自己先軟了腿肚子而已！你儘管走你的陽關道，以後沙場上見了，咱們各不留情！」

「還說什麼交情不交情。你要是真的念著跟我家主公的交情，何不把兵馬也都留下，自己隻身過江！」

張士德、張士貴、潘越等一干將領都紅著眼附和，彷彿王克柔欠了幾十萬貫錢一般，需要當場追還回來。

「住口！」聽眾人越說越不像話，張士誠狠狠拍了下桌案，厲聲打斷道：「王兄弟都做到這個份上了，你們還想怎麼樣？那地盤和兵馬都是捨命換回來的，自然他想給誰就給誰，什麼時候輪到爾等替他來拿主意？都給我坐下，倒滿了酒水向王兄弟賠罪！」

罵過之後，又將目光轉向王克柔，「兄弟你別往心裡頭去，都是我平時將他們慣壞了，一個個沒大沒小。你在去投奔朱總管之前，還記得跟哥哥我說一聲，還給我留下一大塊地盤，哥哥我這輩子都記得這個情！」

說著說著，他的眼睛也紅了，兩行清淚順著面頰緩緩而落。

「哥哥我不攔你，也沒資格攔你，只希望你到了朱總管那邊之後，千萬還記得你在這邊還有一幫子弟兄；若是有朝一日飛黃騰達了，能幫著說幾句好話，就幫著說幾句好話，要是真到了兩家勢同水火那一刻，領兵前來交鋒的，也千萬不要是你！」說罷，雙手掩面，肩膀不停聳動著。

王克柔看了，眼睛頓時也開始發紅，道：「九四，你別這樣，你這樣我心裡頭也難受！按道理，咱們倆相交這麼多年，你想獨自去打天下，我該更向著你一些才對，但你別生氣，我說句實話，**我看不出你的勝算在哪兒**，甭說勝算，連希望我都看不到一點半點，所以，你這邊張羅得越緊，我也只好走得越急，這些都是大實話，臨別前，我直接跟你說了，好聽不好聽，你都別介意！」

一番話說得情真意切，讓張士誠立刻止住了悲聲。

旁邊的張士德、張士信等人雖然不滿意，但對方已經把話說到了如此直白的地步，也沒法再繼續胡攪蠻纏了。

你常州軍不謀求自立門戶，我鎮江軍也許還不急著北附，既然你心裡已經生了青雲之志，那就不能再怪我王克柔跟你劃清界限了。畢竟，**爭天下是要賭上全家人，連同手下眾謀臣武將性命的**，我雖然跟你交情好，看不到你贏的希望，當然不可能拿全家老小的性命陪著你去送死！

唯獨黃敬夫搖搖頭，冷笑道：「王將軍這是哪裡話來？你怎麼知道我家主公就沒有任何贏面？想在一年之前，那朱屠戶不過也只佔據了區區一個淮安而已。情況還遠不如我家主公現在！」

「的確，一年半前，朱總管只佔據了淮安，兩年前更是不如，他只是一個小小的左軍都督，麾下兵不滿千，將不滿五，謀臣更是半個也無！」王克柔用淚眼瞥了他一下，接過話道。

他看出來了，張士誠本人未必有多大野心，但黃敬夫、蔡彥文等謀臣，卻個個都有當宰相的念頭，所以**問題不在張士誠本人身上，而是在他周圍**。

「兩年前，誰知道這世上還有火炮？」頓了頓，他的聲音陡然轉高，「一年半前，誰曾見過能五十步外貫穿重甲的火槍？還有那些花樣層出的攻城掠地利器，看起來每一件都非常簡單，但在朱總管之前，諸位有誰曾經想到？」

「這……」黃敬夫被問得好生尷尬。

對讀書人來說，巫醫樂師百工之流俱屬賤業，除了朱屠戶這天生的殺豬漢，凡是上得了檯面的大戶人家，誰還會把心思放在那種地方？但火炮、火槍還有攻城車之類武器的犀利，偏偏又是大夥有目共睹，若硬將其貶為奇技淫巧，恐怕非但說服不了王克柔，連常州軍的將士們也不會同意。

「恐怕非但想不到，給了模子讓諸位照葫蘆畫瓢都未必做得出來吧？」王克柔卻不肯見好就收，借著幾分酒意說道：「且不說以前我等受了朱總管多大恩惠，我鎮江軍練兵之術學自淮揚，火炮、火銃運自淮揚，身上穿著的鎧甲，腳下蹬的戰靴，連同弟兄們的中衣，也都產自淮揚。真正跟朱總管翻了臉，他把供應一斷，我就得光了屁股上戰場，你們說，我王某人有什麼勇氣跟朱總管去逐鹿問鼎？」

・第四章・

歷史真相

真的就這樣把脫脫賣給淮安軍麼？
脫脫至少到現在為止依舊是當朝丞相！
如果後世有人記載這段歷史，自己的形象會是什麼模樣？
有誰會知道，殺掉脫脫是大元皇帝妥歡帖木兒的親自授意，
而不是自己和哈麻兩個嫉賢妒能……

這話問得可太誅心了，讓常州軍內一眾文武個個都面頰緋紅，耳根子發燙。的確，大夥這一年多來沒少往淮揚那邊運糧食，但隨著船回來的，卻是武器、鎧甲和各類軍需。並且從價值上看，所得到的遠遠超過了所付出的。正所謂**吃人嘴軟，拿人手短**，用著朱重九提供的兵器，穿著人家朱重九給製造的鎧甲，還想掉過頭去跟人家爭奪天下，恐怕沒等開戰，自己這邊士氣已經先掉了三分！

但是，想讓黃敬夫等人一下子就放棄各自的野心和執念，顯然不太可能，很快，宋濂就接話道：「的確，鎮江和常州兩家對淮揚依賴頗多，但我兩家也不是平白受了他的好處，至少，出兵牽制董摶霄的任務，我兩家都是全力以赴；並且拿下吳越之後，等同於斷了蒙元朝廷的糧道，同樣也是給朱總管提供了大力支持！」

「淮揚與鎮江、常州兩家同氣連枝，互相幫忙乃是分內之事！」高啟接過宋濂的話，「恐怕三、五年內都是這個樣子，而三五年後，我常州軍坐擁吳越，兵器甲杖未必不能自給自足！」

「對，不就是火炮火槍麼？我們自己也能造！未必永遠求著他揚州！」張士德用力拍了下桌案，長身而起。「不信，王哥就在我常州軍的大營裡等著，就住一個月，一個月內，我保證給你造出和揚州那邊一模一樣的火槍來！」

「對，王哥，你就在我軍中住上一個月，之後想去哪裡，我們都不攔著你！」張士信更是直接，乾脆強行留客。

「信，我信！」王克柔卻好像沒聽出二人話語裡的惡意，「不過，你總是照貓畫虎，別人豈會站在原地等你？有一樣新鮮玩意兒，不知道你們見過沒有？」

說罷，輕輕將罩袍一撩，從腰間露出一排密密麻麻的木柄。

「這是……」眾人誰都沒想到王克柔身上還藏著秘密，一時間看得滿眼迷霧。

「手雷！」在眾人疑問的目光中，王克柔說出了令大夥心驚肉跳的字眼。

然而很快，大夥就紛紛將心放回了肚子裡頭，手雷這東西誰不知道啊，威力大是大，可不點燃捻子，屁用沒有！況且軍中常用手雷，個個有小西瓜般大，裝藥都在一斤半之上，而王克柔腰中所別，卻只有兒臂粗細，連木柄都算上才尺把長，並且連捻子都沒有安在上面！

「諸位莫笑，這是淮揚新出的手雷，原來那種西瓜大小的，已經不再造了！」王克柔知道大夥發笑的原因，從腰間拿出一個手雷來，慢慢把玩。

「原來那種威力大是大，但非膂力和勇氣具備之士，根本發揮不出作用，而越是往南，人的身材越矮小，膂力也越弱，所以大匠院那邊特地改成了眼下這種！」

「這麼小一個能有啥用？總不能照著腦門上砸吧！」張士德一把搶走，擺在自己眼前仔細端詳。

「九六小心，不是那麼玩的！」王克柔趕緊奪回來，「這手雷雖然比原來的小，但使用起來方便多了，威力也不比原來的差，不信，大夥跟我到外邊看看！」

說罷，大步流星朝軍帳外走去。張士誠、張士德和黃敬夫等人連忙跟上。

王克柔朝空曠處走了十幾步，指著一處被當作校場的空地，道：「諸位留步，且看我露上一手。這東西動靜有些大，九四，你要有個準備！」

說罷，也不用什麼火源，只將木柄手雷尾部的蠟紙挖破，從裡邊抽出一根白的細線，然後用牙齒將細線一扯，揮臂將手雷丟了出去！

「轟！」四十餘步外，火光閃爍，照亮張士誠等人煞白的面孔！

「轟！」「轟！」「轟！」王克柔扔了一枚還不過癮，將腰間木柄手雷接二連三抽出來，朝著先前的爆炸點附近扔過去，把個常州軍的營內大校場炸得濃煙滾滾。

「好了好了，別扔了，王哥！」張士信雙手捂著耳朵。

這哪裡是什麼手雷，跟王克柔搭配在一起，簡直就是一座人形火炮，還是連續發射的那種，根本不用清理炮膛！

「別再扔了，容易引發誤會！」張士德的膽子雖然比張士信大，卻也驚得臉色煞白。

再看其他黃敬夫、蔡彥文等文職，一個個手腳發軟，兩股戰戰，如果不是衝著自家主公那張鐵黑色的面孔，恐怕早就逃之夭夭了。

不光是他們被嚇呆了，附近一些正在巡邏的常州軍將士驟然聽到滾滾驚雷，不清楚到底發生了什麼事，一個個也被嚇得臉色煞白，緊握著兵器茫然不知所措。

正在軍帳內喝酒的鎮江軍親衛聞之，卻敏捷地跳了起來，三兩步衝到王克柔身側。

「王兄弟，你這是做什麼？快把手雷收起來！」張士誠這才如夢方醒，「老哥我對你絕無惡意，如果言不屬實，情願天打雷劈！」

「九四你的為人，我當然信得過！只是麾下弟兄們說，你們常州軍可能沒有新式手雷，臨行前非要我帶上幾個給大夥開開眼。怎麼樣，的確非同一般吧？根本不用什麼火媒，在這裡把油紙挑開，一拉裡邊的繩頭……」

王克柔一邊說著話，他又迅速拉動了手雷木柄內的引線，然後將最後一顆手雷奮力向正前方扔出去。

「這樣的手雷，才真正適合擲彈兵！雖然威力沒有先前那種大，可有二十名擲彈兵跟著，千軍萬馬裡邊也能走上一遭！」

好像是在對張士德等人示威，又好像是在向張士誠證明著什麼，王克柔拍了拍腰間，大發感慨。

黃敬夫、蔡彥文等一干謀臣嚇得連連後退，即便張士誠本人，也悄悄向後挪動了兩步，然後強打起精神回道：「可不是麼，這都快趕上一門四斤炮了，還遠比四斤炮打得快，打得準，要是落到那些丟石頭出身的放羊娃手裡，這天下還有什麼地方去不得？」

說著話，他一邊拿眼角的餘光朝王克柔身邊的親衛手臂上瞄。

「這就是我說別人不會停在原地等你的原因！」知道示威的效果已經達到了，王克柔又非常誠懇的勸告道：「你只看到了火炮和火槍，卻不知道下一個月朱總管那邊又會拿出什麼殺人利器來，等你學會了造槍造炮，人家那邊估計早就又推陳出新了，**一步晚，步步晚，你還能怎麼追？**」

「嗯……」張士誠沉吟不語。他知道王克柔是出於一番好意，怕自己將來生了跟朱重九爭天下的念頭，所以才苦苦奉勸，但是，野心這東西就像墳塋裡的鬼火，只要冒一個頭，就無法輕易熄滅，直到將能燒的東西統統燒光，或者被蒼天打下來的驚雷劈成齏粉。

「不過依舊是火器之利而已！」黃敬夫唯恐張士誠被說動，硬著頭皮辯駁道：「光憑著刀兵之利，就能定得了天下了？如此，暴秦又何來二世而斬？我等又何必捨死站出來，誓要推翻蒙元？」

「那**先生以為天下以何而定**？難道靠嘴巴來吹麼？」王克柔冷笑反問。

「當然不是！」黃敬夫氣得鬍子上下亂跳，「亞聖有云，仁者無敵於天下。若仁者在位，必尊儒重道，親君子，遠小人。省刑罰，薄稅斂，深耕易耨。壯者以暇日修其孝悌忠信，入以事其父兄，出以事其長上。四民各守其序，各安其業，而後域內大治，上下同心，眾志成城……」

「打住，打住，你說這些，我聽不懂！」王克柔皺起眉頭，連連擺手。「你就直接跟我說一句，打天下不靠刀兵靠什麼？」

「除了**兵戈之利**之外，還要**內修仁德**，**外積信譽**！」黃敬夫是秀才遇到兵，滿肚子大道理沒人聽，只好用儘量簡練的語言概而述之。

「那什麼叫內修仁德？」王克柔又問。

「剛才已經說過，其意有三。尊儒道、施善政，興教化。」黃敬夫搖頭晃腦地解釋。

誰料王克柔此人做事向來不按常理，擺擺手道：「行了，行了，你說得再多我也聽不懂，我就是想問你一句，那朱總管在淮揚三地先救下了揚州百姓六七十萬，今年又從洪水中救下睢陽、徐州、宿州等地災民一百三十餘萬，算不算仁德？」

「這？」黃敬夫再度語塞。想要承認，卻不甘心被人牽著鼻子走。想要否認，偏偏又鼓不起任何勇氣。

「我再問你，朱總管在淮揚三地興辦作坊，讓那些沒有田地的閒漢，每月都能賺到一、兩吊錢養活老婆孩子，算不算仁德？」

「這……」黃敬夫又是一愣，臉色要多難看有多難看。

能讓街頭閒漢都找到個差事幹，能賺到比當佃戶還多的錢糧，當然不能算是惡政，但這些作坊卻嚴重動搖了士紳們在鄉間的根基，誰想要將田租定得高一些，都將面臨佃戶闔家逃入城中找活做工，不再替自己刨食的風險。

王克柔卻絲毫不體諒他的難處，像個大勝歸來的將軍般，繼續刨根究底，「我還要問你，朱總管拿出錢財來，辦社學，辦縣學，辦府學，辦百工技校，拿出錢來資助別人廣開書院，讓淮揚的孩子凡是父母肯答應的，都能有書可讀。這算不算施仁政？」

「這……」黃敬夫接連後退數步，牙關緊咬。

淮揚之政，最令人痛心疾首的就是這一條，將讀書從一件高雅且困難無比之事，徹底變成了人人都能為之。雖然這種遍地開花的方式培養出來的讀書人未必能與自己這些「大賢」比肩，但久而久之，必將導致讀書人的價錢徹底跌到谷底，長袍秀才與市井小販、地痞流氓同爭一份錢糧，卻絲毫不會覺得羞恥。

「這朱總管亂開學堂，胡解詩書，將儒門經典與打鐵之書同列，豈能稱仁？」蔡彥文性子遠比黃敬夫要急，見後者遲遲駁不倒一個武夫，忍不住跳出來幫腔。「非但不能稱仁，大亂之世，必從其始也！」

「呀——！」王克柔可能是第一次聽到類似的說法，驚得兩眼瞪起老大。「這可就奇怪了，救民百萬不能稱為仁，授人以漁不能稱為仁，教窮人家的孩子有書讀也還不能稱為仁，反倒成了滔天大罪？敢情這仁義不仁義，全在你們這群人的嘴皮子上！給了你們這些人好處就是仁義，沒給你好處都是暴君！如此，我看這部歪經不聽也罷！讓開，讓開，別汙了王某眼睛！」

說完，衝著張士誠說道：「有些話我就不多囉嗦了，估計你也不愛聽，明天一早，我就離開湖州，留下當地衙役值守。你想要此城的話，儘快派人來取，別動手晚了，白白便宜了蒙元官府。」

「老王，你真的不多留幾日？」張士誠心中此刻百味陳雜，挽留道。

「不啦，再留下去，我怕趕不及這次整軍！」王克柔擺手。「九十四，咱們山高水長，後會無期便好！」

說完這句話，他心中猛然覺得一陣輕鬆。再也不做任何停留，帶著親衛朝軍營大門走去。

「後會……」張士誠猛的舉起手臂，又無力地垂下。

所謂後會無期，是知道他已經沒有回頭的可能，所以不欲將來跟他戰場上相見。而這種事情，有誰能決定得來？

「主公，那王克柔今日對我軍知曉頗深，如果就這樣讓他回了淮揚，怕是對您不利。」潘元紹悄悄在張士誠耳邊低聲道：

「那手雷雖利，射程卻比不上弓箭，待會兒我帶兩百弓箭手追上他，事成之後，往蒙元那邊一推，就說他出來飲酒時防護不周，被蒙元韃子給殺了，然後您再起兵為他復仇……」

「啪！」張士誠抬起手就是一個大耳光，將潘元紹打得倒飛出去，滿嘴吐血。

「復個屁！滾，你給我滾遠點，老子今天不想再看到你。九十六，給我把寶劍掛在轅門上，今天如果誰敢出營追殺王兄弟，你就給我直接取了他的人頭！」

「轟轟！」「轟轟！」「轟轟！」蚱山北側一處丘陵旁，炮擊聲此起彼伏，黃褐色的煙塵被炮彈一團接一團送上半空，將人的視線遮擋得模模糊糊。

「滴滴滴答嗒嗒噠噠噠——」清脆的嗩吶聲響起，無數黃綠色的人影在丘陵頂端閃動。

是淮安軍發起衝鋒了，他們好像中了什麼巫術般，一聽到這種怪異的嗩吶聲響，就都變得奮不顧身；而蒙元將士，無論是正在與淮安軍交戰者，還是遠遠地作為後備力量觀戰者，都兩股發緊，頭皮一陣陣發麻。

丘陵上的元軍將士迅速後退，就像陽光下的殘雪一般土崩瓦解，淮安軍卻越戰越勇，很快就將陣線推過山丘頂端，朝著另外一側快速下推。

「嗚嗚——嗚嗚嗚——嗚嗚嗚嗚嗚——」

危難之際，一陣低沉的牛角號聲突然響起，宛若海面上半夜裡吹過來的北風，一杆寫著「康」字的羊毛大纛從山丘另外一側豎了起來，無數手持舉盾、身披重甲的禁衛軍將士迎著淮安軍頂了上去，將自家潰兵和對手一併牢牢遏制。

「是雪雪大人！」有人尖叫出聲。

四下裡，歡聲雷動，禁衛軍、蒙古軍、探馬赤軍、漢軍，還有從塞外各地徵召而來的羅剎人、康里人、孛烈兒人、揑迷思人，個個喜形於色。

能擋得住朱屠戶傾力一擊的，只有禁軍達魯花赤雪雪麾下那百戰餘生的那五千精銳。其他各部，包括脫脫丞相的兩萬嫡系都沒同樣的本事，這已經是連續一個多月來屢經檢驗的事實，沒有任何人能夠質疑。

而脫脫北返之後這一個多月來，官軍所有能拿上檯面的勝利，也都是雪雪大人所取得，其他眾將根本無法在朱重九、王宣和徐達、胡大海這兩對組合中取得任何便宜。

「滴滴答答，嘀嘀嘀，噠噠噠……」

山丘上嗩吶之聲再響，卻是換了另外一種相對柔和的曲調，淮安軍的陣線開始主動收縮，緩緩後退，而雪雪大人的隊伍則追著他們的腳步收復戰場上的幾處要地，羊毛大纛起起落落，萬眾矚目。

「雪雪！」「雪雪！」歡呼聲更加高漲。

將士們崇拜英雄，特別是在戰局對自己一方明顯不利的情況下，他們更需要一名英雄來振作軍心，而雪雪無疑滿足了大夥的這種要求。

出身不算太高貴，卻文武雙全，家世不算太雄厚，卻能年紀輕輕就身居高位，並且在戰場上屢屢取勝，即便偶爾受到挫折，也很快就能重新爬起來，通過擊敗對手來洗刷前恥。

彷彿聽到四下裡傳來的歡呼聲，羊毛大纛舉得更高，揮得更急，數千禁衛軍將士迅速翻過山丘頂，一人高的巨盾包裹住身體所有要害的重甲，讓他們一個個看起來就像鋼鐵怪獸。

淮安軍的火槍不停地打在盾牌上，打得盾牌表面木屑飛濺，但是高速而來的鉛彈卻始終無法穿透盾牌表面。

發現自己毫髮無傷，禁衛軍將士越發勇敢，排著整齊的方陣，繼續快速前推，包裹著鋼鐵的戰靴落在山坡上，震得地動山搖。

「轟轟轟轟！」淮安軍的火炮開始發射，殺傷力卻大不如前。很快，火銃兵和炮手們就放棄了繼續浪費彈藥，趕在雙方發生實質接觸之前果斷後撤。

禁衛軍則高舉著大旗追了過去，收復半面山丘，收復丘陵頂的高地，追著淮安軍的腳步殺向山丘另外一側，咬著淮安軍的尾巴殺進一道密林，火炮的轟鳴聲和人喊馬嘶聲響成一片。

「雪雪，雪雪！」無數因為地形限制，無法及時衝過去給自家袍澤提供支援的蒙元將士，臆想著羊毛大纛下那個偉岸形象，喊得愈發大聲。

只有雪雪能對付得了朱屠戶，其他人都難當此重任！**只有雪雪才能儘快結束這場已經持續了半年多，枯燥而乏味的戰事**，其他人只會繼續拖拖拉拉！**只有雪雪**，才能……

「雪雪，雪雪！」厚重的羊毛大纛下，雪雪雙手捂住耳朵，臉上的肌肉不斷抽搐。

勝利來得如此輕鬆，幾乎是兵不血刃，他就收復了友軍先前失去的數道陣地，然而，他卻清楚地知道，每多一次勝利，自己的腳步就距離鬼門關又近了數尺。

淮安軍是故意在示弱，**朱重九的示弱對象始終只有自己一個人**。一個多月來，只要自己的戰旗出現的地方，淮安軍就主動退避，**用一個接一個虛假的勝利將自己的威望推上了頂點**，然後，他們必然會在某一天突然鬆開手……

雪雪不知道那一天什麼時候到來，他卻清楚地知道，那一天來得越晚，自己死得越慘不忍睹！

連續逆勢收復了六座城池的大英雄，朱屠戶的宿命之敵，大元天可汗妥歡帖木兒欽點的無雙國士，禁衛軍重新崛起的唯一希望……

如果這一切都是假的，會出現一幅什麼情景？被摧毀的已經不僅僅是他雪雪一個人的形象，整個康氏家族，一個月來始終為他搖旗吶喊的月闊察兒、郭恕、二皇后奇氏，以及其所有黨羽，甚至大元可汗妥歡帖木兒本人，都將瞬間被全身上下潑滿汙水，而**那些明面上的政敵，那些潛在的對手，那些曾經的盟友，會毫不猶豫地撲上來，露出雪亮的牙齒！**

「大人，朱賊退出林子，往下一座土山去了，咱們還追不追？」禁衛軍千夫長哈爾巴拉湊上前，黃褐色的小眼睛裡頭寫滿了興奮。

這種仗太過癮了，敵軍不戰而退，自己這邊則毫髮無傷，大筆大筆的戰功，大筆大筆的獎賞，就像冬天的雪片一樣，輕輕鬆鬆落在每個人的頭頂，而自己所要付出的代價，只是偶爾讓雪雪大人去跟朱屠戶碰上一面，隨便聊幾句無關緊要的閒話。

「追什麼追，歸師勿扼，你難道不懂麼？」雪雪忽然怒火上心，高高地舉起了手中的馬鞭。

然而，當看到千夫長哈爾巴拉那驚詫的表情，他頓時又覺得渾身發軟，手中的馬鞭無力地掉在了地上。

「你想辦法去給朱屠戶送個口信，我今夜就要見他，地方隨便他定，我要見他最後一次！」

「是！」哈爾巴拉低聲回道，隨即警覺地抬起頭四下看了看。再度將手中彎刀高高地舉起，「雪雪，雪雪！」

「雪雪，雪雪！」成千上萬人呼喝回應，聲音如松濤般在層巒疊嶂間反覆激盪。

與朱重九做的交易多了，雙方都已是輕車熟路。當天後半夜，雪雪就在距離戰場五里外的另一座山丘後，見到了自己的邀請對象，淮揚大總管朱重九。

「雪雪，我的老朋友，好兄弟，多日不見，你可越發風流倜儻了！」隔著十幾步遠，後者遙遙地張開雙臂，以標準的蒙古人招呼朋友禮節，向雪雪表示歡迎。

白天在萬馬軍中宛若天神的雪雪，卻好像換了個人般，怯怯地停住腳步，然後猛的躬身下去，謙卑地道：「不敢，雪雪何德何能敢跟朱總管稱兄道弟！您放過我吧，我求您了。你要什麼，只要我有，我都可以給你拿來！」

「什麼意思？莫非你嫌我白天敗得還不夠快麼？」朱重九被雪雪的舉動弄得一愣，雙臂僵在半空中。

「那你給我個信號啊，我看到後，一定盡力配合你，咱們兄弟還用為這事親自跑一趟嗎？」

「不是，不是！」雪雪被朱重九的話刺激得無地自容，呻吟般哀求道：「你不能繼續這樣做了，我求求你，別再這樣做了。真的不能！算我求你了！你這不是拿我往火上烤麼？」

「怎麼，雪雪大人不想打勝仗了？你看我，好心偏偏辦錯了事情。」朱重九詫異地看了雪雪一眼，「不過，想改過來也簡單，洪三，去給王宣將軍傳令，明天一早，全軍向雪雪大人的駐地發起猛攻！」

「是！」徐洪三接令，舉起嗩吶，就要奮力吹響。

雪雪卻像被馬蜂蜇了屁股般突然跳將起來，一把拉住他的胳膊，「別吹！我求你別吹，我再想想，你讓我再想想，一會兒就行！」

「你看，你這人就是沒個準主意！」朱重九輕輕拉住他的手臂。「來坐下喝杯茶，夜長著呢，你儘管慢慢想！只要別耽誤了明天早晨的戰事就行！」

雪雪踉蹌了幾步，借著拖動的力量緩緩前行，額頭、鼻尖、兩鬢，汗出如漿。

「大總管，放過我這一回，再放過我這一回，我下次肯定不敢了！」

「行，咱們倆啥交情。你說怎麼樣，咱們就怎麼演戲給人看。贏、輸，還是平局，都隨便你挑！」朱重九豪爽地道，然後將目光再度轉向徐洪三，「派人給王宣將軍傳令，明天一早，撿距離雪雪大人最遠的那個元軍營頭發起進攻。咱們不給雪雪大人添麻煩！他演累了，需要好好歇息幾天！你親自去傳令，大半夜的，別吹嗩吶嚇唬人。告訴王將軍，這件事知道的人越少越好！」

「是！」徐洪三領命，飛身跳上戰馬疾馳而去。

雪雪一眼不眨地盯著他的背影離開，用力推開朱重九的胳膊，緩緩蹲在了地上。

「別這樣嘛，我又沒把你怎麼著！」朱重九笑呵呵走上前，扶起他，緩緩走向一個事先布置好的氈凳。「你到底想幹什麼，就直說。咱們倆打這麼久交道了，你還不明白麼，我這個人最喜歡直來直去。你要是真的想跟我斷絕來往，也行，從明天起，兩軍陣前再相遇，我就拿出全部本事跟你的兵馬硬做一場，反正無論如何不會讓你為難！」

「你……」雪雪艱難地抬起頭，看著朱重九坦誠的眼睛，不知道自己該說什麼才好。

那是一隻魔鬼，喇嘛經中所說那種讓人看上一眼就永遠陷入沉淪的魔鬼。自己當初就是因為相信了他這雙坦誠的眼睛，才答應跟他做第一筆交易的。

為了挽回朝廷顏面，原本跟他說好，做過一次之後就停手，然後誰都不認識誰。誰料，**做英雄的滋味是如此的甘美，讓人品嘗過一次之後，就忍不住要品嘗第二次**，於是，短短一個多月時間，自己就帶領著五千禁軍殘兵創造了一個傳奇，每五天收復一城，從濟南一直收復到益都，然後又收復到了安丘和濰州。

雖然因為友軍配合遲緩，在平度城下吃了一場小敗，但轉過頭，就又當著脫脫本人的面，在密州把場子找了回來！

而獲取這些勝利，自己所付出的代價，不過是一些無關緊要的消息，至今未曾威脅到大軍的安全，也未曾涉及到核心軍機。

然後，整個事態就脫離了掌控，沒有人能在硬碰硬的戰鬥中擋得住朱重九，只有自己能，自己麾下這五千多兄弟每次只要一出場，就能嚇得淮安軍戰鬥力降低大半，然後不得不且戰且走。一場接一場的勝利，鑄就了自己的常勝美名，每獲取一場勝利，脫脫的臉色就冰冷一分。

雪雪**不敢猜測脫脫看沒看出來朱重九是在跟自己配合演戲**，也不敢猜測倘若脫脫知道自己先前那麼多驕人戰績都是朱重九有意相讓的結果後，會怎樣收拾自己；**他甚至無法讓這場戲停下來**，讓兩軍之間的關係恢復到原本正常的狀態。因為一停下來，自己麾下這五千「精銳」兵馬就會被徹底打回原形，等著他的，肯定是一把冰冷的斷頭刀。

唯一的希望，就是**脫脫能迅速打敗朱屠戶，讓所有秘密都淹沒在一場大勝中。**

然而，這根本就是**癡人說夢**，背靠著登萊的朱重九，隨時可以從海上獲得支援；用兵老辣的徐達，又像一塊牛皮糖般死死纏在脫脫身後，一個多月來，脫脫用盡了渾身解數，也不過將朱重九逼退了五十餘里，徐達卻在脫脫身後，將察罕和李思齊等人打得落荒而逃。

再繼續這樣糾纏下去，真相早晚會大白於天下，只要那一刻到來，雪雪相信，自己和哥哥哈麻都會被皇帝陛下果斷拋棄，到那時，脫脫可以將其喪師辱國的罪責全推到自己身上，然後跟朱屠戶握手言和，帶著殘兵敗將回到大都城中以清君側！

如果當初**自己不接受朱屠戶的好意**……

猛然間，一股悔意湧上雪雪的心頭。那樣的話，頂多是自己一個人死，不會拖累哥哥哈麻，不會拖累禁軍中這幫兄弟。

想到陪自己做戲做了這麼久，卻從沒走漏絲毫風聲的阿木古朗、哈爾巴拉、烏恩其等人，雪雪就恨不得以頭撞樹。每個人身後都是一個龐大的家族，每個人身後的利益都盤根錯節，自己在他們眼裡，就是折子戲中的一個白鼻子小丑，無論在戲臺上跳得多麼歡，卸了妝後，就一文不值！

一塊潔白的棉布手巾忽然從眼前落下，同時傳入耳朵的，還有朱屠戶那魔鬼一樣的聲音，「打勝仗總比打敗仗強吧？難道你們那邊打了勝仗反而成了罪名？」

「你——！」他一把推開手巾，揚起雙通紅的眼睛。

魔鬼！朱屠戶就是魔鬼，自己已經出賣了靈魂，自己絕不能繼續接受他任何好處。然而，**魔鬼的聲音卻繼續往他的耳朵裡頭鑽，不疾不徐，充滿了誘惑**：

「把這一仗結束吧，咱們兩個一起想辦法，死的人已經夠多了，繼續下去，除了死更多的人，沒有任何意義。脫脫打不垮我，我也同樣沒本事現在就打敗他，不如算作平局。咱們各自撤兵，等積蓄足了力量，再重新打過！下次你多帶些兵馬和火炮從大都過來，咱們之間從一開始就不再聯繫。就當你不認識我，我也不認識你！」

「結束——？」雪雪瞪圓布滿血絲的眼睛，茫然重複。

讓這場戰爭就此結束，讓所有交易也就此終止，然後，掩飾掉一切痕跡，等下一次重新來過。也許，這的確是一個好辦法。但，自己又怎麼可能做得了脫脫的主兒？

「是不是覺得脫脫不會答應？我要是他，也不答應，否則，你回去就是英雄，而我則成了萬夫所指。」朱重九將手巾遞到雪雪面前。「所以，我要是脫脫，就一定要死撐下去，能讓你戰死沙場最好，就算你不戰死沙場，也要想辦法抹掉你以前的功勞，以掩蓋自己的無能。」

「別說了，求求你別說了！」雪雪像瘋了般，一把搶過毛巾，在自己臉上抹來抹去。

「不是我說不說的問題。我閉上嘴巴簡單，但別人怎麼做，卻不受我控制！」朱重九嘆了口氣，「我最近感覺很不對勁，脫脫好像是故意在派你來跟我作戰，或許他從一開始就在懷疑你，所以才努力把你往高處推，直到所有人都覺得你的戰績難以置信！」

「別說了，我知道，不是你一個人聰明而已！」雪雪忽然跳了起來，兩隻眼睛充滿了血絲，「**他在等著我把牛皮吹破，然後當著十幾萬人的面，打我，打我哥哥，打皇上陛下的臉**。他就是這麼個人，他絕對就是這樣想的！我，我……」

用毛巾捂住自己的臉，他緩緩軟倒跪在地上，瑟瑟發抖。

沒錯，**真相早就被脫脫看出來了，只是他在將計就計，準備利用此事達到最大的目的，而自己，一步步被推向懸崖卻不自知！**

「結束掉它，你有這個能力。雪雪！我相信你！」朱重九也緩緩地蹲下去，雙手抱住雪雪的肩膀，像對待好朋友般，用自己的胳膊給對方提供勇氣和力量。「咱們倆最後做一筆交易。你幫我結束掉這場戰鬥，然後我幫你解決掉脫脫，咱們從此一拍兩散，你回你的大都，我回我的淮安！」

「解決掉脫脫……最後一筆……一拍兩散……」雪雪頂著一頭草屑，夢囈般隨著朱重九的話緩緩重複。

解決掉脫脫，就算將妥歡帖木兒交代給自己的任務完成了一大半，然後自己回到大都城去，再也不用面對這個魔鬼般的朱屠戶。至於下次誰領兵南來，也與自己再沒有任何關係……

然而，心裡卻有最後一分理智在堅持，堅持提醒雪雪不要上當受騙。朱屠戶不會就這麼放過自己，**每一次他提出來的建議看似都對自己有利，但是最後，他卻一步步將自己拖入了陷阱**。他恨朝廷，恨所有蒙古人，他準備革皇上的命，革所有人的命……

「我不！」用盡全身最後的力氣，雪雪將朱重九推開，瑟縮著用膝蓋向後挪動，「我不能幫你殺自己的同族，你現在就殺了我吧，趕緊殺了我！即便殺了我，我也不能幫你殺自己的同族！」

說著話，他以頭搶地，放聲大哭。

「誰說要你殺你自己的同族了？」朱重九看了他一眼，「別哭，男子漢大丈夫，哭哭啼啼算什麼樣子？不願意跟我做交易你走就是，我保證不攔著。等脫脫做好了準備，希望他也像我這樣麼好說話！」

「不——！」雪雪再度無力地撲倒，淚如泉湧。

朱重九不嗜殺，這是朝廷上下公認的事實，自己之所以活到現在，也正是因為這一點。而脫脫卻恨不能將自己和哈麻等人挫骨揚灰，雖然從血脈關係上，後者比朱屠戶距離自己更近。

「要不怎麼說你糊塗呢！」朱重九嘆了口氣，蹲下身，撿起毛巾，替雪雪抹去臉上的鼻涕眼淚，「結束戰鬥就一定要殺人麼？結束戰鬥的辦法有許多，弟兄們都無戰心，不想打下去了。領兵者受到了其主公的猜忌，勒令其班師。還有，最簡單的，糧草輜重供應不上，軍心浮動。隨便哪一條，脫脫不都得撤軍？你為什麼偏偏就要往殺人方面去想？」

「你說，中斷脫脫的糧草供應？」雪雪抬起頭，眼裡充滿了困惑。

軍無戰心？如今脫脫麾下這二十幾萬大軍，的確早就對戰事生厭。

君臣相疑？如果妥歡帖木兒依舊信任脫脫，就不會把自己也派來。

然而這兩條都無法令脫脫撤軍，因為脫脫自己心裡頭很明白，沒取得任何結果就班師還朝的話，等待著他的肯定是一場災難！

所以，唯一的辦法只有一個，**切斷大軍的糧草供應**。這一條，朝廷做不到，百官不敢做，但讓朱重九來做，卻最恰當不過。

「二十萬大軍的糧草不是個小數目，肯定會存放在一個穩妥的地方，並且這個地方距離前線不能超過一日的路程！有水路的話最好，沒水路，則也要與前線暢通無阻，沿途不能有太多的山川河汊！」

正遲疑間，耳畔卻又響起了朱重九的話，字字如同重錘，敲打著他心中最後的防線：「你告訴我在哪兒，我派人去放一把大火，脫脫除了撤軍之外，別無選擇！」

「黃旗堡！」雪雪縮動身體，直到屁股頂住了一棵野樹，「軍糧就在黃旗堡，但是你甭想打這個主意！濉河上所有橋樑都有重兵把守，從黃旗堡到各營的防區之間，烽火臺一座接著一座。只要一點起來，脫脫的大軍就會從四面八方殺到！」

「我的斥候也認為糧倉應該在那兒，畢竟是當年淮陰侯韓信的點兵之所，脫脫這個人又特別喜歡附庸風雅！」彷彿沒聽見雪雪後面的話，朱重九顧自分析著。

「你準備強攻？」雪雪抹掉額頭上的汗水，詫異地問。

將大軍的糧倉所在地說出來後，他覺得自己心頭輕鬆了許多，但同時，卻又開始患得患失起來，萬一朱重九燒糧不成，卻被脫脫擊敗，自己可就徹底把自己給賣了。

挾著大勝之威，脫脫肯定會繼續高歌猛進，萬一淮安軍中哪個不爭氣的，在兵敗後投降了朝廷，自己跟朱屠戶的所有交易都將暴露於光天化日之下。

「我為什麼要強攻？讓弟兄們換上元軍的衣服，偷偷潛過去便是。雪雪，你不會連通行的令旗都沒有一支吧？」被雪雪的問題弄得微微一愣，朱重九看了看他，理所當然地回應。

「不，不可能！」剛剛恢復了一點力氣的雪雪，迅速又癱倒於地，「不可能，我不能給你令旗，讓你的人去燒我自己的軍糧！你把我當成什麼了？我憑什麼要豁出命來幫你？」

「好朋友啊，難道不是麼？」朱重九詫異地看著雪雪，「如果不是一直拿你當朋友，我何必為你做那麼多事？我的雪雪安達，你不會九十九拜都拜了，就差最後這一哆嗦時突然又後悔了吧？那行，你明天就瞪大了眼睛看著，我如何帶著一萬多弟兄，從脫脫的二十幾萬大軍當中殺出一條血路來，一直殺到黃旗堡下！」

「不可能，絕對不可能！」雪雪停止後退，有氣無力地搖頭。雙方兵力懸殊，是朱重九所面臨的最大問題，否則他就不會跟脫脫兩個耗了這麼久，卻始終耗不出個結果來！

而讓自己**派遣心腹死士，拿著令旗去給他帶路，去燒自己的軍糧**，雪雪無論怎麼想，都無法不覺得此舉荒唐。**從古至今，有這麼幹的將領麼？**即便跟主帥仇深似海，也不可能做出如此喪心病狂之舉！

「這是我能想到最好的解決辦法，對你，對我都有好處！」

朱重九卻不覺得他的要求過分，緩緩向前走了一步，耐心地解釋，「按照生意人的說法，這叫**雙贏**，事成之後，脫脫只能領軍大步後撤，再也沒機會拆穿你的戰績，而我這邊，也成功地達成了將他擊退的目標，可以從容返回淮安！」

「你想得倒是美！」一想到自己的戰績隨時會被脫脫識破，雪雪的心就不停地往下沉，手抓著地上的乾草，艱難地喘息，「脫脫一退，你剛好尾隨追殺。益州、濰州、還有濟南轉眼又會落到你的手裡，我當初根本就是空歡喜一場。朱重九，你個殺豬賣肉的奸詐小人，我怎麼先前就沒看出你的圖謀！」

「你這就不是做生意的路子了！」朱重九也不生氣，耐心地反駁他，「做生意的講究是，**只算自己賺沒賺，不要眼紅別人賺多少**！你敢說脫脫兵敗之後，對你就沒有其他好處麼？別告訴我，你當初來這裡是真心想幫他！」

「我……我……你個奸商！」雪雪舉起拳頭，朝著乾枯的草地砸個不停。

自己當初領軍前來，當然不是為了幫助脫脫，而脫脫兵敗之後，朝廷再解決掉他也易如反掌，只是，二十四萬大軍沒了糧食，怎麼可能全師而退？朱重九占盡了優勢之後，又怎麼可能在途中停下來？

「並且，你剛才的算法明顯不對！」朱重九搖頭。「你也不想想，我手下總計才多少兵馬，怎麼可能去再把濟南等地搶回來？打下來是容易，可我得分兵去守吧？城池既然歸我了，我得派文官治理吧！老百姓沒飯吃，我不能眼睜睜地看著他們餓死吧！剛剛得了一個歸德，一個宿州，我地盤還不夠大麼？我是瘋了還是吃飽了撐的，自己給自己找麻煩？」

「這……」雪雪先前的確沒考慮到淮安軍膨脹過快，已經瀕臨撐死的問題，兩隻眼睛瞪得滾圓。

「官渡之戰你知道不知道？袁紹的糧食被曹操一把火給燒了，他不也全師而退了麼。曹操為啥沒追過黃河去，不就是力有不逮麼？」朱重九緩緩挪到雪雪身邊。

受他這隻蝴蝶所影響，羅貫中正在揚州做知府做得有滋有味，根本沒時間去寫那本舉世聞名的《三國演義》，所以世人對漢末三國爭霸這段歷史沒被《三國演義》誤導得太厲害；而雪雪又受過相當完整的漢學教育，對正史《三國志》中的典故瞭若指掌，特別是幾個著名戰役的過程和結果簡直耳熟能詳。

官渡之戰，曹操雖然憑著指揮得當，給了袁紹當頭一棒，過後卻沒有能力尾隨追殺，繼續擴大戰果，而整體實力上，袁紹軍依舊強於曹家軍，甚至在官渡之戰的第二年就平定了治下的內亂，重整旗鼓，準備與曹操再決雌雄。

只是老天爺實在眷顧曹操，讓袁紹突然病死，他的兩個兒子又太不爭氣，手足相殘，才最終導致被曹操各個擊破，身死族滅的悲慘結局。

眼下的局勢，不正像極了當年的曹軍與袁軍麼？曹操僥倖得勝，奠定了威名，但根基和實力依舊距離袁紹相差很遠，只要袁紹那邊不再出現主君亡故，兩子爭位的慘禍，未必就沒有捲土重來的那一天。

朱重九只有半個河南及登萊數州，朝廷卻有二十倍於他的地盤，百倍於他的人口，剷除了脫脫這個權臣之後，政令暢通，上下齊心，一年之內，就能重新組織起三十萬大軍，再度殺向淮安……

一絲明亮的火焰，漸漸於雪雪的眼底燃燒了起來，樹林中的世界，不再是昏暗無光，他知道，朱重九剛才說得對，**這是一個雙贏的選擇，一方贏在眼下，另外一方，卻贏得了整個未來！**

「我跟你雪雪沒冤沒仇，甚至還非常投緣！」唯恐雪雪動搖得還不夠徹底，朱重九緩緩又向前邁了一步，以極低的聲音說道：「我之所以要殺脫脫，是因為他派人炸開黃河，令百餘萬黎庶葬身魚腹。但我跟你，跟其他蒙古人，卻沒有不死不休之仇。只要將脫脫逼上了絕路，我就可以立刻返回淮安。你要是仍覺得吃虧的話，我可以答應你，事成之後，一年之內，我淮安軍不過濰水半步！」

「當真？」雪雪的眼神瞬間開始發亮，有一抹陰寒的火焰獵獵燃燒，抬起頭，盯著朱重九，唯恐自己剛才聽到的說法有誤。

濰水河發源於莒縣箕屋山，上流經莒縣、沂水、五蓮，從五蓮北部進入濰州，最後從昌邑注入大海，將山東東西兩道從南向北一分為二，往西，則是益都，濟南、般陽等富庶險要之地，往東，則只剩下了登州、萊州和膠州這幾個鳥不拉屎的小漁村而已。

如果淮安軍只困守登萊，就對中書省其他地區構不成任何威脅，而此戰即便由脫脫指揮，再繼續打上一整年，恐怕也是同樣的結果。

憑著堅船利炮，淮安軍可以在萊州和膠州兩地不停地調動兵馬，甚至可以直接從淮安運來援軍。而脫脫即便再知兵善戰，對以萊州和膠州為犄角，背靠大海死守不出的朱重九也無可奈何。

「我以前跟你說過的話可有沒兌現的時候？」朱重九沒有直接回答雪雪的話，而是笑呵呵地反問。

這個問題令雪雪徹底下定了決心，朱重九的確是個魔鬼，十分擅於蠱惑人心，**但是他這個魔鬼卻是一言九鼎**，所以，在生死關頭，**雪雪寧願將自己的後背交給這個敵人，也不會選擇自己的那些同族！**

「沒有！」望著朱重九的眼睛，他咬著牙點頭。「你這個人的確非常講信譽！」說罷，他猛的一挺身，像個輸紅眼的賭徒般跳了起來，伸出手掌，手背上的血管突突亂跳。「多少人，你說個數，我明天傍晚派心腹來接！記住，這是最後一次，從此之後，咱們兩清！」

「成交！」朱重九笑著伸出手，與雪雪的手在半空中相擊。

「啪！啪！啪！」黑漆漆的夜裡，擊掌聲聽起來格外響亮！

三擊已畢，雪雪緩緩的收回胳膊。

真的就這樣把脫脫賣給淮安軍麼？如果後世有人記載這段歷史，自己的形象會是什麼模樣？有誰會知道，殺掉脫脫是大元皇帝妥歡帖木兒的親自授意，而不

是自己和哈麻兩個嫉賢妒能……

出賣自家人的感覺不好受，雖然雪雪此刻心裡頭有成千上萬個理由，因此，他也沒勇氣在山林間做更多的停留，與朱重九約好了明晚雙方麾下的將領接頭的時間，隨即就像逃一般離開了現場。

一路上他都垂頭喪氣，回到自家營地之後，也沒心思跟別人多做交流，命令親兵打開寢帳，倒頭便睡。只希望自己能一覺睡到第三天早上，醒來之後，黃旗堡那邊已經灰飛煙滅。

然而，老天偏偏不肯遂人的心思。

半個時辰後，有道看似魁梧的身影，從他的中軍帳附近悄悄溜了出來，消失在無邊長夜之中。

又過了一陣兒，燈火在大元丞相脫脫的中軍帳內猛然亮起，黑影帶著滿身寒氣倒映在窗口，令昂貴的雕花玻璃上瞬間布滿了白霜！

「阿木古郎，你可聽清楚了。他要派人帶著朱屠戶去燒糧倉？」脫脫的臉色如寒霜般冰冷。

「末將一個字都沒敢落下！」黑影用力點頭，核桃大的眼睛裡寫滿了憤怒與屈辱。

身為皇帝陛下的禁軍達魯花赤，卻暗地裡與紅巾賊頭朱八十一九勾結！如此醜陋險惡的行徑，豈能為之隱瞞？若是雪雪勾結的是什麼了不起的王公貴冑、黃金家族血脈也還罷了，可那朱八十一分明就是個殺豬的屠戶，賤到連名字都不配擁有，阿木古郎身為者別的子孫，怎麼可能向他低頭？

非但他一人怒不可遏，李漢卿，泰不花、龔伯遂、哈剌等脫脫的一干文武心腹，也個個火冒三丈，手按在腰間的劍柄和刀柄上，等著脫脫做最後的決斷。

第五章

無解之局

「不能哭，不過是一死而已，即便脫脫平安逃過了此劫，
早晚他還會被妥歡帖木兒抄家滅族。
那是皇權與相權之爭，自武宗時代就已經開始的無解之局，
已經爭了近七十年。
只要脫脫不肯主動放棄，他就必死無疑！」

二十三萬對五千，即便禁衛軍當中從上到下全都是雪雪的嫡系，他們也能保證在兩個時辰之內結束戰鬥。況且以脫脫大人的威名，也許根本不需要武力來解決，只要站在軍營前喊上幾句令大夥寬心的話，答應只誅首惡，也許五千禁衛軍就會當場臨陣倒戈。

然而，這一等，卻又是半個多時辰，直到眾人心中的怒火一點點化作冰冷的餘燼，大元丞相脫脫才終於長嘆了一聲說道：「就這樣殺了他，終究對陛下不好交代，畢竟他前一段時間的戰績都由兵部派專人核實過，濟南、濰坊、益州等地如今也的確控制於我軍之手！」

「還有什麼不好交代的？難道證據還不夠確鑿麼？」話音剛落，河南行省左丞太不花立刻瞪起眼睛質問：「他這些日子打的那些勝仗，哪次上繳的首級有超過十個？他最近幾次跟朱屠戶私下會面的時間和地點，大人您也全都記錄在案，並且旁邊還有我等和阿木古朗的親筆畫押……」

「丞相當斷不斷，必受其害！」蒙古軍嶺北萬戶哈剌也跳著腳抗議：「他連火燒自家軍糧這種『壯舉』都做得出，還有什麼其他事情做不出來的？只要殺了他，然後把今晚跟著他去見朱屠戶的那些狗崽子全逮住，一股腦解往大都。哈麻即便有通天的本事，也不可能將案子再翻過來！」

「是啊，丞相。您下令吧，末將早就準備好了。只要您一聲令下，末將立刻將他的腦袋給您端過來！」探馬赤軍萬戶沙喇班更是心急，抽出鋼刀，在自己手心處抹了一把，鮮血四濺，「如果丞相您怕將來不好跟陛下交代，就全推在末將身上好了，是末將聽了阿木古郎的彙報，一時衝動，直接砍了他，如果陛下堅持認為雪雪不該死，末將願意給他抵命！」

「卑職願意與沙喇班將軍共同承擔後果！」參軍龔伯遂也抽出匕首，刺血明志。「丞相一再縱容他，希望他能迷途知返，誰料雪雪卻喪心病狂到如此地步。如果丞相即便這樣還不肯痛下殺手，弟兄們知道後，誰還敢再為丞相而戰？誰還敢再為大元而戰？」

……

霎那間，中軍帳內的氣氛，就如烈火烹油一樣熱鬧，忠於脫脫的眾文武一個接一個都恨不得立刻出手將雪雪碎屍萬段。

然而，無論眾人的情緒如何激動，脫脫卻依舊嘆息著搖頭，「好了，都不要說了，大夥都安靜一下，老夫知道爾等都是為了老夫好，但是，事到如今，老夫也不敢再瞞著大夥，如果光憑著咱們這些人的證詞肯定不夠，哈麻、月闊察兒等人可以反咬老夫嫉賢妒能，故意往雪雪頭上栽罪名，皇上還有滿朝文武，十有八九會相信這種說法！」

「怎麼可能?!」河南行省左丞太不花又第一個跳起來，「陛下怎麼可能如此糊……陛下是天縱之資，怎麼可能一而再再二三地被奸賊蒙蔽！滿朝文武又不是個個都是傻子，會任由哈麻等人顛倒黑白？」

「是啊，丞相，皇上豈會懷疑我等所送上的真憑實據，卻偏偏相信哈麻的一面之詞？」

「丞相，您是不是多慮了？畢竟雪雪的所作所為有這麼多雙眼睛都看到了！」

「丞相……」

越說，大夥越是憤怒，越不明白如此簡單的事，脫脫為何遲遲下不了決心。而脫脫卻好像遲暮的老朽一般，佝僂著乾瘦的身軀，雙手扶著桌案，蒼白的面孔不住地上下抽搐，灰黑色嘴角顫抖著，就是給不出任何有說服力的答案。

「諸位少安勿躁，且聽卑職解釋一二！」

一片嘈雜的質疑聲中，鬼才李漢卿的嗓音顯得格外冷靜，「並非皇上和朝中諸公喜歡偏聽偏信，而是**皇上和朝中諸公需要雪雪是個英雄**！就像眼下這大軍當中，多少人早已感覺到雪雪每次都勝得過於容易，可雪雪每次出馬，諸位可曾聽到那四下裡驚天動地的歡呼？」

這番話，可是句句都說在了關鍵處，頓時讓中軍帳內所有文武都啞口無言，**不是大元皇帝妥歡帖木兒好騙，也不是滿朝文武全都是瞎子，而是此時此刻，雪雪帶來的勝利正是他們迫切所需要的。**

所以，任何疑點哪怕看上去比磨盤還大，也照樣被滿朝文武自動忽略，甚至還有人拿著生花妙筆主動將那些疏漏之處給彌補起來，令一個個勝利看上去更貼近於「真實」！

「諸位應該已經感覺到了！」李漢卿又道：「皇上身邊小人頗多，丞相雖然大軍在握，卻處處受小人掣肘，若是真能放手一搏，淮安之戰就不會打著打著就無疾而終，山東之戰也不會蹉跎到如此地步。」

「哼！」探馬赤軍萬戶沙喇班將沾著自己血跡的鋼刀狠狠劈在地上，入土半尺，怒道：「什麼皇上身邊有小人，皇上自己就是個十足十的小人，否則戰局怎麼可能糜爛如此？至於他對雪雪的戰功毫不懷疑，分明就是專門為了給丞相顏色看。」

他是個十足的武夫，說話不像李漢卿那般繞來繞去，也從來不考慮什麼後果，這回，又和從前一樣，瞬間就捅破了大夥誰都看得見的那層窗戶紙，頓時中軍帳內眾文武的臉色有白有綠，嫣紅奼紫，每個人的心也都提到了嗓子眼，就等著真相被揭開之後，脫脫的最終選擇。

殺雪雪，辣手整軍，用他的人頭向朝廷示威，有二十四萬大軍在握，皇上和哈麻等人就只能打落牙齒往肚子裡吞，而重新統一了軍隊的指揮權以後，大夥再對上淮安軍就輕鬆得多，至少不用天天擔心作戰方案一確定下來，轉眼就被送到朱屠戶手上。

只是，如此一來，恐怕丞相跟皇帝陛下也徹底失去了最後的轉圜餘地，將雪雪的虛假戰績公之於眾，等同於直接打了皇上和滿朝文武的臉，在消滅了朱屠戶之後，掉過頭去清君側，則成了大夥唯一的選擇。

所有人的眼睛都望著脫脫，等著他一言而決，大元丞相脫脫卻伏案而立，顫抖得如風中枯葉。

死寂，地獄般的死寂。窗外的北風猛烈地吹著，將地獄裡的冰寒順著帳篷的縫隙透進來，深深地透進每個人的脊髓。

許久，脫脫才終於從牙縫裡吐出了一句話，「不急，讓雪雪放手去做！明晚老夫在濉河西岸等著朱屠戶自投羅網！」

「丞相……」眾文武還欲再勸，看到脫脫那佝僂的身體和滿頭白髮，又紛紛含著淚閉上了嘴巴。

眼前的脫脫帖木兒，哪裡還像四十歲年紀，分明已經英雄遲暮！如果大夥繼續逼迫他現在就去誅殺雪雪的話，恐怕沒等將官司打到御前，脫脫已經被自己心頭的壓力活活累死！

「抓到朱屠戶的人，雪雪就無從抵賴！」彷彿感覺到了眾人的失望，脫脫緩緩抬起頭，「之後，縱使陛下再懷疑我，在朝堂之上也不好公然回護哈麻、雪雪他們兄弟兩個。而我大元朝人才濟濟，只要不自己從內部先亂起來，縱使下次換了他人領兵，也未必不能將朱屠戶斬於馬下！」

「丞相……」

眾文武聞聽，再也忍不住淚如泉湧。特別是太不花、哈剌和李漢卿這等平素受脫脫器重的，個個都嗚咽出聲。

「諸君莫悲，此刻非兒女情長的時候，我與陛下乃總角之交，他頂多是收了我的兵權，讓我回家安養而已。」

脫脫心裡，此刻也是又酸又苦，卻強裝出一副氣定神閒模樣，開導眾人道：「這沒什麼大不了的，我也該好好休息些時日了。倒是諸君，過了明晚之後，還需同心協力，共保我大元山河無缺！」

「丞相何必自欺欺人？」話音剛落，嶺北蒙古軍萬戶哈剌又跳了起來，揮舞著淌滿了鮮血的手掌咆哮，「陛下豈是有容之君？若是，當年伯顏一家就不會被斬草除根！燕帖木兒也不會被開棺戮屍！」

「丞相！覆巢之下焉有完卵？丞相一去，我等必死於他人之手，與其伸長脖子等哈麻來殺，我等寧願與丞相一道起兵清君側！」李漢卿接過話頭，咬牙切齒地鼓動道。

「清君側，清君側！」

眾武將原本就已經義憤填膺，被李漢卿一鼓動，瞬間再度熱血上頭，紛紛將腰間佩刀、佩劍抽出來，高高地舉過了頭頂。

「清君側！龔某不才，願為丞相提筆傳檄，歷數哈麻、雪雪等賊的罪行，讓天下英雄知曉，丞相此舉乃不得已而為之！」參議龔伯遂帶頭，李良、穆斯塔法等文職幕僚緊隨其後紛紛表態，願意與脫脫共同進退。

轉眼間，**一股名叫做「清君側」的野火，就在中軍帳內熊熊燃燒了起來，熱浪一波接一波，烤得所有人血漿沸騰。**

沒有人比他們更清楚，此刻大元朝的空虛，禁軍根本不堪一戰，遼東各地暗流洶湧，嶺北的各族武士被抽調一空，而四大汗國卻早已厭煩了脫歡帖木兒沒完沒了的求援，不會再派出半粒兵馬來。

所以，眼下軍營中這二十餘萬人，已經算是舉國精銳，如果脫脫帶領大夥掉頭回撲，一路上必然勢如破竹。最遲在兩個月之內，就能殺入大都，進而殺入皇宮，到那時，所有針對脫脫的陰謀，都將如烈日下的露珠一樣，轉眼不見蹤影……

「放肆！」脫脫猛的一拍桌案，大聲斷喝，彷彿一股夾雜著冰雪的寒風直接吹在大夥心頭的火焰上，令中軍帳內的溫度急轉而下。

「爾等俱為國家棟梁，未曾報效君恩！大敵當前，卻念念不忘自相殘殺？難道爾等就不知道羞恥麼？」燭光跳動，將脫脫的身影映在中軍帳的氈壁上，這一刻竟是無比的高大。

他兩度為相，多年領兵，此刻雖然落魄了，盛怒之下依舊威風八面，頓時就令中軍帳內的議論聲戛然而止，取而代之的，是一陣陣沉重的喘息。

「丞相，我等獻此良策，正是出於拳拳報國之心！」粗重的喘息聲中，鬼才李漢卿仰著頭，**就像螞蟻仰望著獅子**。

他是唯一能抗住脫脫盛怒的人，雖然此刻的他看起來比平時還要猥瑣十倍。

「若君側不清，丞相必死於奸臣之手，而丞相一死，大元朝社稷……」

「一派胡言！」脫脫不肯跟李漢卿對視，將頭側開，繼續厲聲咆哮，「托起大元朝萬里江山者，豈是老夫獨自一人？爾等太瞧得起老夫，也太看低了朝廷了，老夫唯一能做的，就是約束住爾等，不得倒行逆施而已！」

說罷，他猛的拔出佩刀，倒轉刀柄，親自遞到了李漢卿之手，「老夫乃當朝丞相，百官之首。你若清君側，就先從老夫清起！」

「這……」李漢卿哪敢接刀，被逼得大步後退，脫脫緊追著他走了幾步，將金刀直摜於地，深入數尺。「有再喊清君側者，就將刀拔出來，先殺了老夫。老夫死在爾等手裡，也算死得其所！」

沒人敢上前拔刀，所有人都被逼得緩緩後退，刀身震顫，冷光照亮眾人鐵青的面孔。

「若是能清君側，老夫豈會等到現在？」知道大夥心裡不服，脫脫輕輕吸了口氣，將嗓門緩緩降低，「諸位別忘了，我大元向來是孛兒只斤家的子孫才能為帝，換了其他任何人都必將天下大亂，而老夫今日縱使帶領諸位清了君側，甚至行了那周昭之舉，日後孛兒只斤的子孫重掌權柄，又豈會放過老夫？放過爾等？到頭來，老夫還不是另外一個伯顏，連自家親侄兒都倒戈相向！」

這段典故，可謂字字血淚。當年丞相伯顏大權獨攬，卻始終必須把妥歡帖木兒擺在檯面上做傀儡，結果待妥歡帖木兒長大後，立刻聯合了伯顏最器重的侄兒，也就是脫脫，趁著春獵之機，關閉大都城門，將來不及趕回來的丞相伯顏貶為河南行省左丞，奪取君權。

伯顏眾叛親離，只能領旨赴任。

不久，妥歡帖木兒就又頒下第二道聖旨，將伯顏一家流放到南恩州陽春縣。伯顏接了聖旨之後繼續忍氣吞聲，收拾包裹上路。然而妥歡帖木兒卻依舊不放心，特地派了爪牙追上去，在驛站裡給他強灌了一盞毒酒。

如今脫脫如果帶兵回大都清君側，按照蒙古各部的約定，最好結果，就是廢掉妥歡帖木兒，擁十五歲的太子愛猷識理答臘上位，然後等到愛猷識理答臘羽翼漸豐，重複當年伯顏一黨的悲劇！

歷史上沒有新鮮事，只是世人缺乏記性。想起丞相伯顏及其黨羽的最終結局，眾文武心中的火頭就漸漸開始發冷，握在手裡的刀柄也彷彿重逾萬斤。

而脫脫帖木兒卻唯恐大夥不肯死心，嘆了口氣道：「縱使老夫始終大權在握，將兩代皇帝都視作傀儡，最終結果又能如何？人壽終有盡時，燕帖木兒當年行廢立之事易如反掌，待其死後，他的子孫後代旋即個個身首異處？」

頓了頓，他的聲音也越來越沉重，「況且燕帖木兒之前，我大元睿聖文孝皇帝還能頒布通制，廢除歲賜，令四大汗國年年入朝。而『南坡之變』後，我大元的國運則每況愈下。若老夫再做燕帖木兒，恐怕不用朱屠戶來反，我大元自己也分崩離析了！」

這番話，說的全是事實，大元朝一直到謚號為「睿聖文孝皇帝」的英宗時期，國力仍處於上升階段，民生也因為戰爭的終止而得到極大的自然反彈，但英宗皇帝卻被權臣鐵木迭兒的死黨鐵失謀殺。

新即位的泰定帝不汲取教訓，大權盡被燕帖木兒掌握，導致泰定帝之後，燕帖木兒行廢立之事如同兒戲，先殺泰定帝之子，擁元文宗登位，不久又逼迫文宗將帝位讓給其弟明宗，隨即又毒死了明宗，再立文宗復位。而元文宗被其折騰死後，又將明宗的兒子，也就是現在的大元天子妥歡帖木兒扶上皇位，視作傀儡。

雖然燕帖木兒到死都一直手握大權，但大元朝卻在他的折騰下，迅速由盛轉衰，如今，大元已經到了岌岌可危的關頭，如果脫脫再去重施一回燕帖木兒故技，不是唯恐宗廟倒塌得還不夠快麼?!

脫脫本人文武雙全，能被他看得上眼並委以重任的，肯定不是什麼不管不顧的粗胚，因此聽完他推心置腹的告白之後，雖然依舊憤懣，卻誰也不敢再提「清君側」三個字了。

大元朝已經不是當年的大元，再「清」一次「君側」，恐怕賭上的，就是全

天下蒙古人的福祉。這個賭注太大，誰也不敢下。

剎那間，屋子裡的氣氛又恢復了先前模樣，如地獄般壓抑而冰冷，所有人都不再說一個字，眼睛盯著地面，心和血液也越來越涼，涼得像外邊呼呼刮過的白毛北風。

「好了，誰都不要多想了！」很久之後，脫脫嘴裡吐出一口白煙，笑著從地上把自己的金刀拔出來，在眼前反覆擦拭。「都振作些，老夫不是還沒被皇上撤職法辦麼？老夫這輩子不求別的，只求無愧於心。咱們都振作起來，一道制定個完整的方案，將計就計，明晚務求將朱屠戶派去燒糧的人一舉全殲。」

「全殲！」

「人贓並獲，看雪雪如何抵賴！」

眾文武心腹無法說服脫脫領著大夥去「清君側」，只好把滿腔的怒火都發洩在淮安軍身上，誓要抓住前來偷襲糧草的將士，拿雪雪一個現行。

「如今濰河已經結冰，朱屠戶無法從水路逆流而上，他想要去黃旗堡，能走的路只有三條。而最方便的一條，就是從雪雪的駐地直插而過，經青石橋，野杏嶺，薺菜窪，我軍只要……」見麾下嫡系的軍心尚可一用，脫脫抖擻精神，開始給眾將分派任務，構築陷阱。

一整夜時間飛快而過，第二天上午，脫脫便尋了個由頭，宣布暫且停戰休整一日，養精蓄銳。

到了下午申時，他忽然命令親兵擊鼓點卯，把麾下所有千夫長以上將領全都召集到自己中軍帳中。

「奶奶的，整天瞎折騰什麼？有本事去對付朱屠戶啊！」禁軍達魯花赤雪雪正坐立不安地於自家營帳內踱步，聞聽鼓聲，忍不住低聲斥罵。

然而，他卻沒勇氣跟脫脫正面硬抗，發洩了幾句後，便帶著幾個核心將領，策馬趕去應卯。

待他來到中軍帳內，其餘各營主將差不多也已經也都到了。

大元丞相脫脫在帥案後滿意地點了點頭，朗聲說道：「今日難得有些空閒，所以本相想跟大夥探討一下，如何才能將朱屠戶儘快擒殺。」

「自然是丞相怎麼說，我怎麼做就是！」雪雪根本不相信脫脫有成功的可能，拱了下手，故作姿態。「相信以丞相的本事，那朱屠戶即便肋下生了翅膀，此番也在劫難逃！」

「雪雪將軍不要說廢話！」脫脫側過頭橫了他一眼，鼻孔裡冒出兩股淡淡的白煙，「本相正是因為拿那朱屠戶束手無策，才召集大夥群策群力。況且剿滅朱賊並非本相一人之責，若是繼續放任其做大，待其真正成了氣候，將那高郵之約上的條款一一兌現。我等恐怕就只剩下去塞外放羊一途！不知道諸君如今誰還吃得了那漠北的風霜！」

此言一出，除了嶺北蒙古軍萬戶哈剌之外，帥帳中其餘眾將個個都臉色鐵青。甭說漠北了，就是山東道冬天都讓習慣了錦衣玉食的他們覺得非常難受，如果放棄了暖洋洋的豪宅到塞外住冰冷的氈包，恐怕用不了兩年就得活活凍死。

「此戰已經不是為了朝廷，而是為了全天下的蒙古人和全天下的士紳！」脫脫四下又掃視了一圈，憔悴的臉上慢慢湧起了幾分病態的潮紅。「所以，諸君心裡有什麼私人恩怨，最好都先放一放，即便是想要老夫的性命也不急在此時，待老夫將淮賊犁庭掃穴之後，自己捆了雙手任你宰割便是！」

「丞相何出此言？」

「丞相一心為國，只有那些喪盡天良的才會在背後算計丞相！」

「丞相儘管下令，我等願為丞相赴湯蹈火！」

……

一時間，眾人的情緒被撩撥起來，怒不可遏。

一片罵聲中，雪雪的臉色變得非常難看。

「老王八蛋，老奸賊。死到臨頭了，嘴巴還這麼惡毒！老子今天先忍了你，待明天一早，咱們老帳新帳一起算！」

正在肚子裡頭罵得痛快之時，耳畔忽然又傳來一聲斷喝，「來人，把輿圖抬進來，把中軍帳的大門關上，今日我等不商量出個章程，就都不要離開此處！」

「老王八蛋，就知道瞎咋呼。真的有辦法，你早幹什麼去了？何必等到現在！」雪雪腹誹道，一抬頭，恰巧看到脫脫那迴光返照般的面容。

「老傢伙好像勝券在握？」

因為心中有鬼，所以雪雪的警惕性非常高，瞬間感覺到今天脫脫的模樣與前些日子大不相同，彷彿突然放下了一具千斤重擔般，舉手投足間顯得輕鬆自如。

「老夫已經命人準備好了肉食和馬奶，諸君可以邊吃邊說，不必太拘禮，即便說錯了，老夫也絕不會追究任何人的責任！」脫脫與他的目光在半空中碰了碰，然後迅速移開。

雪雪的心打了個突，偷偷地罵道：「老不死，老匹夫！大冷天的，誰愛喝你的馬尿！老子那邊陳年女兒紅還放著好幾百罈呢！」

然而腹誹歸腹誹，他卻不敢主動告辭，只能跟其他各營將領們在一起，指著輿圖上的殘山剩水，憑藉各自的想像力胡言亂語。

「此戰的關鍵，是要**切斷徐賊和朱賊之間的聯繫**，否則我軍進攻時就無法使出全力！」有人指著輿圖上靠近膠州的位置，拋磚引玉。

「據說萊州港每年臘月底到下一年正月十五，會有二十幾天的結冰期，如果此事為真的話，也許朱賊接下來半個月，很難從容在海上調遣兵馬！」也有人突發奇想，準備從天時方面尋找戰機。

「只是靠近陸地處結一層薄冰，距離岸邊兩里之外就不再封凍，如果朱賊發動人手，完全可以鑿出一條水道供船隻進出！」有人立刻根據自己的經驗反駁。

「海上鑿冰可沒那麼容易，除非他朱屠戶喪心病狂，把百姓全抓了充役！」

「只有特別冷的年分，冰才會凍住。最近兩年全是暖冬，登萊一帶的海面上，根本見不到一粒冰渣！」

……

更多的謀士和武將加入進來，或支持，或反對，從各種角度探討擊敗朱屠戶的可能。

這種毫無目標性可言的軍議，根本不可能得出什麼有效結果，但用來浪費時間，卻再恰當不過。隨著參與者的增加，中軍帳內的氣氛越來越熱鬧，在越來越熱烈的探討中，不知不覺外邊的天色就暗了下來。

「不知道哈爾巴拉他們跟朱屠戶接上頭沒有？」整個中軍帳內，雪雪恐怕是唯一一個能清楚地感覺到時間流逝的人，望了一眼外邊的沉沉暮色，心中暗暗擔憂。

事到如今，他已經沒有任何退路，只能一條道走到底，萬一等會兒黃旗堡方向跳起火頭，**誰也不敢保證脫脫在絕望之下會做出什麼事**。

「大人，李四今天怎麼不在這裡？」正忐忑不安間，他的心腹，禁衛軍千戶烏恩起端著一盞馬奶走過來，以極低的聲音提醒道。

「李四？你說那個奴才？」雪雪心神一震，旋即將手掌握在刀柄之上。

兵部侍郎李漢卿是脫脫的影子，向來走到哪帶到哪裡，沒有至關重要的事絕不分開，今天，脫脫把全軍將領召集起來商議下一步的策略，卻偏偏沒有讓自己的影子出場，此舉，怎麼可能不令人心中生疑?!

「李四一直不在，太不花也不在，還有龔伯遂，就只在最開始的時候露過一面，然後就……」烏恩起嘀咕著。

「你去叫上阿木古郎他們幾個，咱們現在就離開！」沒等他把話說完，雪雪迅速做出決定。

此地不宜久留，否則肯定會出變故，只要自己回到禁衛軍的營地，脫脫老賊在沒有聖旨的情況下，想要對付自己，就得冒著內訌的風險，以他的性格和眼界，絕不會在大敵當前做如此選擇。

「是！」烏恩起答應一聲，不一會兒，幾個禁衛軍的千戶一同來到雪雪的身側，眾人用眼神打了個招呼，緩緩走向中軍帳門口。

「雪雪將軍哪裡去？莫非你連丞相的命令都不肯聽了麼？」才移動了三五步，一個熟悉的身影就擋在眾人面前。探馬赤軍萬戶沙喇班手裡捧著半碗馬奶，古銅色的面孔上寫滿了嘲諷。

「好像不關你的事吧？」雪雪狠狠瞪了此人一眼，不屑地回道：「老子想做什麼，還用向你個契丹崽子交代嗎！給老子滾一邊去，別自己給自己找麻煩！」

「好像真關某家的事！」向來就對雪雪極不友善的沙喇班，猛的將酒盞丟在了地上，順手從腰間拔出了彎刀。「奉丞相命，留諸位在此用飯，識相的，就都給我站住！」

「你說什麼？」雪雪也迅速抽出腰刀，隔著兩三步距離，與沙喇班白刃相對。「契丹崽子，你知道你在幹什麼嗎？假傳軍令，威逼同僚，以下犯上。老子即便當場宰了你，過後都不會有人追究！」

他有意把水攪渾，所以扯開了嗓子嚷嚷，頓時將中軍帳內所有目光都吸引了過來。

不少蒙古將領出於本能，果斷地站在同族的立場上。七嘴八舌地開口，對沙喇班大聲斥責道：「契丹崽子，把刀放下。雪雪大人去哪兒用不著你管！」

「別以為丞相護著你，你就可以爬到我等頭上。這大元朝的天，畢竟還是咱們蒙古人的天！」

「沙喇班，誰給你權力，許你可以在中軍帳內拔刀？」

「是老夫給他的權力！」

猛然，丞相脫脫的聲音在帥案後響了起來，瞬間壓制住所有嘈雜。

「老夫得知今晚有賊人即將去黃旗堡燒糧，所以提前在路上布置下了陷阱，老夫不知道誰把大軍存糧之處透露給朱屠戶，也不知道諸君當中，哪個與朱屠戶暗通款曲，所以，只能想了個笨辦法，把大夥全都集中在這裡，以防再度走漏消息！現在，時候差不多了，諸位如果問心無愧的話，就跟著老夫去看看那些蟊賊如何自投羅網！」

脫脫一步步從帥案後走出，目光如刀鋒般在眾人臉上緩緩走過，「沙喇班，讓你的探馬赤軍保護著大夥一道前去觀戰，有抗拒不前者，直接給我殺了他！」

「是！」沙喇班等了好幾個月，終於等到了這次機會。立刻大聲領命。旋即，從口袋裡掏出一個白玉做成的哨子奮力吹響。

「吱——！」

「吱——！」

中軍帳四周，無數道淒厲的哨聲相應，緊跟著，雕花玻璃窗被人從外邊強行拉開，數十支早已上好了弦的神臂弓探了進來。

「這……」一些平素跟雪雪走得近的將領，原本還想聚到一處，給脫脫來個法不責眾，看到冒著寒氣的弩鋒，個個都傻了眼。

神臂弓乃大宋太宗時代創造的利器，有效射程高達三百餘步，被如此多的弩箭對上，神仙來了都得被射成刺蝟。

「老夫不願同室操戈，讓朱屠戶看了笑話，可諸位也別逼老夫下死手！」脫脫彷彿換了個人般，以近年來少有的矯健，一步步走向雪雪等蒙古貴胄，渾身上下包裹著無盡的寒意，「沙喇班，把他們幾個的兵器都給我拿下，然後伺候他們上馬！」

「是！」沙喇班大聲答應，揮手從軍帳外叫進一群膀大腰圓的契丹武士，將雪雪、烏恩起、阿木古郎等禁衛軍將領，以及一些平素作戰消極又跟雪雪交好的其他貴冑，全都搜走了兵器，控制起來。

「丞相這是何意？末將可從來沒有得罪過您的地方！」真定府蒙古軍萬戶布魯方仗著朝中還有人撐腰，結結巴巴地質問道。

「丞相，末將可一直對您忠心耿耿啊！」隆興路蒙古軍千戶滿杜拉圖，也佝僂起腰表白。

這種時候可不能考慮什麼義氣不義氣，門口和窗外的武士全都出自探馬赤軍的契丹人，一個蒙古人都沒有，可見脫脫是被徹底逼急了，根本不會再念什麼同族之情。

「丞相，我等冤枉！」其他被拿下兵器的各族將領也紛紛大聲哀求，一時間，帳內喊冤聲不絕於耳，連窗外的北風聲都給蓋了過去。

「住口！」脫脫大喝，銳利的目光掃過眾人。「看看爾等都成了什麼樣子？身上哪裡還有半點兒咱們蒙古人的血性！」

「冤——！」眾將的求饒聲驟然停頓了一下，然後又以更洪亮的幅度響了起來，「冤枉，丞相，我等從來沒想過幫別人對付您。我等冤枉！」

血性算個什麼東西！**這當口哪裡有小命重要**！況且大夥以前巴結雪雪，不過是看中了他在朝堂上的後臺，想在將來多一條退路而已，漂亮的話說說便罷，死到臨頭了，誰會真的跟他共同進退？

看到眾人如此孬種模樣，脫脫的心裡愈發憤怒，這種膿包軟蛋還配做蒙古人的子孫麼？一旦自己亡故之後，怎麼可能指望他們撐得起大元朝的殘山剩水？

唯一還有幾分為將者氣度的，只剩下雪雪本人。也不知道是被嚇傻了，還是有恃無恐，他居然半句話都沒說，交出兵器之後，就冷冷地看著周圍發生的一切，彷彿中軍帳內所有動作都跟他沒有任何關係一般。

「倒是個有種的，就是心思沒用在正地方！」見雪雪始終不肯向自己服軟，脫脫心中暗暗嘆了口氣，說道：「都給我住口！老夫向來沒冤枉過任何人，哪怕他跟老夫有生死之仇！爾等如果內心沒有鬼的話，今晚就跟老夫走一遭。待抓到了前來劫糧的淮安賊，誰是內奸，自然會清清楚楚！」

說罷，也懶得再多說什麼廢話，向探馬赤軍沙喇班揮了下手，走出中軍帳外。

「幾位大人也請麻利些，別逼著老子動粗！」沙喇班目送脫脫離開，轉過頭，衝著雪雪等人陰陰地道。

被幾十張神臂弓對著，眾將領滿臉幽怨地看了眼雪雪，垂下頭，緩緩挪動雙腳。中軍帳外，早有人備好坐騎，在兩千精挑細選出來的探馬赤軍和千餘丞相府家丁的保護下，所有軍中文武，不分嫡系還是旁系，快速湧出營門，沿著最近一段時間人腳和馬車踩出來的通道，奔向距離禁衛軍營地最近的一處山谷。

正值寒冬臘月，北風夾著草屑和塵土，打在鎧甲上啪啪作響。很快，眾人的眉毛、鬍鬚上就結滿了暗黃色的冰霜，而腳下道路卻彷彿沒有盡頭，縱使把人全身力氣耗盡，也未必能達到終點。

「這麼冷的天，朱屠戶很可能不會來了！」被六名契丹武士用戰馬夾在中間，雪雪咬緊牙關給自己打氣。「他那個人向來機敏，這麼大一隊人馬在黑夜裡行軍，他那邊不可能聽不到動靜。只要他能派出足夠的斥候……」

「唏嘘嘘——」一聲低沉的馬嘶打斷了他的自我安慰。是有士卒走夜路不小心，連人帶馬掉進了臨近的河谷。

谷底的灤河早已上凍，從數丈高的山崖上掉下去，誰都不能倖免！

「朱屠戶手下的人都悍不畏死！他們即便陷入包圍，輕易也不會投降，只要沒有重要將領被抓住，脫脫就無法確定我跟朱屠戶之間有勾結，那樣，他就不敢殺我，頂多跟我去打御前官司……」

雪雪緊了緊自己身上的貂裘，繼續給自己壯膽，同時，偷偷從衣內摸出一顆硬硬的藥丸。那是大食人秘製的斷腸丹，據說比鶴頂紅還好用十倍，只要將其往嘴裡一吞，就可以將所有秘密徹底掩蓋。

「雪雪，丞相叫你過去！」彷彿察覺到了雪雪的小動作，沙喇班突然從黑暗中探出腦袋，「上老爺山的山頂，從那裡可以清楚地看到賊軍如何自投羅網！」

「末將不勝榮幸！」雪雪將手指緊了緊，悄悄捏碎藥丸外邊的蜂蠟，催動韁繩，跟在沙喇班身後，緩緩走向隊伍正前方的一處高坡。

距離太近了，平時沒留意，他幾乎沒有發現，脫脫的中軍距離禁衛軍的營地居然如此之近，騎在馬上也就需要短短半個時辰，還是在走夜路，不敢急行軍的情況下。而自己先前居然還答應朱屠戶，讓他的人馬在脫脫的眼皮底下橫穿而過……

「噤聲！」命令從隊伍前傳過來，逆著雪雪行進的方向，一直傳到隊伍末尾。

「全體下馬！」「用布把馬嘴包起來！」「銜枚！」……

陸續有新的命令傳來，揭示著整個隊伍已經移動到位。

探馬赤軍不愧為脫脫最為器重的精銳，很快就與周圍的石頭和野樹融為一體，即便有夜梟從半空中飛過，也發現不了半絲破綻。

「請大人也下馬！」沙喇班再度回過頭，「小心些，一旦掉進山谷，神仙也救不了您！」

「將軍今日之恩，某一定沒齒難忘！」雪雪冷冷回了句，翻身跳下坐騎。既已存了必死之心，他認為自己就沒必要再低三下四，只要自己一死，所有罪責就都可以獨自承擔。兄長哈麻那邊不會受到太大牽連，妥歡帖木兒陛下念在自己到死都沒敢洩漏當初君臣之間謀劃的份上，說不定也能對家小網開一面。

腳下的道路很崎嶇，他每走一步，都要花費極大的力氣，脫脫卻在山頂好整以暇地等著欣賞他的絕望。

「老子絕不會讓你如意！」雪雪用力捏了捏手指縫隙裡的斷腸丹，咬牙切齒道：「老子被你欺負了半輩子，最後一定要昂著頭！」

用力挺直了脊梁骨，他強迫自己走好最後這段路。眼角處隱隱有水珠在往外湧，卻被他用鼻子狠狠吸了回去。

「不能哭，不過是一死而已，即便脫脫平安逃過了此劫，早晚他還會被妥歡帖木兒抄家滅族。那是**皇權與相權之爭，自武宗時代就已經開始的無解之局，已經爭了近七十年。只要脫脫不肯主動放棄，他就必死無疑！**」

想到脫脫早晚都得為自己陪葬，雪雪臉上忽然湧起一股殘忍的笑意。自己背叛朝廷，勾結反賊，死有餘辜。脫脫呢，他倒是對朝廷忠心耿耿！等他死的時候，恐怕墓碑上照樣要寫著「奸臣」兩個字，哈哈，哈哈，這可真是一個天大的笑話！

・第六章・

幕後黑手

「丞相！」文武將領全都跪了下去，淚流滿面。
毫無疑問，脫脫的話句句屬實，
想要丞相死的人不止是雪雪一個，
導致今晚災難的真正幕後黑手就藏在他們中間，
除了將他們全都殺掉之外，找不到任何封鎖消息的辦法。

「哈哈哈，哈哈哈哈……」遠處的山谷中，傳來一串夜梟的鳴叫。這種該死的鳥兒，據說是地獄裡的怨氣所化，凡是聽到牠的叫聲者，很快就要噩運臨頭。

「哈哈哈，哈哈哈哈……」更多的夜梟聲在山間回蕩，彷彿數不清的鬼怪，在架著北風夜行。

「嗚——！」有一聲龍吟般的號角，將夜梟聲猛的打斷。一點火光緊跟著在距離雪雪不遠處的山頂跳起，流星般竄上半空，在身後拖起一道長長尾巴。

「嗚——！」「嗚——！」「哈哈哈，呼呼哈哈……」號角聲與夜梟的笑聲交織在一起，令腳下的山坡戰慄不止。

無數點火光雪雪的身邊，對面，還有目光能及處亮起，伴隨著驚天動地的喊殺聲，在寒風中埋伏了數個時辰的大元將士蜂湧而出，衝下山坡，殺向那支剛剛從禁衛軍營地穿過就一頭扎進陷阱的敵軍！

正沿著山谷匆匆前行的敵軍頓時亂作一團，首尾不能相顧。蓄勢已久的蒙元將士則充分利用地利之便，或者騎著戰馬，或者手挽弓弩，從各個方向朝目標迅速靠近。

「轟——！」「轟——！」數枚開花彈接二連三在山谷中爆炸，將落入陷阱的敵軍炸得暈頭轉向。

「嗖嗖嗖！」「嗖嗖嗖！」弓手隔著一百多步距離，搶在自家騎兵進入攻擊位置之前潑下一輪箭雨，山谷裡的世界驟然變暗，變模糊，隨即又明亮而清晰。無數妖豔的血光在羽箭落處濺起來，剎那間，彷彿萬朵桃花盛開，猩紅色的花海背後，則傳來受傷者淒厲的哀嚎，「啊——！」「救命——！」第二輪箭雨轉瞬又至，將哀嚎聲淹沒在無邊血海當中。

「七號炮位、八號炮位，九號，看我旗幟，輪流發射！」參軍龔伯遂興奮跳上一塊岩石，將一面明亮的三角形旗幟反覆揮動。在他的指揮下，更多笨重的青銅火炮投入戰鬥，朝獵物的頭頂傾瀉各種彈藥。

「轟——！」「轟——！」橘黃色的火光閃動，黑色的煙霧捲著血肉，扶搖直上，一炮手迅速抄起長長的拖把，沾著馬尿塞進炮膛。「嗤——！」滾滾白霧帶著惡臭的味道從炮口冒出，熏得周圍的人涕泗交流。

「動作快點，別耽誤功夫！」蒙古炮長揮動粗大的皮鞭，打在高麗填藥手的脊背上，一下一道血印。

挨了打的高麗裝填手不敢抬起手來擦淚，用特製的木勺從身邊的火藥桶中舀起慢慢的一勺，然後再用另外一支木頭鏟子填平，對準刻在木勺內部的黑色標準線，最後將火藥裝進已經用拖布清理過的炮膛當中。

二炮手則俯身撈起一枚末端帶著圓盤的木桿從炮口探進去，將火藥反覆搗實。沒等他的工作結束，三炮手已經抄起一枚彈丸準備裝填，二人的配合稍稍有些衝突，但很快就在皮鞭下得到了矯正，黑色的鑄鐵彈丸被填入炮口，短短的捻子被塞進炮身後的引火孔。

四炮手和五炮手在蒙古炮長的指揮下，用肩膀將火炮重新推回原位，點火手用嘴巴將手中的艾絨吹了吹，用力按在了導火線上……

「轟——！」「轟——！」又一輪炮擊開始，打得山谷內血肉飛濺。龔伯遂的聲音緊跟著炮擊聲再度響了起來，帶著難以抑制的興奮，「一號炮位，二號炮位，三號炮位看我的旗幟。四號，五號，六號準備！瞄準山下敵軍主帥位置，開火！」

「開火！」「開火！」……蒙古炮長們興奮地重複，將第三輪彈丸砸向獵物，弓箭手則將第十二支破甲錐搭上弓臂，揚起一定角度，朝著特定區域拋射。

被淮安軍的遠端火力壓制了好幾個月，今夜，他們終於得到了揚眉吐氣的機會，因此一個個恨不得把全身的力氣都用光。

谷底的獵物們，則被火炮和羽箭打得潰不成軍，每個人都抱著腦袋四下亂竄，稍微聚集得緊密一些，就成了火炮和弓弩的重點照顧目標。

一些殘兵敗將試圖掉轉頭，朝來路突圍，卻被迂迴到位的輕甲騎兵牢牢堵住，一些亡命徒高舉著盾牌，打算從正前方殺開一條血路，沙喇班麾下的探馬赤軍則用神臂弓和長矛來招呼他們。

很多人在衝鋒的途中就被射成了刺蝟，還有很多人一頭撞在矛陣上，被捅成了篩子。火把帶來的亮度有限，誰也數不清山谷裡到底有多少人被殺，但濃烈的血腥味道卻蓋過了火藥的燃燒味道和馬尿蒸發的臊臭氣，一股股鑽進人的鼻孔，燻得人五腑六臟躁動不安。

「嗚嗚，嗚嗚嗚嗚——！」戰場最高處，又響起一陣激昂的號角聲，宣告戰局進入收宮階段。

嶺北蒙古軍萬戶哈剌帶領一千重甲騎兵走進距離敵軍一百步的攻擊位置，三尺上的槍鋒倒映著暗紅色光芒。

「￥％＃＆！」獵物的隊伍裡，有人用標準的蒙古話大聲叫嚷，但沒有人在意他們說什麼，對於已經結局註定的戰鬥，他們說什麼都於事無補。

長長的騎槍平壓了下去，緊貼著戰馬的脖頸，渾身上下包裹著鐵甲的騎兵開始加速，銳利的槍鋒變成一排排梳子，根本沒機會列陣防禦的獵物們，迅速被梳子一層層推倒，要麼被刺死，要麼被踩死，屍橫遍野。

「噢噢，噢噢……」山坡上，得到休息機會的炮手和弓弩手們，用歡呼聲替重甲騎兵喝彩。勝利就在眼前，每個人都興奮的不能自已。

「咯咯咯，咯咯咯……」在震耳欲聾的歡呼聲裡，上下牙齒相扣的聲音顯得格外獨特，雪雪臉色煞白，身體抖若篩糠。

戰鬥結束得太快，他甚至還沒來得及做決定是否立刻自盡，就已經看完了獵物全軍覆沒的整個過程。

規模足足有上萬人，都穿著他的禁衛軍鎧甲，被當場殺掉了至少三成，剩下的七成則徹底被嚇破了膽子，丟下兵器，任憑脫脫的手下處置。而大獲全勝的鐵甲重騎卻不想俘虜他們，揮舞著長長的騎槍，將他們一個挨一個挑飛。

「自作孽，不可活！」負責貼身監控雪雪的探馬赤軍萬戶沙喇班搖了搖頭，臉上沒有半點憐憫。「別以為就你聰明，你那些小花樣，什麼時候逃脫過丞相大人的眼睛？他老人家一直忍著你，是為了大元，而你這廝……」

「停下來，趕緊停下！別殺了，趕緊停下！」已經成了砧上之魚的雪雪，忽然跳了起來，雙手死死揪住沙喇班的脖子，「不要殺了，那不是朱屠戶的人，朱屠戶的人縱使敗了，也不會如此狼狽。快，停下來，讓脫脫下令，趕緊停下來！」

「你這是白日做夢！」沙喇班猛的一彎腰，給雪雪來了個大背摔，然後冷笑著搖頭。

雪雪瘋了，肯定是瘋了，都輸得連褲子都脫了，居然還試圖撒謊騙人。**被擊潰的不是淮安軍又是誰？方圓幾百里內，還有誰能不聽脫脫丞相的號令就橫穿禁衛軍的營盤？**

「停下來！快停下來，老子命令你停下來，老子命你帶老子去見脫脫！」雪雪被摔得滿臉是血，卻像野獸般在地上翻滾咆哮，「那不是朱屠戶，朱屠戶沒地方找那麼多禁衛軍衣服，老子麾下只有五千多弟兄，拿不出那麼多衣服給朱屠戶！」

「你說什麼？」沙喇班心裡猛的打了個哆嗦，俯身從地上揪起雪雪。「他們到底是誰？」

「我不知道，我不知道！」雪雪的話裡帶著明顯的哭腔，紅色的眼淚順著滿是泥土的面孔淋漓而下。「你問我我問誰去？趕緊帶我去見脫脫！」

「走！」沙喇班拖著雪雪，大步流星朝山頂飛奔。

他希望雪雪是在撒謊，但理智卻告訴他，對方也許說的就是實話，被殲滅在山谷裡的敵軍，至少有一個完整的萬人隊，打的是禁衛軍旗號，穿的也是禁衛軍袍服，而雪雪手中的將士只有五千，根本不可能湊出如此多的輜重。

當他們來到山頂上，整場戰鬥已經終結。除了垂死者的哭喊之外，山谷中再也聽不到任何多餘動靜。滿足了報復欲望的重甲騎兵和探馬赤軍、蒙古軍、漢軍們聯手，將還活著獵物們從石塊後、樹幹後和屍體堆裡拉出來，成群結隊押上周圍山梁。

最大的一頭獵物，今晚敵軍的主帥和他的帥旗、侍衛們一道被包裹著，也緩緩押向山頂。

「丞相，雪雪那廝說……」沙喇班將雪雪狠狠摜在脫脫的帥旗下，急急地彙報。

然而，很快他就詫異地閉上了嘴巴，脫脫的狀態不對，兩眼僵直，身體佝僂，完全靠身後的親兵扶著才能勉強保持站立；而周圍李漢卿、太不花等人，也個個失魂落魄，任何人的臉上都找不到絲毫大勝後的興奮。

「丞相，丞相！」嶺北蒙古軍萬戶哈剌，騎著一匹被拔掉鎧甲的戰馬，沿山道急衝而上，滿臉是汗，頭頂的鑌鐵戰盔和身上的精鋼板甲都不知去向。

「怎麼回事？別一驚一乍的。山下的人到底是誰?!」作為山頂唯一還保持著鎮定的人，沙喇班主動迎了上去，伸手拉住哈剌的戰馬韁繩。

「是月闊察兒！太尉月闊察兒！」哈剌一頭從戰馬上滾下，跌跌撞撞向脫脫跑去。「丞相，上當了，**咱們全上當了，跟朱屠戶勾結的另有其人**，他拿著您的將令……」

「胡說！月闊察兒早就死在了朱屠戶手裡！今晚丞相消滅的是朱屠戶麾下的悍將吳良謀！」脫脫的心腹李漢卿忽然跳了起來，衝著哈剌大聲咆哮。「他找了別人冒充月闊察兒，試圖行刺丞相，你立刻去殺了他，不要讓他上山。快，立刻去！」

「是！」哈剌轉頭就走。

這是唯一的辦法，殺掉月闊察兒和今晚所有俘虜，將罪責推到朱屠戶頭上，只要安排得當，朝廷那邊就死無對證。

然而，沒等他再度爬上馬背，身後卻又響起了脫脫的聲音：「站住，休得胡鬧！本相命你不准再胡鬧！」

「丞相！」哈剌、李漢卿、沙喇班以及一干脫脫的心腹將領全都跪了下去，衝著脫脫深深俯首。不殺月闊察兒，就得給朝廷交代，再加上數月勞師無功的罪責，足以讓大夥萬劫不復。

「殺一個月闊察兒，於事無補！」用力推開身邊的侍衛，脫脫彷彿徹底解脫了般，緩緩坐在地上。

「知道月闊察兒已經到了附近，並且能拿著老夫令箭調動他的人，一共幾個？知道今晚作戰方案的人一共幾個？莫非老夫還能將你等也都一併殺光不成？算了，既然他們都想要老夫的命，老夫給他們就是，何必再搭上山谷裡那數千禁軍弟兄?!」

「丞相！」除了雪雪之外，山頂上的其他文武將領全都跪了下去，淚流滿面。

毫無疑問，脫脫的話句句屬實，想要丞相死的人不止是雪雪一個，**導致今晚災難的真正幕後黑手，就藏在他們中間**，而除了將他們全都殺掉之外，找不到其他任何封鎖消息的辦法。

「這樣也好！」脫脫輕輕搖了搖頭，展顏而笑。忽然像看穿了世態炎涼的老僧般，兩隻眼睛裡不再帶有任何波瀾。「老夫走後，至少你等還能全師而退，不會過分拖累爾等，不會牽扯更多的人進來！」

「丞相，那個月闊察兒是假冒的。肯定是朱屠戶派人假冒的！是他，是他派人假冒月闊察兒太尉，帶著先前被俘虜的禁衛軍來偷襲糧倉。」李漢卿跳了起來，抽出佩劍，朝山下跑去。「丞相稍待，末將這就去替你殺了他！殺了他，咱們班師回濟南，重整旗鼓，等待朝廷命令！」

「末將知道怎麼做了！」蒙古軍萬戶哈剌也跳起來，緊緊跟在李漢卿之後。殺了月闊察兒，帶領大軍返回濟南，然後擁兵自重，這樣，只要脫脫不奉旨班師，朝廷就不敢逼他造反，拖上一段時間，待朝廷對付不了朱屠戶的威脅時，自然會對今晚的事情不了了之！

「站住，你們兩個孽障給老夫站住！」

脫脫的反應速度絲毫不比他們兩人慢。猛的從腰間抽出御賜金刀，果斷地橫在自家脖頸上，「你們兩個再向前走一步，老夫就把這條命交給你們！」

「丞相——！」李漢卿和哈剌兩個踉蹌數步，轉過身，伏地大哭。

脫脫看了他們兩個一眼，緩緩將金刀插在地上。

「別再殺了，今晚死的人已經夠多了，就這樣結束吧！朱屠戶連月闊察兒都能算計進去，怎麼可能沒有後招？沒有軍糧，你們接下來要做什麼，都是癡心妄想。」

話音剛落，山腰上又響起了一陣驚呼。緊跟著，有道橘黃色的光芒在另一處山頂上冒了出來。

「是黃旗堡！黃旗堡失火了，糧倉失火了！」

有人尖叫著衝向光芒起處，然後又絕望地停住了腳步。距離太遠了，等他們趕到，糧食早就被燒得一乾二淨。想要救火，除非身邊這數萬人個個肋下生出翅膀。

「轟！」有團巨大的煙柱騰空而起，瞬間，橘黃色光芒變成一束巨大的火把，將周圍的山川谷地照得亮如白晝。

「**是朱屠戶！是他！他早就另有安排！**」雪雪猛然尖叫了一聲，不知道是喜是悲，他雙手抱住自己的腦袋，緩緩蹲了下去。一直夾在手指縫裡的「斷腸丹」落在地上，順著山坡滾了幾滾，轉眼消失不見。

沒有了糧食，甭說佔據濟南擁兵自重。就是將手下這二十幾萬大軍平安撤離濰水都成問題。那朱屠戶雖然號稱佛子，卻不是宋襄公那樣的蠢貨。在燒糧得手之後，後續招數必然接踵而至。更何況，就在官軍不遠處，還有徐達和胡大海兩人虎視眈眈！

一時間，李漢卿、哈剌和沙喇班等脫脫的嫡系將領，全都變成了泥塑木雕，任由各自手底下的士卒亂作一團，卻誰都沒心思去約束。

被探馬赤軍押解著走上山崗的那名「敵將」，則毫不猶豫地推開了身邊的看守，帶著自己的親兵，大步流星衝向了脫脫本人，質問道：「老賊，月闊察兒跟你何冤何仇？你居然在路上布下重兵，非要置某於死地？」

這幾句話可是如假包換的蒙古語，並且帶著非常濃重的大都腔，脫脫和他身邊的眾心腹們登時被問得無言以對。

想要說是有人假傳將令，誤導了太尉月闊察兒，卻根本找不出是誰從脫脫身邊偷走了令箭，想要說是脫脫發現了雪雪與朱重九互相勾結，所以才將計就計，在賊軍必經之路布置下了陷阱，卻又解釋不清楚，為何雪雪被扣在了脫脫身邊，朱屠戶卻依舊沒有落網？反而成功地迂迴回到大夥身後，將黃旗屯的軍糧付之一炬？

「噹啷！」一名百戶精神恍惚，手中的鋼刀悄然落在地上，濺起一串暗黃的火星。

「噹啷！」「噹啷！」幾名兵卒丟下兵器，頭暈目眩。

先前周圍情況太亂，他們這些底層小人物一時弄不清發生了什麼事，所以還能渾渾噩噩地勉強支撐，現在卻豁然發現**自己砍殺了半個時辰的目標，是大元朝最尊貴的禁衛軍，被辛苦抓獲的「賊首」，是大元朝極品太尉，心臟怎麼還能承**

受得住?!

要知道，凡是能在禁衛軍當差的，家中非富即貴，這樣稀裡糊塗地死在自己人手裡，其靠山豈能善罷干休？

「你怎麼會從濰河對岸過來。為何事先沒有派人聯絡？」稍微還剩一點思考能力的，只有兵部侍郎李漢卿，只見他猛的站起來，三步併作兩步擋在脫脫身前，衝著月闊察兒厲聲反問。

「廢話！」月闊察兒把眼睛一瞪，王霸之氣四射而出，「濰河東岸地形平緩，視野開闊，當然更適合長途行軍。倘若沿著東岸走，那麼多山山溝溝，天知道老夫會死在哪一路假冒的賊寇手裡！至於為何事先沒派人過來聯絡，老夫自然有老夫的考慮，你一個小小的漢官，有什麼資格參與軍機?!」

漢官不得參與軍機，是脫脫在朝中主政時親自定下的規矩，針對的目標是中書左丞韓元善、中書參政韓鏞等一干漢臣，從沒把李漢卿也包括在內。在脫脫眼中，李漢卿也從來不能算是個漢臣。

然而，脫脫沒把李漢卿當作漢臣，卻不等於別人也不拿李漢卿當漢臣，所以月闊察兒一句「你一個小小的漢官，有什麼資格參與軍機？」就把李漢卿的所有話頭徹底堵死。憋得後者面色發黑，眼前金星亂冒，卻無計可施。

「老四，退到一邊！」

脫脫畢竟是一代梟雄，即便落魄時，也不肯讓手下人幫忙擋災，伸手搭住李漢卿肩膀，將其輕輕推到一邊，然後衝著月闊察兒躬身道：

「老夫人今晚於這裡布下陷阱捕捉惡蛟，卻不料太尉大人自己跳了進來！其中是非曲直，恐怕一句兩句很難說得清楚，但太尉大人帶著兵馬悄悄趕來軍中，恐怕也非一時興起，所以……」

他深吸了口氣，努力將自己乾瘦的身軀再度挺直，像一隻護崽的母雞，在老鷹面前盡力張開翅膀。

「所以老夫敢問太尉，汝今日因何而來？可是奉了聖旨，手中可有兵部的相關文書？」

「呼啦啦！」聞聽此言，河南行省平章太不花、嶺北蒙古軍萬戶哈剌、探馬赤軍萬戶沙喇班等武將全都手按刀柄長身而起，從四面八方將月闊察兒的去路牢牢封死。

「當然！」月闊察兒冷笑著點頭，臉上不帶絲毫畏懼。「丞相大人可要當眾驗看？」

說罷，手朝貂裘內袋一探，將整套兵馬調動文書全都掏了出來。

「事關重要，請恕老夫失禮！」脫脫輕輕皺眉，接過文書，挨個查驗。眾心腹將領則個個全神戒備，隨時等待脫脫的命令。特別是河南平章太不花，乾脆將自己的親兵直接調了幾個百人隊過來，只待脫脫一聲令下，就將月闊察兒碎屍萬段。

然而讓大夥失望的是，月闊察兒拿出來的文書中竟然沒有絲毫的紕漏，從出征時間、行軍路徑到隨行兵馬人數、裝備情況，都用八思巴文和漢文寫了個清清楚楚。

「文書驗看無誤，太尉大人的確是奉了聖諭！」

儘管早已心如死灰，脫脫依舊保持著最後的自尊，不肯閉著眼睛說瞎話，「只是既然是來支援老夫，為何不派遣信使提前聯絡？」

「因為老夫奉了聖諭！」月闊察兒的回答又冷又硬，彷彿此刻從北方吹過來的白毛風，「聖上命老夫前來宣旨，沒抵達軍營之前，不得走漏任何消息！」

說罷，將身體猛的一挺，大喝一聲：「聖旨下，著蔑里乞氏脫脫帖木兒，河南行省平章政事太不花，以及全軍將佐，上前聽諭！」

「陛下洪福齊天，臣等洗耳恭聽！」周圍的眾將作被打了個措手不及，紛紛走到脫脫身後，躬身下拜。

「長生天氣力里，大福蔭護助里，大元皇帝有聖旨下！」月闊察兒深吸一口氣，從懷中取出另外一份卷軸，徐徐展開，臉上的表情如寺廟中的金剛一樣肅穆莊嚴，「脫脫帖木兒出師半載，略無寸功，傾國家之財以為己用，半朝廷之官以為自隨。又其弟也先帖木兒庸材鄙器，玷汙清台，綱紀之政不修，貪淫之習益著。朕念其往日之功，一再寬宥，然其兄弟卻不知進退，再三因私廢公……」

「冤枉！」沒等月闊察兒將聖旨讀完，哈剌、沙喇班、龔伯遂等人已經忍不住替脫脫鳴冤。「丞相大人勞苦功高，三軍將士有目共睹，只有那奸佞小人才會在陛下面前顛倒黑白，蒙蔽聖聽……」

「住口！」月闊察兒根本沒打算聽眾人的反駁，將眼睛一瞪，王霸之氣四射而出，「脫脫帖木兒，你要帶頭抗旨麼？」

「臣不敢！」儘管臉色被氣得鐵青，脫脫卻禮貌地躬著腰，沒有露出絲毫的不敬。「請太尉繼續宣讀，諸將剛才的不敬之處，臣願替彼等領任何責罰！」

「丞相——！」參軍龔伯遂紅著眼睛大叫，「將在軍，君命有所不受。」

「丞相，您出師前也曾奉了陛下的密旨！」哈剌跟著大喊：「陛下許諾過，軍國大事，您皆可陣前自決，無須啟奏！」

「丞相休要自誤，臨陣換將乃取死之道，我等恕不敢從！」李漢卿、沙喇班等紛紛手按刀柄。

既然是密旨，拿不出來也沒任何關係，那麼眾將就可以奉脫脫命令，幹掉月闊察兒，令他手中的聖旨徹底失效。

然而，脫脫內心深處卻徹底倦了，根本不想做任何掙扎，笑了笑，衝著眾人輕輕拱手，「諸君高義，脫脫心領，然天子詔我而我不從，是與天下抗也，君臣之義何在？還請諸君念在相交多年的份上，讓脫脫全了這份體面！」

只有絕對嫡系才知曉的作戰方案，居然會提前走漏出去！

本應落進陷阱的朱屠戶，居然能繞過二十幾萬大軍的重重封鎖，燒掉遠在黃旗堡的糧草！

而奉命前來宣讀聖旨的月闊察兒，居然與朱屠戶配合得天衣無縫，直接將萬餘蒙古子弟送到了自己的刀下！

今晚被設伏殺掉的數千禁衛軍將士，背後又有多少蒙古家族？

如此多的陰謀，一環接一環套在一處，配合得簡直天衣無縫。這只能說明一件事情，在大元朝內，很多人恨自己更甚過朱屠戶，為了剪除自己這個權相，他們不惜付出任何代價，甚至跟朱屠戶暗中勾結。如果自己繼續掙扎下去的話，不知道還要牽連多少無辜的蒙古兒郎……

想到那麼多人都已經死在了這場傾軋當中，脫脫就心如死灰，自動向月闊察兒手裡的聖旨躬身道：「罪臣脫脫，辜負聖恩，願領任何責罰！」

「丞相——！」李漢卿等人大叫，卻無法令脫脫回心轉意，只好也躬身陪著他受辱。

月闊察兒卻愈發得意，手捧聖旨，一字一頓地用力念道：

「然其兄弟卻不知進退，再三因私廢公，陣前喪城失地，有辱國威，朝中隱瞞軍情，阻塞言路。朕為江山社稷計，不敢再念私恩，忍痛下旨，奪也先帖木兒官職，令其歸家閉門思過，除脫脫帖木兒丞相之職，貶為亦集乃路達魯花赤。除脫脫大軍主帥印，令其去任所戴罪立功。聖旨到時，各路大軍交由河南行省平章政事太不花暫攝。欽——此！」

月闊察兒拉長聲調，將聖旨最後兩個字讀完，然後冷冷地看著脫脫，等待他拜謝聖恩。

「此乃亂命，丞相不可接！」哈剌走出來，擋在月闊察兒和脫脫之間。「丞相若奉旨，我輩必死於他人之手！」

「丞相，此乃矯詔，其中必有曲折！」李漢卿也豁出了性命，「月闊察兒來得蹊蹺，丞相不可不小心。」

「來人，將此人拿下，把聖旨收了，以佐罪證！」沙喇班更直接，乾脆越俎代庖，替脫脫下達了命令。

「是！」附近的探馬赤軍大聲答應著，就要往前撲，誰料河南平章政事太不花卻忽然拔出腰刀，衝著身邊的親兵喝令道：「保護欽差！敢上前者，殺無赦！」

「得令！」早已蓄勢以待的幾個河南行省蒙古百人隊齊齊抽出兵器，將奉沙喇班之命撲過來的探馬赤軍砍了個落花流水。

「你——？」沙喇班大怒，手指太不花，就要罵起忘恩負義，然而，還沒等他將斥責的話說出口，周圍已經有幾把明晃晃的鋼刀架在了他的脖頸之上。

衝過來的探馬赤軍士卒見狀，顧不上再去捉拿月闊察兒，立即掉過頭，捨命上前相救。只是他們的人數卻比太不花悄悄調來的兵卒少得太多，轉眼間就被紛紛砍翻在地。

河南行省平章政事太不花迅速用目光掃視了一下全場，收起刀，大步流星走到月闊察兒面前，深深俯首道：「臣太不花，恭謝陛下知遇之恩！」

「太不花大人免禮！軍情緊急，切莫在乎這些繁文縟節，馬上控制局面為要！」月闊察兒收起聖旨，雙手虛虛地做了個攙扶動作，然後啞著嗓子催促。

「遵命！」太不花拱手施禮，然後再度抽出鋼刀，跳上一塊石頭，喝道：

「聖上有旨，脫脫勞師無功，解除兵權，貶為亦集乃路達魯花赤！」

「聖上有旨，脫脫勞師無功，解除兵權，貶為亦集乃路達魯花赤！」

…………

其麾下的蒙古親兵扯開嗓子將聖旨一遍遍送入所有人的耳朵。眾將士正因為誤殺了自己人而忐忑不安，聽到這個聖旨，抗爭之心立刻降低了大半，太不花把握住機會，繼續讓自己的親兵大聲喊道：

「聖上有旨，各路大軍由河南行省平章政事太不花暫攝，各級將佐立刻整頓各自麾下兵馬，無太不花大人的將令，不得上山！」

「聖上有旨，各路大軍，由河南行省平章政事太不花暫攝，各級將佐立刻整頓各自麾下兵馬，無太不花大人的將令，不得上山！」冰冷的回音在群山間反覆回盪。

平章政事乃從一品官職，級別僅次於脫脫這個丞相，最近幾個月，脫脫又對太不花信任有加，讓其名副其實地執掌了僅次於自己之下的權柄，因此山坡山谷中的蒙元將士們聽了，愈發沒有心思抵抗，紛紛收起兵器，聚集到各自的直接上司身側，等待著最後結果。

「將被冤枉的禁衛軍弟兄，全都放上來！各路將士到自家千戶身邊整隊，等候命令！各千戶整隊之後，將部屬交給副千戶掌控，自行上來拜見傳旨欽差，太尉月闊察兒大人！傳閱聖旨！」太不花見狀，行事愈發有條理。幾道命令接連發出，迅速掌控了局面。

從始至終，脫脫都沒做任何干涉。各級將領們只能聽到太不花一個人的聲音，即便心中存在疑慮，也只能低頭奉命。

很快，月闊察兒麾下那些剛剛被俘的禁衛軍，就都獲得了自由，一個個從地上或者周圍的看押人員手裡取了兵器，彙集到山頂周圍。與太不花的親信們一道，將哈剌、沙喇班、龔伯遂、李漢卿等一干脫脫的心腹全都監視起來。

脫脫的親兵家將們雖然有心護主，奈何寡不敵眾，只能抽出兵器，在家主身邊圍了一個小小的圈子。不准太不花和月闊察兒的人靠得太近。

然而，隨著局勢的傾斜，月闊察兒的膽子卻越來越大，主動上前數步，推開擋在自己面前的鋼刀，衝著脫脫厲聲喝問：「脫脫，你安排伏兵截殺老夫在先，又縱容手下抗旨於後，你難道真的要造反麼？」

「罪臣不敢！」脫脫依舊沒有任何怒色，再度朝月闊察兒手中的聖旨施了個禮，然後說道：「罪臣領旨，謝陛下隆恩。陛下萬歲，萬歲，萬萬歲！」

「你等呢，是否還要脅迫上官抗旨？」月闊察兒得理不饒人，將刀子一般目光轉向李漢卿等人，冷笑著質問。

「你……」龔伯遂、李漢卿和沙喇班等人氣得兩眼冒火，卻無力回天。

「太尉，不要難為他們！」脫脫橫跨一步，如一堵高牆般擋住了月闊察兒的無邊官威。「他們都是為了老夫，才在情急之下說了幾句過分的話，老夫既已奉旨，還請太尉別再跟他們計較！」

「他們剛才聲言要抗旨！」月闊察兒撇著嘴，狐假虎威。

「老夫說，不要難為他們！」脫脫的身體彷彿瞬間長高了數倍，月闊察兒的王八之氣立刻被撞了個粉碎，接連後退幾步，才勉強站穩身形。

看到他那副慫包模樣，脫脫搖搖頭，隨即將目光轉向自己的親兵和家將，「爾等把刀都給老夫收起來！老夫對陛下忠心耿耿，爾等莫要毀了老夫的聲名！」

「丞相！」眾家將和親兵放聲大哭，手中的兵器接二連三掉落於地。

「哭什麼哭，老夫不是還沒死麼？是男人，就都給老夫把眼淚擦了！」脫脫眉頭一皺，喝令道。

嚎哭聲戛然而止，眾家將和親兵紅著眼睛，看著月闊察兒和太不花等，就像被逼到絕路的群狼。

「胡鬧！」脫脫嘆了口氣，愛憐地說，隨即將目光轉向全身戒備的太不花，「平章大人，老夫欲保手下人無罪，你意下如何？」

「末將，末將……」太不花的心猛的打了個哆嗦，「本官當然沒有異議，丞相受了委屈，他們心中有點怨氣，也是人之常情。大人放心，本官發誓對今晚的事絕不追究，過後對大夥也都做到一視同仁！」

「你……」

月闊察兒被太不花的軟骨頭舉動氣得咬牙切齒，然而看到周圍將領們眼裡壓抑著的怒火，又放低了身段，「也罷，既然你想一力承擔，老夫就給你這個面子。脫脫帖木兒，老夫此番乃是為了國事而來，私下依舊對你佩服得緊！」

「謝兩位大人寬宏大量，罪臣也對太尉大人佩服得五體投地！」脫脫向月闊察兒拱了拱手。又衝著太不花微微笑道：「你也不錯，老夫往日未曾看差了你！但願你這份心機，日後能用在叛匪身上，切莫手足相殘，平白便宜了那朱屠戶！」

如果看不出誰是陰謀的發起者，就看最大的受益人是誰，很顯然，今天這場爭鬥中，太不花收穫最大。非但成功上位，從自己手裡奪取了兵權，並且還同時得到了月闊察兒和皇帝陛下的賞識，今後的前途不可限量。

只可惜，那**數千禁衛軍將士到死都不知道自己死在誰人之手！**

「不敢，不敢！」太不花立刻連連擺手，尷尬得彷彿被人剝光了衣服，直接丟到了鬧市中一般。

「不敢就好！你我畢竟都是蒙古人！」脫脫又深深看了他一眼。說罷，逕自走到自家戰馬前，從親兵手裡取過帥印、令箭等物，逐一在火光下照清楚了，當著月闊察兒的面挨個交接給太不花。然後，又朝眾文武做了個揖，倒背著雙手，緩緩下山。

「丞相慢走！」嶺北蒙古軍萬戶哈剌猛的一把推開身邊的監控者，舉刀橫在自己脖頸上，「哈剌活著無力侍奉左右，死後鬼魂卻可為丞相開路提燈！」

「攔住他！」脫脫的臉上終於出現了幾絲波瀾，回頭向親兵大喝道。

哪裡還來得及?!只見嶺北蒙古軍萬戶哈剌迅速將刀刃一抹，「噗！」紅光飛濺，當場氣絕身亡！

「哈剌——！」沙喇班抱住哈剌的屍體放聲大哭。

就在昨夜，二人還一道謀劃著，等粉碎朱屠戶和雪雪的陰謀後，如何一道保衛脫脫去對付朝中的奸佞，誰料，只過了一個白天，奸佞們就大獲全勝，哈剌卻變成了一具冰冷的屍體！

「哈剌，好兄弟，是老夫不好，是老夫耽誤你！」脫脫也沒想到哈剌做得如此決絕，從沙喇班懷裡搶過屍體，老淚縱橫。「老夫帶你一起走，咱們兄弟生不相離，死不相棄！」

半年多來，他一面要跟朱重九等人作戰，一邊又要提防著朝廷裡射過來的明槍暗箭，身體和精神都疲憊到了極點。此刻將哈剌的屍骸抱在懷中，竟像個未發育完全的侏儒抱著一頭公牛一般，對比鮮明。

然而，各族將士誰也笑不出來，不由自主讓開一條通道，目送他一步一個踉蹌地緩緩往山坡下走。

「丞相，李某與你生死相隨！」趁著周圍的人被哈剌的激烈舉動震懾住，李漢卿推開監控自己的兵卒大步追上脫脫。

「丞相，龔某幫你抬著哈剌將軍！」參軍龔伯遂將佩刀解下，朝對面士卒懷裡一丟，從脫脫懷裡接過哈剌的一條大腿。

「丞相……」

「丞相……」陸續有幾名文武出列，追上脫脫，與他一道抬著哈剌的屍體。百餘名丞相府家丁也從山坡上衝過來，保護起脫脫，緩緩脫離太不花的掌控。

一行人就在數萬大軍的注視下緩緩而行，沒有半分畏懼。每當他們從一支隊伍面前走過，就有無數顆頭顱低下去，雙手捂住嘴巴哽咽出聲。

「為什麼不攔下他？」直到他們的身影被夜色吞沒，月闊察兒才咬牙切齒地問。

「不要將孤狼逼得太急！」太不花用一句草原上的諺語回應。

「也罷！」月闊察兒朝地上吐了口吐沫，悻然點頭。能將脫脫成功驅逐，他已經能向大元皇帝妥歡帖木兒以及其他同黨交差，剩下的事可以慢慢來，沒有必要引起對手的臨終反撲。

「兩位大人，還有什麼事是末將可以效勞的，儘管吩咐！」李大眼堆著滿臉的笑意湊上前，如果背後插上一根尾巴，與豎起前腿走路的野狗沒有兩樣。

今天的事，主要由太不花以及另外幾個蒙古將領操控。但是他也勞苦功高，至少麾下那數百弓箭手在關鍵時刻發揮了重要作用，令脫脫的一些支持者根本無法靠近山頂。

「滾！」誰料太不花和月闊察兒兩個卻不約而同地斥罵，根本沒給他半點好眼色看。

李漢卿、龔伯遂等真正有本事的漢人都跟著脫脫走了，而李大眼這個既沒本事又沒骨頭的傢伙卻留了下來，兩相比較，讓人心裡頭沒有辦法不堵得慌。

「那，末將就下去巡視了，兩位大人慢慢商量！」李大眼馬屁拍到馬腿上，卻絲毫不覺得羞恥，向太不花和月闊察兒做了個揖，然後倒退著走下了山坡。

當將頭轉向黑暗處時，他卻是滿臉猙獰，吐著猩紅色的舌頭嘀咕著：「呿，你們吃肉，居然連口湯都不給老子喝！兩個忘恩負義的東西，你們等著，早晚有一天，老子要讓你們跪下舔老子的靴底！」

罵過之後，他被自己想像中的情景鼓舞得熱血澎湃，施施然走向自己麾下的弓箭手。

這年頭，有啥都不如手裡握著一支兵馬強，只有脫脫那種傻子，才會主動往絕路上走，若是他昨晚聽了大夥的話，果斷起兵清君側，哪可能落到今天這種下場！

想到這兒，他趕忙從群山的陰影下追尋脫脫等人的背影，只見一座一座丘陵之間，樹木搖曳，鬼影婆娑，哪裡還能找得到人？倒是不少蒙古軍、探馬赤軍和漢軍兵卒，趁著月闊察兒和太不花兩人忙著召集高級將領問話，而底層軍官個個六神無主的當口，悄悄地溜進了樹林，轉眼就不見蹤影。

「哼，這件事不會這麼痛快就完了！不用老子，你們早晚有後悔的那天！」

李大眼回頭掃了掃志得意滿的太不花和月闊察兒，心中好生快意！

「華夏二年冬十二月，蒙元至正十三年臘月，北帝妥歡帖木兒以『勞師無功，縱弟禍國』之罪，罷脫脫丞相之職。著太尉月闊察兒領禁衛軍一萬前往軍中宣旨。途中，伏兵四起，炮彈箭矢如雨而下，禁衛軍死傷過半，幸得河南行省平章太不花及時馳援，方澄清誤會，於老爺山頂得見脫脫。」

「時脫脫軍糧被淮安軍悍將俞通海所焚，進退兩難，見月闊察兒至無地自容，參軍龔伯遂勸脫脫擁兵自重，曰：『將在軍，君命有所不受，且丞相出師時，嘗被密旨，今奉密旨一意進討可也。詔書且勿開，開則大事去矣。』脫脫曰：『天子詔我而我不從，是與天下抗也，君臣之義何在？』不從，遂交出兵權，由河南行省平章泰不花代為總兵。」

「嶺北蒙古萬戶哈剌憤然曰：『丞相此行，我輩必死於他人之手，今日寧死丞相前。』言畢，拔刀刎頸而死，脫脫與李漢卿、龔伯遂三人收其屍，葬於老爺山下。眾將士得知脫脫被罷，人心惶惶，遂四散而走，及至天明，太不花方得撿校各軍，二十五萬兵馬所剩不及十萬。」

「太不花知勢不可為，乃領大軍移駐濟南。留禁衛軍達魯花赤雪雪斷後。

恰天降大雪，呼氣成冰，沿途將士凍死者無數，幸淮安軍亦被風雪所阻，追之不及，待雪晴，雪雪已入濰坊，憑城據守。淮安軍師老兵疲，無力強攻，掉頭東返，至此，徐睢會戰結束，總計歷時六個月又五天，雙方傷亡將士逾十萬，受洪水波及百姓兩百餘萬，數十載後，昔日戰場之上依舊有鬼火連綿不斷！」

「雪雪，中書右丞哈麻之弟，其母為寧宗乳母，故受北帝寵信，善得軍心，有勇將之名，曾於淮安軍之手奪取城池十餘座……」

《庚申外史．脫脫列傳》

……

後人翻閱史書，會發現一個非常有趣的現象，幾乎所有由淮揚籍學者修纂的野史當中，在記述元末年代時，都本能地排斥了朱重九力主的西元紀年，而採用了元代年號和華夏曆並列的方式，並且總是將華夏曆置於蒙元末帝妥歡帖木兒的年號之前。

實際上，當時淮安軍只佔據了半個河南行省及山東半島一角，誰也不敢保證天下的最終歸屬。但當時的淮揚學子卻認為，他們已經立國；而華夏立國的起點，就是《高郵之約》頒布之日，以其後短短一個多月時間則為華夏元年，隨後，則為華夏二年，三年，直到他們期盼中的永遠……

由於被蒙元殖民的七十多年裡教化不興的緣故，無論是官方修著的正史，或私人們修纂的野史，相比於其他各朝的史冊都顯得極為粗疏。其中缺漏、矛盾和令人費解之處比比皆是，特別是關於山東之戰時，**雪雪在其中到底起了什麼作用？除了他之外，還有誰與淮安軍暗中往來？**以及朱重九究竟對雪雪等人做了那些承諾等，都諱之莫深。

然而無論當事者如何回避，後世的歷史學家們，依舊能從一鱗半爪的記載中挖掘出許多「真相」，如「脫脫乃大元朝最後的忠臣」，「月闊察兒在第一次戰敗時，就已經與淮安軍暗通款曲」，「雪雪乃軍情處第一間諜」等，林林總總，不一而足。

在承平年代，許多蒙元遺民回憶起當年家族的輝煌，甚至還信誓旦旦的確定，脫脫為什麼明顯用兵本領高於朱重九，卻依舊在山東戰場束手束腳，就是因為朱重九無恥地採用了間諜戰術。

除了雪雪、太不花、月闊察兒之外，在妥歡帖木兒身邊，甚至還潛伏著一個最大的細作，那個人就是榮祿大夫，加資正院使，後來權傾朝野的太監統領朴不花！

其因為愛侶奇氏入宮做了皇后，所以自宮相隨，畢生以推翻大元為志，所以才將妥歡帖木兒的決策源源不斷地送到了淮安；並且多次在關鍵時刻誤導妥歡帖木兒，令其自斷臂膀，葬送大好局面，直至倉惶北狩。

這個推斷，實在太荒誕不經，所以一直相信者聊聊。有些人甚至譏笑說「天下無人不通淮」。但有名姓崔的書生，卻根據民間傳聞，編纂了一本口述歷史，更近一步證明真正通淮的，乃是大元第二皇后，高麗人奇氏。

更神奇的是，說朱重九實際上也是高麗人，與奇皇后乃表兄妹，自幼海誓山盟。痛恨愛侶被奪，才起兵反元，所以華夏自蒙元之後，應該算是高麗國的一部分，高麗疆域也再度趕超了傳說中的檀君時代，達到曠絕古今的巔峰！

……

無論真相到底如何、又被演繹到什麼地步，後世社會學家翻看那段歷史，都會得出同樣的結論，當一個政權走向腐朽時，其中的核心人物大抵上都可以分為三大類：一類繼續渾渾噩噩，過一天算一天，直到大廈傾覆；一類卻幡然驚醒，試圖力挽狂瀾，直到自己粉身碎骨；而第三類，就是趁著大廈將傾未傾時刻，抓緊一切時間推牆挖角，加速這個進程，然後拿著推牆得來的財富投奔新朝，從此將所有罪責徹底清洗乾淨……

毫無疑問，**第三種人是最聰明的人**。事實為證，太不花的後代，就遠遠好於脫脫和雪雪的遺脈。

而第二種，無疑最為愚蠢，總是想盡自己最大的努力東修西補，去避免大廈倒塌，卻不知道身邊大多數同僚，已經打算牆倒之後拎著大包小裹另起爐灶。結果，非但搭上了自己的身家性命，並且在新朝和舊朝都落不下什麼好名聲，頂多在後人翻閱當時的歷史時，博得幾聲輕嘆。

然而歷史卻最為健忘，秦人不暇自哀而後人哀之，後人哀之而不鑑之，亦使後人復哀後人也！

·第七章·

奇皇后

二皇后奇氏帶著一干宮女在門外恭送著，
嬌小的身體在燈光和水影的交映下，顯得愈發楚楚動人。
然而，妥歡帖木兒卻強迫自己硬下心腸，不再回頭，
有些東西，是不能跟別人分享的，
哪怕是妻子和兒子，也絕對不能。

再大的風雪，最終也要停下來。

過了臘月就是新年，而一年中第一個節氣，立春，也總是於大年前後姍姍到來。

陽和起蟄，春氣始建，氣溫、日照、降雨，都逐步開始增多，冷氣北移，蟄蟲始振，青草、冬麥還有百花都開始復蘇。

每年這個時候，也是大元天子妥歡帖木兒最忙碌的時候。作為長生天的寵兒，連接世俗與神明的重要通道，他必須一大早爬起來，帶領滿朝文武到東郊迎春，舉行祭祀儀式，然後親自扶著犁杖，跟在一頭黃牛身後在地裡走上幾步，宣告春回大地，天下可以恢復生產耕種。

接下來回到皇宮，在大明殿上接受百官的朝賀，然後再賜予百官金銀、綢緞等物，以酬鼓勵其在新的一年裡繼續鞠躬盡瘁力去貪贓枉法，勿負皇恩；還要去寺院向喇嘛們送上幾大車金銀細軟，命其代替自己向佛祖祈福，讓佛祖保佑大元朝江山萬代，保佑自己福壽綿長。

但是今年，各項禮節都被有司主動壓縮到了最短，花銷也被消減到了妥歡帖木兒親政以來最低的程度，除了最後一項獻給寺院的功德錢大體與去年等同外，其他諸多開支都是能省則省，略具意思即可。

沒辦法，去年那場歷時六個多月的戰事，將國庫給掏得一乾二淨，以往能向朝廷輸送大量金銀的兩淮和吳松，又被朱屠戶和張賊士誠竊據，收不上半文錢來，要不是泉州路達魯花赤偰玉立聯合泉州路總管孫文英兩個向市舶司施壓，強逼著蒲家船隊從海路向直沽港運送了一批今年的舶課，恐怕朝廷連孝敬佛祖的錢都拿不出來。

那樣的話，妥歡帖木兒這個皇帝就真的沒信心再幹下去了！

妥歡帖木兒信佛，是虔誠的喇嘛教徒，從幼年時被安置到高麗，到少年時被伯顏視作傀儡，再到他熬死燕帖木兒，鬥垮伯顏，喇嘛教都給了他極大的鼓舞，雖然拿了錢財後就滿口吉祥話，是大部分喇嘛們的一貫伎倆，但如果沒有那些吉祥口號支撐著，也許妥歡帖木兒的心神早就垮在半路上，根本不可能堅持到最後。

現在，喇嘛教給予他的，就不止是精神上的安慰了，還有肉體上的極大放鬆。在與國師伽璘真一道修煉了演蝶兒秘法，汲取了四個妙齡女子的原陰之後，早逝的青春彷彿瞬間回到了他的體內，心智在此刻也顯得無比清醒。

「國師暫且回寺，等待朕明日相召！」心智恢復清醒後，妥歡帖木兒對自己剛才的行為有了一點負疚，揮揮手，示意輔導自己修煉演蝶兒秘法的伽璘真可以先行告退。

國師伽璘真在市井中招搖撞騙多年，對人心的把握極具分寸，見妥歡帖木兒躲閃的眼神，猜到後者內心不安，笑著念了聲佛號，滿臉寶相莊嚴地離開寢宮。

「你們幾個也下去歇息吧，先到朴不花那記下名字，待朕有了空，再度宣召！」妥歡帖木兒看著全身赤裸的宮女們吩咐道。

演蝶兒秘法講究的是機緣，並不強求處子之身，所以這些宮女用完一次之後，今後還可以根據她們給主修者留下的感覺再次啟用，無須立刻「處理」掉。只是後宮中的品級和名分是絕對不能給的，並非妥歡帖木兒寡恩，而是在他眼裡，修煉秘法算不得行夫妻之實。更何況修煉秘法時，要經常跟喇嘛們一道進行，才能獲得後者的法力「加持」，他這個大元天子再不濟，也得保留一些皇家臉面，不能封一個跟別人共用過的女人作為后妃。

「謝陛下隆恩！」

那四名被視作修煉物資的少女，從沒經歷過人事，雖然朦朦朧朧中覺得剛才皇帝陛下和番僧的做法，與自己被選入後宮前，家裡長輩悄悄教授的東西大相徑庭，一時間也沒辦法去對證到底哪個才是正確的夫妻行為，只好拖著酸軟的身體施了個禮，然後在一大堆高麗太監的催促下穿好衣服，匆匆離開。

「佛爺，請用參湯！」前腳少女們剛走，後腳朴不花就雙手端著一個漆盤跑了進來。漆盤正中央，放著一個帶蓋的掐銀瓷碗，隔著老遠就散發出濃郁的高麗參、枸杞和其他草藥混煮的味道。

「嗯——！」妥歡帖木兒端起茶碗，狠狠喝了一大口，然後長長地吐出一道佛氣。

有股柔和的熱流迅速沿著嗓子直達丹田，然後又從丹田裡跳起來，隨著血液湧遍全身，四肢百骸中的舒適感覺迅速增加了數倍，令他愈發覺得自己耳聰目明，精神抖擻。

「佛爺要是覺得還合口，就多喝一些！」朴不花將托盤交到隨行的小太監手上，然後從懷裡掏出一塊用體溫捂熱了的毛巾，輕輕替妥歡帖木兒擦掉額頭上的暗黃色汗珠。

「這是二皇后按照國師進獻的秘方，親手替陛下熬製的，足足熬了六七個時辰，將草木之精華全都熬了出來！」

「嗯，二皇后有心了！」妥歡帖木兒笑著端起茶碗，細細品味。

朴不花在替同為高麗人的二皇后奇氏邀寵，這點他心知肚明，但是他依舊覺得非常受用。

「這塊汗巾，也是二皇后親手所織，質地絲毫不比南邊來得差！」朴不花非常擅於把握機會，看著妥歡帖木兒的臉色，繼續替奇氏邀功。

「是麼，拿來我看！」妥歡帖木兒的注意力果然被吸引到了毛巾上，一把將其從朴不花手裡搶過來，對著燈光仔細觀瞧。

上面圖案很簡單，不過是常見的鴛鴦戲水，但汗巾本身的厚度和鬆軟程度，卻跟貴胄們偷偷從淮揚走私來的汗巾相差無幾；特別是正面的細紗提花，又密又軟，整齊得如同初生羔羊的皮毛。一看就是女紅行家所為，絕非一般村婦所能比肩。

「所用的機器也是從南邊買來的麼？朱屠戶那邊已經開始向外賣機器了麼？」作為一個睿智的帝王，妥歡帖木兒很快就意識到，這塊汗巾是採用了和淮揚差不多的技巧紡就，那就意味著奇氏手裡至少拿到了一整套紡織器械。

這可是一個難得的好消息，對於把各類機關器械封鎖得密不透風的朱屠戶，簡直就是一記響亮的打耳光，足以替朝廷把去年勞師無功的面子給找回一部分來！

「不光是拿到了一套紡紗、織布和提花的機器，內廷製造局還自己造了兩套差不多的出來，這汗巾就是二皇后拿著製造局所造機器紡的，總計才用了不到一個時辰就大功告成了！」朴不花得意的說。

能完整的仿製出淮揚的紡織機器，就意味著也能仿製出其他東西，妥歡帖木兒聞聽，心情立刻比連做兩次「演蝶兒」秘法還舒爽，拿著汗巾，反覆看了三遍，才從床榻上翻身而起，吩咐道：「來，給朕更衣，去二皇后那，看看朱屠戶視若珍寶的機器到底是什麼模樣！」

「奴婢遵旨！」朴不花非常應景地拖起長音回應，然後率領一群小太監，將妥歡帖木兒收拾打扮好，再用厚厚的貂皮大衣裹將起來，攙扶著走向殿門。

外邊的夜風仍帶著濃濃的寒意，但妥歡帖木兒的心思卻很滾燙，按照他跟文武百官多次探討總結出來的論斷，朱屠戶之所以能為禍兩淮，憑的就是那些奇技淫巧，一旦那些奇技淫巧都被朝廷所掌握，先前失去的平衡就會重新向皇家傾斜。再經過一段時間養精蓄銳，新的大軍就可以帶著新的火器，再度趕往益都，先解決掉半島上那股朱屠戶的爪牙，然後挾大勝之威一鼓作氣殺向徐州！

「機器是二皇后派出的高麗商人花費重金從淮揚商號購得，製造局的郭大人見到實物之後，立刻帶領能工巧匠不眠不休地拆解、測量、仿製，前後花了足足兩三個月，才終於破解其全部奧秘。」

朴不花一邊給妥歡帖木兒提著燈籠引路，一邊彙報著：「二皇后說，只要陛下准許，她就立刻讓這東西賣得滿大街都是，狠狠打擊一下淮人的囂張氣焰！」

「已經到手兩三個月了麼，為何不早點兒告訴朕？」誰料，妥歡帖木兒卻敏銳地從他的話中找到一個細節，皺起眉頭質問。

「陛下恕罪！」朴不花嚇得打了個哆嗦，趕緊解釋道：「是二皇后和大皇后商量說要等機器仿製出來之後，再給陛下您一個驚喜，當時，郭大人立了軍令狀的，說他如果仿製不出來，就任由奴婢割了他的第六根手指頭！」

「他倒是會說！」妥歡帖木兒立刻被逗得展顏而笑，朝地上啐了一口。

自打脫脫的心腹李漢卿被趕出兵部後，軍械監和內廷製造局的差事，就都由深受妥歡帖木兒寵信的勳貴子弟，六指神童郭恕兼任，他兩隻手天生有六根指頭，割掉多餘的那個，對其根本沒任何影響。

「他當時可沒跟奴婢說好要從哪邊數起！」朴不花存心要逗妥歡帖木兒高興，吐了下舌頭，補了句。

同為製器之道的愛好者，妥歡帖木兒搖頭笑道：「你也別整天給他挖陷阱，那小子是個奇才，他只要用心去琢磨，沒有完不成的道理！即便時間上稍微向後拖了拖，也無需苛責！朱屠戶肯封一個無名雜工為大匠師，朕不會連他的氣度都比不上！」

「陛下乃真佛爺，當然氣度搶過他那個假佛子一百倍！」朴不花大拍妥歡帖木兒的馬屁。

「嗯，朕不跟他比、朕是大元天子，他不過是個草寇！」妥歡帖木兒笑著點頭。

最初被喇嘛們稱為真佛轉世的時候，他的確存了在輩分上占一占朱屠戶便宜的念頭，然而隨著時間的推移，這種心思就慢慢淡了下來，不肯再讓後者做自己的晚輩！

主僕兩人盡撿著高興的事談談說說，不一會兒就到了二皇后奇氏的住處，位於皇城內湖上的廣寒殿門口。

那奇氏原本住在延春閣，最近因為忽然喜歡上了一部關於月宮嫦娥的折子戲，所以向妥歡帖木兒討了旨意，搬去廣寒殿中。

至於她真正搬離延春閣的原因，是傾慕嫦娥的美貌，還是受不了「演蝶兒」秘法修煉時的動靜，就沒人敢深究了。妥歡帖木兒細想起來，也覺得心虛得緊，根本不敢細問。

早就跟朴不花商量好了，要在新春伊始這天向妥歡帖木兒獻寶，所以奇氏早已做足了準備，聽到門口傳來的腳步聲，立刻帶著宮女和太監迎上前，盈盈跪倒：「恭喜陛下，賀喜陛下！恭喜陛下又得一鎮國利器，造福萬萬子民。願陛下早日整頓兵馬，滌蕩群醜，還宇內太平！」

「哈哈，哈哈哈！」妥歡帖木兒被奇氏所創造的新鮮說詞逗得開懷大笑，快走幾步，伸手拉住奇氏的手，「皇后快起來。有你在朕身邊，朕還有什麼坎兒過不得的?!快起來讓朕看看，你最近是不是累瘦了！」

「只要陛下開心，妾身瘦一些算得了什麼，即便捨了這幅軀殼，也是甘之如飴！」奇氏順著妥歡帖木兒的攙扶緩緩站起，靈動的眼睛裡頭隱隱帶著幾分幽怨。

妥歡帖木兒的心臟立刻像是被蜜蜂輕蜇了一下，又癢又痛，他知道自己最近頻繁修煉秘法，冷落了兩位皇后，所以覺得十分內疚，但那雙修秘法卻給他提供了精神和肉體上的雙重愉悅，讓他無法割捨。

「朕會永遠記得你這份情誼的！」與大多數做了虧心事的丈夫沒什麼兩樣，妥歡帖木兒的應對之策就是甜言蜜語。「就像咱們在高麗時，你幫朕縫補衣服，朕到現在還記得你當時的模樣，朕此生永遠不會遺忘！」

說起幼年時共同擔驚受怕的日子，他不由自主地又動了真感情，昏黃的雙目中隱隱亮起了淚光。

奇氏見了，鼻子立刻一酸，低下頭去，拉著妥歡帖木兒的手嗔道：「陛下說這些幹什麼，妾身為陛下做任何事情不都是應該的麼？陛下請跟妾身過來，郭大人仿製的機器，就在妾身的寢宮裡，如果能推行天下的話，不但可以打擊朱屠戶，對您治下百姓也是一件無上功德！」

「嗯。」妥歡帖木兒雖然很欣慰郭恕能仿製出整套織紡器具，卻沒重視到如此地步，聽奇氏說得誇張，忍不住微微皺起眉頭。

「妾身聽聞，那朱屠戶治下早已開始向揚州城內的百姓販售此物！」知道他心中必有疑惑，奇氏繼續說道：「尋常人家，只要把機器買一整套回家，就能讓女人坐在家裡紡紗，織布，織汗巾，甚至織錦，速度至少比原來快了五倍。如果家中女人肯勤快些，光憑著紡紗織布，就足以讓全家老小吃上飽飯！」

「啊！這麼厲害？」妥歡帖木兒從沒想過，一套完整的紡織器械，居然能涉及到千家萬戶的生活，他加快腳步，跟著奇氏往寢宮裡頭走去。

入眼的，是三套樣式各異的物件，有手柄，有梭子，還有皮帶和圓圓的輪子。最古怪的一件，則是半人多高的箱子，中間拉著橫梁，下面帶著一個踏板，看上去充滿了神秘味道。

「這個是手搖紡紗機，可以同時紡十二根紗；中間那個是腳踩提花機，可以在布面上鉤紗生絨，一個時辰可織一整匹。最大那個，是橫箱腰機，也是用腳踩著動的，專門用來將紗紡織成布。妾身親手試過了，速度非常快。如果普通人家有妯娌三個，剛好一人負責一台，忙活兩個晚上，就夠全家穿一整年，多餘的布匹，就能讓男人挑出去換錢換米！」

若是換做前幾年，妥歡帖木兒一定會捏住奇氏的鼻子，取笑她小氣，堂堂大元皇后，太子之生母，居然放著母儀天下的大事不做，天天算計小門小戶的妯娌們如何織布賺錢，真是沒眼界到了極點。

然而，經歷了一段府庫空空的日子之後，妥歡帖木兒對於國計民生的認識比以往清楚了許多，知道珍惜起一針一線來。

北方各地天氣寒冷，物產原本就不如南方豐富，再加上開國功臣們的後代們占用了大量的田產來養馬養羊，導致糧食、布匹等生活物資都很難自給自足，雖說朱屠戶和張士誠都沒有掐斷運河，還准許商家正常往來，但朝廷卻不可能再像往年一樣，以淮揚的鹽稅和吳地的稻米來填補國庫。為了維持朝廷的正常運轉，除了加稅之外，別無其他辦法可想。

而這些新增的稅款，一文錢都攤派不到貴胄和官吏們身上，最後肯定還要由普通百姓來承擔，所以老百姓的日子這兩年每況愈下，若是朝廷沒有戰爭之外的手段去解決的話，很難保證在大都、冀寧這些心腹要地附近，會不會冒出另外一個芝麻李和劉福通，將周遭殺個血流成河！

所以奇氏能親自動手紡紗織布，想方設法替尋常百姓家開流，無疑是在急他所急，令妥歡帖木兒無法不受感動。

他伸出手，撫摸著奇氏手上明顯的繭子，柔聲道：「是朕這個天子無能，讓你也跟著受累了，你放心，朕早晚會把今天的苦加倍給你補償回來！」

「陛下說什麼呢，妾身跟陛下之間還需要什麼補償！」奇氏的手輕輕在妥歡帖木兒的掌心點了點，拖著長聲嗔怪道：「況且妾身才織了幾尺布啊，尋常百姓人家女兒，往往要三日斷匹才稱得上賢慧！」

「那是讀書人瞎寫的，不能當真！」妥歡帖木兒漢學造詣頗深，立刻明白典故的出處，「他們還說輪臺九月的風能吹得斗大的石頭到處亂滾呢！如果真的有那麼大，早就把人都給吹上天去了，怎麼可能還能放牛放羊？」

「不一樣的，一川碎石大如斗肯定是誇張，但三日斷匹卻不一定，妾身試過，如果用這個織機來織布的話，只要手腳勤快些，兩天一匹絕對沒問題。」奇氏卻非要較真，搖頭反駁道。

「當真？」妥歡帖木兒的注意力瞬間被吸引到橫箱腰機上。

憑著自己在製器方面的經驗和天分，很快他就發現此物的優點來。與他以前在內廷製造局見過的織機樣品相比，眼下這一台明顯要寬出許多，那意味著同時可以放下更多的紗線，織出來的布更寬，更適合剪裁。除此之外，在織布機中央，還有兩根可以來回移動的縱軸，用以根據所織物品的類型調整相應寬度，真正做到了一機多能，隨心所欲。

更難得的是，新式織機用了踏板、導向桿和皮帶輪來傳動，底部高度與奇氏的腿長大抵相仿，操作者只要坐在椅子上，雙腳踩動踏板，就可以推著導向桿上下往復。而導向桿則推動一個大圓輪快速轉動，拉著一根皮帶，驅動另外一個小輪和數個木製的齒輪。將飛梭和縱紗的移動協調起來，快速準確地織出一寸寸布面。

「嘆為觀止，嘆為觀止！」正所謂行家看門道，外行看熱鬧，妥歡帖木兒作為能工巧匠的水準，遠遠高於他的治國水準，在極短的時間內，就弄明白了整台織布機的奧秘，撫摸著郭恕特地用棗木打磨出來的橫桿，讚不絕口。

難得見到自家丈夫如此聚精會神的做一件事，奇氏捂住自己的嘴巴笑道：「郭大人說，這只是朱屠戶特意拿出來給尋常百姓家用的，真正作坊裡頭，可以用水輪來驅動，那樣的話，紡紗機的錠子更多，織布機的幅面可以更寬，速度可以更快，提花機也可以提得更細緻！」

「水輪驅動？」正所謂一語驚醒夢中人！妥歡帖木兒以前自己做過水鐘，對水力運用絲毫不陌生，聽得到水車兩個字，眼前立刻浮現織布機和紡紗機被放大數倍後，一台接一台聳立於江畔的情景。那就不是三日斷匹了，一個時辰一匹有可能都不成問題。

怪不得朱屠戶日子過得如此富庶！守著黃河、淮河的揚子江等同於麾下抓了十幾萬不吃飯的勞力，日夜不停地替他紡紗織布，他怎麼可能不變成一個暴發戶！

「水輪呢，郭六指造出水輪來了麼？」想到這兒，他激靈靈打了個冷戰，大聲追問。

「還沒，」奇氏被嚇了一跳，趕緊道：「高粱河剛剛開河，永定河上面還有浮冰，即便他造出了水輪，眼下也用不上！況且小戶人家，哪裡有地方擺那麼大的水車？」

「小戶人家擺不下，朕擺得下！」妥歡帖木兒握緊拳頭，鼻孔裡噴出粗重的呼吸聲，「朕可以用來給火炮磨膛，用來開織布作坊，用來打鐵、開磨坊、鋸木頭，總之，用的地方多著呢！啊，真是氣死朕了！軍械監和內廷製造局那幫廢物是幹什麼吃的，居然連這點小事都沒想到，早要是想到，朕去年就是讓脫脫去搶，也能搶幾台樣子回來照著造！」

「他們哪裡有陛下這般睿智！」好好的一次獻寶，居然又偏離到剛剛結束的戰事上，奇氏非常不情願，柔聲安慰：「況且陛下現在替他們想到了也不算晚啊！大元朝那麼多有山有水的地方，一起開始造，肯定能把那個該死的屠戶比下去！」

「嗨，該死的脫脫！就是他推薦的那個李漢卿耽誤事！」妥歡帖木兒根本聽不進去，緊握拳頭痛罵道：「朕要是早讓郭六指替代姓李的，大水車早就豎起來了，哪裡用等到現在！」

「還有你！」原本就因為打了一場爛仗，心裡憋著許多邪火，妥歡帖木兒一發作起來，立刻殃及池魚，「狗奴才，你剛才不是說費了九牛二虎之力才弄來此物麼？為何皇后這裡又說朱屠戶那兒早就隨便買賣了！」

「陛下恕罪！」朴不花沒想到自己無端挨了火星子，趕緊跪在織布機旁辯稱道：「朱屠戶是早就開始賣這三樣東西了，但也不是隨便買賣，要憑票，還優先供給軍屬，就是家裡有男人當反賊的；等軍屬們輪完了，然後才輪到一般百姓；並且機器上面都編了號，誰要是敢往外流傳的話，就全家都抓去挖煤！」

「這個是臣妾沒交代清楚！」不願讓朴不花被冤枉，奇氏主動緩頰道：「是臣妾的族人花費重金買通了幾家當地的短視婦人，才勉強湊齊了一整套。在帶著東西返回時，還遭到了淮揚探子的截殺，損失了七八條性命才送到大都城裡！」

「噢！」聽奇皇后解釋得從容不迫，妥歡帖木兒點點頭。「也是，以朱屠戶那狡詐性子，豈會輕易放任此物外流？不過他倒是個會收買人心的，居然想出了優先提供給當兵家的女眷這個法子！」

話雖然這麼說，有了用水力推動紡車和織布機想法，眼前這三樣人力推動的東西，就不再如先前一般令他覺得稀罕了。然而為了撫慰奇氏的拳拳之心，他強做很興奮的樣子，問：「這一整套下來要多少鈔票？多少銅錢？郭六指跟你彙報過沒有？」

「好像要十來貫的樣子！」奇氏想了想，認真地回道：「尋常人家肯定一口氣買不起三件，但是可以先買一件，等賺回本錢後再買第二件。總之勞碌上七八個月，也就能湊齊了！」

「那倒真是不錯的前景！」妥歡帖木兒點點頭，然後用腳踢了一下趴在地上的朴不花，喝令道：「還不滾起來，裝什麼裝？朕難道還能吃了你不成？」

「謝陛下寬宥！」朴不花立刻像狗兒一樣在地上打個幾個滾，然後才緩緩站起。「奴婢皮糙肉厚，不好吃，還是留著替陛下看家護院吧，至少還能及時叫喚幾聲！」

「你個該死的老狗！」妥歡帖木兒被朴不花的滑稽模樣，逗得哈哈大笑，又上前踢了對方一腳，笑罵道：「滾出去看門吧，朕沒叫你，就別進來！」

「是，奴婢這就去院子裡蹲著！誰敢亂闖，就咬死他！」朴不花順著妥歡帖木兒的力道，撅起屁股，順手掩住宮門，快速跑了出去。

「這老東西！淨耍小聰明！」妥歡帖木兒笑著啐了一口，再度將奇氏的手指握在掌心處，輕輕揉搓，「不過也算是有心的，知道提醒朕常來你這邊看看，最近一段時間，辛苦皇后了！」

說著，他將奇氏往後殿方向拉，準備藉著剛剛喝下的人參枸杞，撫慰一下妻子的寂寞。

誰料奇氏的身體卻猛的一僵，強笑著道：「陛下請恕罪，妾身最近幾天不太方便！」

「啊？」妥歡帖木兒原本心裡沒太強烈的欲望，但被奇氏阻了興頭，反倒覺得內心深處火燒火燎了起來，臉上隱隱浮現一絲怒色。

「不然，妾身叫幾個宮女進來伺候皇上？都是妾身的同族，個個一等一的模樣！」奇氏不是不願盡妻子之責，只是一想到同床共枕的事，眼前就會出現丈夫與番僧共用女人的場景，一股噁心的感覺頓時油然而生。

「算了！」妥歡帖木兒意興闌珊地制止了奇氏的舉動。「朕今天剛剛修煉過佛法，不想再多浪費力氣！」

奇氏的身體又明顯地僵硬了一下，然後紅著眼勸道：「陛下注意節省些體力，演蝶兒秘法雖然好，卻也不能急於求成！」

「朕知道！」妥歡帖木兒心裡沒來由地湧起一股煩躁，揮手打斷了奇氏的勸諫。「朕還不是為了能精力充沛些，好多處理一些事情麼？你也知道，朕現在手下根本沒有幾個堪用的！」

「唉！有時妾身真恨不得自己是個男兒，可以隨時替陛下分憂！」奇氏幽幽嘆了口氣。

「你要是男兒，肯定是朕的左膀右臂！」妥歡帖木兒立刻又意識到，自己發作的很不是時機，趕忙誇讚道，說罷，又主動將語調放柔和了些，道：

「不過皇后也別太擔心，一切還都在朕的掌控當中，什麼事情都需要按部就班地來才好，朕能熬死燕帖木兒，除掉假太后，除掉伯顏，除掉脫脫，就不信還怕了他一個殺豬的粗胚！你看著好了，待朕這回整頓完了朝綱，兩年內，必然會將反賊犁庭掃穴！」

「妾身知道，先前都是脫脫弄權，耽誤了國事！」奇氏輕輕抽了抽鼻子，柔聲安慰。有些話，自家丈夫明顯是諉過於人，但作為妻子的，卻不能不順著丈夫的話頭來說，否則夫妻兩個之間原本就已經存在的裂痕就會越來越明顯，直到徹底無法彌補。

雖然做皇后的日子，不開心的時候比開心的時候多。但好歹也算品嘗過了權力的滋味，二皇后奇氏不可能捨得放棄。沒等妥歡帖木兒說話，又笑了笑，狠起心來道：「那老賊脫脫呢，他這下知道悔改了吧？」

「怎麼可能，他那個人向來倔強得很，彷彿全天下就他一個對，別人都是錯的，包括朕也是混蛋糊塗蟲！」妥歡帖木兒肚子裡的不快，立刻找到了宣洩目標，接過奇氏的話頭抱怨。

「那陛下為何還留著他？」如果能犧牲一個脫脫，換取丈夫的更多寵愛，奇氏絕對毫不猶豫。「早點賜給他一杯毒酒不就行了麼？難道他還敢造反不成？」

「他不會造反，朕知道他不會！」妥歡帖木兒搖搖頭，臉上的表情十分無奈。「他在等朕殺他，這樣，他就可以做大元朝的岳武穆和伍子胥，而朕，就是趙構和夫差。朕偏不，朕就晾著他，讓他看看朕如何放手施為！」

「陛下分明是還念著當年的舊情，只是那個蠢貨不懂陛下的一番苦心罷了！」明知妥歡帖木兒說的是實話，奇氏卻偏偏往其他地方引申。

在脫脫罷相這件事情背後，她也出了很大力氣，如果給了脫脫東山再起的機會，非但月闊察兒、太不花和雪雪等人會遭到報復，後宮也會面臨許多麻煩，所以，無論為了自己，還是為了討好妥歡帖木兒，她都不希望脫脫繼續活在世上。

「朕不是念舊情！朕真的想留著他，要他看看朕如何自己重整河山！」被奇氏說得有些心虛，妥歡帖木兒尷尬地解釋。

「那陛下留著他可是留對了，他那個人自詡滿腹經綸，如今閒著沒事情做，剛好著書立說，為朝廷培養賢才。」奇氏貝齒輕啟。

「嘶！」妥歡帖木兒的眉頭皺成了川字，瘦削的臉上彤雲密布。

脫脫文武雙全，本領在朝中群臣中無人能出其右，這些他心裡頭都非常清楚，然而，他之所以冒著毀掉二十幾萬大軍的危險，也要支持月闊察兒等人取代脫脫，就是因為脫脫這個人太有本事，太有才幹，已經到了隨時都可能脫離掌控的地步。

相權太重，是大元朝自開國時起就留下的痼疾，為相者越是有本事，對君權的威脅也越大。曾經做了多年傀儡的妥歡帖木兒，這輩子不想再做第二次，所以他必須在脫脫羽翼未豐之前將其拿下，哪怕明知道對方忠心耿耿。

況且忠心這東西，只能保證一時，保證不了永世。妥歡帖木兒清醒的知道，脫脫的權力欲望有多強，所以他相信，即便在自己生前，脫脫能念著彼此之間的交情，不行謀篡之舉，當自己駕鶴西歸之後，脫脫也難免做燕帖木兒第二。

而他孛兒只斤家族，除了世祖忽必烈之外，就罕有長壽者，從至元九年滅宋到如今，短短七十六年裡竟然換了十四任皇帝！

妥歡帖木兒今年雖然只有三十五歲，卻已做了二十二年皇帝，比起在他前面的英宗、泰定、文宗、明宗、寧宗等接連五位皇帝，算是長壽和有為；正因如此，他才對英宗之後發生了一連串慘禍更為忌憚，寧可犧牲掉脫脫，也不願自己和自己的子孫再回到當年前輩們的老路上。

然而在妥歡帖木兒內心深處，卻清楚脫脫是被自己冤枉的，是自己為了解決君權和相權之間的死結，不得不獻出去的祭禮，所以在脫脫主動放棄兵權後，他便不忍心再繼續逼迫，哪怕是月闊察兒、太不花和雪雪等人的奏摺中異口同聲指證脫脫曾經設下埋伏，截殺保護聖旨的大軍。

但是，今天奇氏幾句看似漫不經心的話，卻又深深的刺痛了他，讓他不得不重新考慮自己的選擇。著書立說，為朝廷培養賢才，司馬遷當年一部史記，讓大漢數位天子蒙羞至今。以脫脫的才華去專心學問，將來肯定是一代大賢，而這樣一代大賢卻被自己兩度棄用，自己豈不成了千古昏君？

況且那脫脫原本在朝中黨羽遍地，如果他表面蟄伏，暗中再努力培養繼承人的話，自己這個皇帝根本就是防不勝防。

要維持朝廷的運轉，就要選用賢能；而要選用賢能，就難免要被脫脫的門生弟子混入其中，一旦這些人再度形成勢力，脫脫在野和在朝還有什麼分別？自己今天做的種種努力和犧牲還有什麼用?!

想到這兒，妥歡帖木兒心中最後一點舊情也瞬間消失得無影無蹤，緊緊握起奇氏的手，咬牙切齒地道：

「多虧你提醒，否則朕這回又差點上了別人的當！你說得對，既然朕不想用他，就不該再留著他，否則早晚會被他看了朕的笑話！」

「妾身好疼！陛下，你弄疼妾身了！」奇氏向後躲著身體，嬌聲喊道。

「啊！」妥歡帖木兒這才意識到自己氣憤之下居然沒有好控制力道，低頭一看，奇氏的手指已經被自己握成了紫黑色，差一點就筋斷骨折。

「不妨事！等會兒妾身找點活血的藥擦擦就好！」沒等他把歉意的話說出口，奇氏主動收回手指，一邊安慰道。

「朕……」看著奇氏強忍痛楚，曲意逢迎的模樣，妥歡帖木兒心裡的愧疚更深，伸開胳膊將奇氏攬在懷裡，懊惱地道：「是朕不好，一著急就什麼都忘了，朕……」

「陛下……」奇氏側了側身體，用另一隻手緩緩捂在妥歡帖木兒的嘴巴上，「陛下和妾身之間用不著說這些，陛下如果在妾身這裡還強撐著，心裡的不痛快連發洩地方都沒有，那豈不是太苦了些？這樣的皇帝，做起來還有什麼味道?!」

這一句話，又實實在在地打在了妥歡帖木兒的心窩上，令他無法不感動，輕輕將奇氏被自己弄傷的手指抓過來，再度放在掌心處，一邊揉搓，一邊道：「只要身邊有你，朕即便現在就不做這個皇帝也知足了，你不知道，朕這些年來，每每回想當年在高麗跟你在一起相濡以沫的日子，心中就是暖暖的，就不會再想別的事情！」

「妾身也是！」奇氏挪動了一下身體，換了個更舒服的姿勢，依偎在妥歡帖木兒懷中。

她感到很暖和，比起當年那個搓衣板一樣的身體，如今這具身體明顯更寬闊，更值得依靠；但是，她卻不想再依靠任何人了。

她是大元朝的二皇后，照理應該擁有自己的班底，事實上，她也已經擁有了自己的一整套班底。這套班底可以讓她在不獲得妥歡帖木兒支持的情況下，依舊保持一定的權力和地位。這套班底一直在以肉眼可見的速度成長，早晚必然成為參天大樹。

「皇后舒服一些了麼？」妥歡帖木兒的手臂緊了緊，聲音裡充滿了溫柔。

「舒服多了！陛下，讓臣妾靠一會兒！就一會兒便好！臣妾心裡好暖和！」奇氏將身體靠緊了些，柔若無骨。

夫妻兩個各自想著心事，誰也沒有說話，依偎在一起的身影，竟然顯得無比溫情。

直到桌案上的蜜蠟忽然跳了跳，爆出一串明亮的火花，才霍然被驚醒過來，異口同聲地喊道：「來人！都幹什麼去了？蠟芯這麼長了都不過來剪？」

「奴婢在！陛下饒命，是奴婢怕打擾了陛下和皇后，所以才沒敢進來！」一直在門外等待召喚的朴不花趕緊跑了進來，趴在地上大聲告罪。

「幹活去，少囉嗦！」妥歡帖木兒看了自家妻子一眼，鬆開胳膊。有些話，無論什麼時候都該他來說，二皇后今天反應太迅速了，迅速得與先前的慵懶模樣格格不入！

奇氏也意識到剛才的表現出了格，紅著臉坐直身體，做出一副柔弱模樣，

「陛下，妾身剛才不是故意……」

「你的地方，你說了算！」妥歡帖木兒揮了下胳膊，非常大器地說，然而心中卻再也找不到片刻前的那縷溫柔。

「要不，陛下今晚就歇在妾身這兒，天都這麼晚了，陛下把國事都放在明天吧！」奇氏敏銳地感覺到雙方的距離在慢慢增大，因而揚起烈焰般的紅唇央求道。

「嗯……」妥歡帖木兒心頭一熱，正想答應時，忽而想起先前奇氏說身體不方便，頓時興趣索然道：「皇后既然身體不方便，朕還是去別處安歇吧！朕手頭上還有許多事需要抓緊時間處理！」

說罷，他自己都有些心虛，不敢看奇氏失望的眼神，走到紡車和織機旁，轉移話題道：「這東西如果真的有你說的那麼好，不妨讓郭六指先去做一批出來；所需要的開銷，你派人去內庫領便是，如果他能弄出水力推動的機械來，也趕緊彙報給朕，朕現在很需要這些東西！」

「是！妾身一定督促他們早點把水力推動的弄出來！」見妥歡帖木兒的注意力徹底回到了正事上，奇氏知道自己今晚留不住他了，悄悄在心中嘆了口氣，強笑著回道。

「那皇后早點歇息了吧！」妥歡帖木兒緩緩走向宮門。

「起駕，皇上要回御書房！」朴不花扯開嗓子大聲喊著，隨即抄起燈籠，快步追了上去，「陛下，天黑，讓奴婢這條老狗去替陛下做開路先鋒！」

「你個老沒正經的，除了會拍朕的馬屁之外，還會做什麼？」妥歡帖木兒被逗得昂首而笑，迅速將心中的不快忘在了腦後。

「老奴是陛下的走狗，當然要全心全力做好分內之事；至於輔佐陛下治理國家，那是外邊宰相和大臣們的職責，老奴可沒本事管！」朴不花弓著身子，嬉皮笑臉地道。

「你個老東西，還算有自知之明！」妥歡帖木兒抬起腿，朝朴不花的屁股上輕輕踹了個腳印，然後回過頭，默默朝被拋在身後的廣寒殿看去。

二皇后奇氏帶著一干宮女在門外恭送著，嬌小的身體在燈光和水影的交映下，顯得愈發楚楚動人。然而，妥歡帖木兒卻強迫自己硬下心腸，不再回頭，**有些東西，是不能跟別人分享的，哪怕是妻子和兒子，也絕對不能。**

奇氏雖然一直安分，但今夜的表現已經隱隱讓他感到了一絲危險。妥歡帖木兒不知道這種危險的感覺從何而來，但他毫不懷疑其真實性，因為這是長生天賜予他的特殊本領，這麼多年來幾乎沒失誤過。

正是憑著這種神秘的本能，他才能在跟權臣和太后的爭鬥中，始終立於不敗之地，直到將所有對手都踩得粉身碎骨。

「陛下，需要老奴把身後的路也照亮麼？」朴不花非常及時地問了句，話語裡隱隱帶著幾分期盼。

「管好你自己的事！」妥歡帖木兒將目光從遠處收回來，命令道：「回御書房，把定住、桑哥失里等人的奏摺拿來，朕要連夜批閱！」

「是！老奴將陛下送回御書房後，就去找奏摺！」朴不花趕緊回應，隨即滿臉惶恐地道：「陛下，已經是三更天了，老奴把奏摺取來給您擺案頭上，您明天早晨過目也不遲啊！」

「叫你幹什麼就幹什麼，哪那麼多廢話！」妥歡帖木兒狠狠瞪了他一眼，心頭湧過一陣莫名其妙的煩躁。「莫非你還要替朕做主不成？」

「陛下恕罪！」朴不花嚇得立刻趴在地上，叩首不止，「老奴沒有這個心思，老奴真的沒有這個心思啊！」

「諒你也不敢有！」妥歡帖木兒聲音陡然增高，「該給你的，朕一份都不會少了你；不該給你的，你也別太貪心，否則，即便朕念舊情，祖宗家法也容不得你！」

罵過之後，抬腳將朴不花踢在一邊，顧自走入黑暗。

「陛下，陛下慢走，來人啊，趕緊給陛下掌燈！」朴不花在地上打了個滾，大喊大叫。

立刻有幾名手腳麻利的小太監，撿起燈籠，小跑著去追妥歡帖木兒。朴不花則趁著大夥不注意，爬起來，悄悄衝著廣寒殿外擺手。

「回宮！」廣寒殿通往外邊的木橋上，二皇后奇氏的臉色看上比冬天的雪月還要冰冷。

「是！」眾宮女戰戰兢兢地走上前，攙扶住她的胳膊走回殿內，大門「嘎吱！」一聲關閉，將內外徹底隔斷為兩個世界。

「這是何苦來哉？」望著廣寒殿緊閉的大門，朴不花搖了搖頭。

今晚他和奇氏的目的，原本是想討好妥歡帖木兒，加強二人在宮中的地位，誰料到奇氏做事如此不靠譜，居然把一鍋熟粥硬給熬成了夾生飯。這下可好，非但寵沒邀成，反而引起皇上的警覺，連丞相哈麻也遭受池魚之殃。過後哈麻大人知曉了原委，少不得又是一番是非！

惋惜歸惋惜，他這個人最大的長處是**擅於看清時勢**，他不惜討好奇氏，也是變相地在討好妥歡帖木兒，當奇氏與妥歡帖木兒起衝突時，他會毫不猶豫地選擇跟後者站在一起。

妥歡帖木兒今晚突然要調取中書右丞相定住、平章政事桑哥失里二人的奏摺，顯然是對新晉的右丞相哈麻起了疑心，所以這個節骨眼兒上，朴不花無論如何都要表現出自己的立場。

他撩起棉袍下擺，飛一般地朝遠處的燈籠追去，一邊跑一邊氣喘吁吁地喊道：「陛下小心，天冷，路滑！待老奴替您前頭開道！」

畢竟是從小就練武的人，他的身手遠比妥歡帖木兒敏捷，轉眼間就追上了後者的身影，卻故意裝作筋疲力盡的模樣，「陛下，老奴，老奴剛才跌了一跤。君前失儀，請陛下責罰！」

「行了，別耍花樣了！」妥歡帖木兒的脾氣來得快，去得也快，撇嘴道：「二皇后回宮去了？」

「回去了！」朴不花像做錯事被抓個正著的孩子般滿臉通紅，急急解釋道：「陛下恕罪，老奴是怕陛下擔心，所以才朝二皇后那邊多望了幾眼！老奴從小就跟在您和二皇后身邊，心裡頭……陛下恕罪，老奴真的是心裡頭放不下！」

「算了！」最後一句話，讓妥歡帖木兒頓時又是一陣難過。「你能念舊情也是好事，朕不跟你計較！」

當初他落難高麗，朝不保夕，身邊只有奇氏和幾個同樣不受待見的小太監，朴不花恰恰是其中之一。他今天雖然對奇氏心生警覺，當年相濡以沫的情分卻依舊在，不願讓後者受到太多委屈，所以朴不花能主動留在後面，替他多看上奇氏一眼，非但不令他惱怒，反而給他一種此人重情重義，並非見風使舵之輩的感覺。

「謝陛下洪恩！」朴不花再度躬身下拜，目光與地面接觸的瞬間，眼角處悄悄閃過一抹得意。但沒等任何人察覺，這一抹得意就消失了個無影無蹤，抬起頭時，臉上寫的全是真誠。

第八章

如魚得水

「朱某得伯溫，如魚得水！」
興奮之餘，朱重九得意地在劉伯溫肩膀上拍了兩下。
劉伯溫，這可是有名的後諸葛亮劉伯溫吶！
要是連個落了勢的脫脫都對付不了，
他在另外一個時空的歷史上，怎麼可能留下如此大的名頭？

主僕等人加快腳步，回到御書房內。

手腳麻利的小太監和宮女小跑著準備茶湯、點心，燃起各種提神醒腦的香料；朴不花則親自從靠近牆的一個書櫥裡，選出妥歡帖木兒要的奏摺，小心翼翼地擺在案頭。

「替朕磨墨！」妥歡帖木兒滿意地道，將奏摺拿起來一一審閱著。

其中有幾份是哈麻替他預先梳理過，他也表示了贊同的，此刻重新再看，卻發現很多地方都不甚合自己的心思。

還有幾份，則是定住和桑哥失里根據各自負責的領域書寫的條陳，還沒呈到御前，就被哈麻批上了否決意見，所以妥歡帖木兒也習慣性的沒有細看，直接在上面加了自己的朱批。

「咦？這是什麼？」

妥歡帖木兒很快就發現了問題，用手壓住其中一份奏摺問道。

「是前天桑哥失里大人的請求變鈔書，丞相大人說他是胡鬧，給否決了，兩人僵持不下，最後送了過來，請陛下做最終裁核。陛下您昨天已經在後面寫了字！」正在磨墨的朴不花湊上前看了一眼，娓娓說道。

「嗯——！」妥歡帖木兒輕輕敲打自己的額頭。

的確有這麼一回事！自己那時全力支持丞相哈麻，沒有多想，不過，今天再看第二遍時，卻覺得上面的話未必有道理。

國庫空虛，但地方上大戶人家卻建了倉庫來儲藏金銀，這要是在世祖時代，私藏金銀而不更換為鈔票的話，就是死罪啊！朝廷為什麼不嚴肅一下法紀，重申世祖時代的律法，嚴禁金銀的流通？

如果趁機再頒發新鈔，以五千兌一的比例，收回市面上已經流通不下去的至正交鈔，當前國庫空空如也的窘況立刻能得到緩解，民間那些土財主也沒有機會拿著手中的錢糧暗中與反賊們眉來眼去。

「陛下，那至正變鈔乃脫脫在任的惡法，民間五千貫鈔都換不到一斗粟啊！」朴不花非常熟悉妥歡帖木兒的秉性，一見他開始做思考狀，慘白著臉道。

「有這麼回事？」妥歡帖木兒看了看朴不花，將信將疑。

至正交鈔發行不久後就劇烈貶值，是群臣先前彈劾脫脫的罪名之一，但妥歡帖木兒卻不清楚他的至正交鈔居然貶到了如此地步！五千貫鈔票換不來一斗粟，那五千貫鈔摞起來稱一下，恐怕比一斗粟還重吧，就算以物易物，也不該如此啊？

「陛下，老奴平素也負責宮中採買，這紙鈔到底值不值錢，老奴可是清清楚楚！」朴不花被看得滿頭大汗，跪著說道。

「那宮中採買平素都用什麼來支付？」妥歡帖木兒不願意相信，追問道。

「當然是先把紙鈔拿到國庫去兌了金銀和銅錢！」朴不花擦了把腦門上的汗珠，「如果是向普通百姓買，並且是少量的話，有時候就給點宮中汰換下來的舊衣服什麼的，反正他們也不敢不應！」

「你怎麼不去搶啊！」妥歡帖木兒長身而起，拍著桌案叫道。

「半匹紅綃一丈綾，系向牛頭充炭直。」是白居易指責宮廷採買，官吏對百姓的掠奪所作，自己讀書時能倒著背，並因此譏笑過盛唐；如今自己麾下這幫傢伙，居然比晚唐時代的官吏更為不堪，直接丟一堆舊衣服去搶百姓的財貨！

「宮內用度有限，老奴也是逼得沒辦法啊！」朴不花嚇得打了個冷戰，實話脫口而出。「那些大商號背後站的都是達官顯貴，老奴自然不敢讓人胡亂盤剝他們，可紙鈔根本就不值錢，金銀還要拿來布施給寺院，老奴也只好撿些不要緊的小商小販下手，好替陛下節省些開銷！」

「你，你……」

妥歡帖木兒氣得直打哆嗦，卻無臉命人將朴不花拖出去治罪。

脫脫上次推行新鈔法，是他支持的，大把大把地拿金銀去布施寺院，也是他本人為數不多的愛好之一。朴不花眼看著宮內沒錢可用，除了去搶劫小老百姓，還能有什麼辦法？朝那些達官顯貴們勒索，他有那本事麼？自己這個當皇帝的都無法從那些人手裡摳出一文錢來，朴不花抱著腦袋衝上去，不是找死麼？

「老奴丟了陛下的臉，老奴該死！」朴不花的聲音從腳下傳來，不斷刺激著妥歡帖木兒脆弱的神經。**當丞相的欺上瞞下，當皇后的忙著攬權，當百官的忙著貪贓枉法，唯一還在努力替自己分憂的，只有這個高麗太監，雖然他的手段是那樣的無恥！**

「你起來吧，朕不怪你！」深吸了口氣，妥歡帖木兒緩緩坐回龍座上。「朕明天一早會跟哈麻商量，讓他從國庫中儘量多撥些錢財來緩解宮裡的燃眉之急，但是你以後別再明著去搶了，至少別在大都城裡頭搶，朕這個皇帝不能一點臉面都不顧！」

「是，老奴記下了，老奴謝陛下恩典！」朴不花磕了個頭，緩緩站起身來，抹了抹眼淚。

「老東西，朕又沒拿你怎麼著，擠什麼貓尿?!」妥歡帖木兒笑罵道，隨即問道：「照你這麼說，這新鈔是發不得了？」

「老奴不敢！」朴不花拿出汗巾，在臉上胡亂抹了幾把，然後小心地回道：

「老奴沒資格干涉朝政！」

「少扯別的，是朕要你說的！」妥歡帖木兒把眼睛一瞪，厲聲逼問。

「老奴只是覺得。前年脫脫大人開鈔法，硬生生地將交鈔變成了廢紙，如今百姓心中餘悸未去，桑哥失里大人又急著變鈔，也許他的想法有道理，可老百姓愚昧，未必明白他的道理啊！」朴不花轉了幾下眼珠，用儘量簡單的方法語氣解釋。

「又是脫脫？」妥歡帖木兒的眉頭再度皺了起來，臉色殺氣陡現。「你收了哈麻多少好處，居然一再替他說話！」

「老奴不敢！」朴不花再度「噗通」一聲跪倒，頭如搗蒜，「陛下明鑒，老奴是仗著您的勢，才能在宮內宮外橫著走，哈麻大人權力再大，能給老奴的好處也比不得您吶！老奴笨是笨了點，卻沒傻到連自己該護著誰都不清楚啊！」

這幾句裡面沒有一句是廢話，妥歡帖木兒聽了，口氣立刻放緩了許多，「滾起來，別跟個磕頭蟲一般，朕看著煩！」

「是，老奴遵旨！」朴不花腦門上頂著一個青色疙瘩爬起來，拿手巾抹眼淚和冷汗。

「沒用的東西！」妥歡帖木兒橫了他一眼，隨即又長長地嘆氣道：「看來這鈔是不能再變了，朕的窮日子不知道何時才是盡頭！」

「陛下勿急，老百姓的記性都不會太長，您再等上兩年，等脫脫當年變鈔的事被他們忘了，新鈔就可以發行了！」朴不花安慰道。

「又是脫脫！」妥歡帖木兒忿忿地道：「朕還以為他真有些委屈呢！可朕要是下旨殺了他，肯定又有很多人不服，覺得朕天性涼薄，連總角之交都不肯放過！」

「陛下是九五至尊，何必在乎別人嚼舌頭！」朴不花慫恿著：「況且陛下要殺脫脫，有很多辦法，根本用不著賜給他什麼毒酒！」

「很多辦法？」妥歡帖木兒質疑道。

他不是不懂陰謀，可對付一個坐以待斃的人，那樣彷彿自己心虛一般。

「陛下不急，這事兒儘管交給老奴，只要陛下決心已定，老奴保證把事情給您辦得妥妥貼貼的，讓外人挑不出半點毛病來！」朴不花的聲音從耳畔傳來，隱隱帶著早春的料峭，令人不寒而慄。

正所謂，蛇鑽窟窿鼠打洞，各有各的道行，一件讓妥歡帖木兒感到為難的事，到了朴不花手裡卻變得容易萬分。

上元節剛過，就有言官上表彈劾前丞相，亦集乃路達魯花赤脫脫帖木兒抗旨不遵，被貶職之後遲遲不肯赴任，反而勾結舊日黨羽，非議朝政……

脫脫在位時幾度重手打擊政敵，可是沒少得罪人，如今失了勢，那些仇家自然不會善罷甘休，只是眾人對他的黨羽一直都心存忌憚，怕受到報復，所以誰也不敢率先動手而已。

所謂牆倒眾人推，此刻御史台的言官挑了頭，自然全力跟進，把脫脫和也先帖木兒兩兄弟以往犯下的所有過失都翻了出來。

結果自然是毫無懸念，也先帖木兒以喪師辱國，結黨營私，構陷同僚等數項大罪，被賜毒酒自盡；前丞相脫脫則以勞師無功和包庇族弟等數項罪名，被從亦集乃路達魯花赤的位置上再降於某地下千戶所從六品千戶，接到聖旨後即日出發上任，不得耽擱！

再說那前丞相脫脫，去年底在山東交出兵權後，就快馬加鞭地返回大都，結果他的府邸卻被朝廷下令給封了，成了軟禁其弟弟也先帖木兒的囚牢，令他有家回不得，就只好從昔日下屬龔伯遂手中借了一個小小的宅院暫時安歇。

只是龔伯遂的財力也非常有限，臨時騰出來的院子連丞相府的十分之一大小都比不上，脫脫住了進去，又想辦法接來受到牽連而丟官的兩個兒子及他們各自的家眷，就再騰不出多餘的地方了，他的家將、幕僚和大部分家丁則只能自己花錢在附近租民房去住，沒幾天就辭別的辭別，逃走的逃走，作鳥獸散了。

還有不少舊日下屬前來慰問探望，然而隨著時間推移，哈麻的丞相位置越來越穩，這些人也漸漸不肯來了。只剩下李漢卿、龔伯遂和沙喇班等絕對心腹還留戀不去，誓與脫脫同生共死！

正月十六，四人正坐在家裡圍著桌子飲茶，忽然就聽見外邊一陣大亂。緊跟著，脫脫的大兒子蛤蝲章滿臉驚慌地闖了進來，大聲喊道：「阿爺快走，皇上派人來殺你了！」

「慌什麼慌，為父平日教你的那些東西，莫非都教到狗肚子裡頭了？」脫脫一抖胳膊甩掉自家兒子的手臂，呵斥道：「君子死而冠不免！況且為父兩度拜相，臨難之時，豈能學那市井無賴行徑？」

「嗚──」蛤蝲章的哭聲哽在嗓子裡，羞憤難當。

「你這孩子！」脫脫嘆道：「普天之下莫非王土，為父又不是那平頭百姓，誰都不記得他長得什麼模樣，縱使今日逃了，又能多活幾天？行了，別哭了，去，帶人把院門開了，準備香案吧！以陛下的性情，應該不會殃及於你們兄弟！」

打發走兒子，他回過頭來，衝著李漢卿等人道：「勞煩了諸位小半輩子，這聖旨，老夫就不請你們陪著接了，諸位請各自還家等候消息，將來若是能照應兩個孩子，就煩勞照應一下。老夫半輩子忙碌國事，一直沒好好教導他們，結果他們兩兄弟一個不如一個！」

說到兩個兒子的前程，他鐵硬的心腸裡終於湧上一股酸澀，又搖搖頭道：「算了，當我沒說，兒孫自有兒孫福，以陛下的性子，相信在老大死後用不了多久，就會再想起他們哥倆！」

「丞相！」前探馬赤軍萬戶沙喇班虎目含淚，一個箭步竄上前，俯身於地，央求道：「末將還有一些弟兄就安置在附近，丞相只要點個頭，末將這就保護著你和兩位少主殺出去！」

「你啊！」脫脫雙手將沙喇班從地上攙扶起來，「性子還是如此魯莽。老夫要是想造反，在手握兵權時就反了，何必等到現在？況且，光是你知道往這附近埋伏兵馬，人家哈麻和雪雪兄弟兩個就是傻子麼？人家正等著滅我九族呢！」

「丞相——！」沙喇班猛的打了個哆嗦，面如死灰。

「不過，老夫還是承你的人情！」脫脫笑著拍了拍他的手背，將目光轉向李漢卿和龔伯遂，「老夫得意時，也曾門庭若市，堂上堂下，凡是能說幾句蒙古話的都是同族，哈哈，一朝落難，最後身邊卻只剩下一個契丹人和兩個漢人，哈哈哈，哈哈哈哈哈……」笑著笑著，他已經滿臉是淚，用手抹掉眼淚，「走啦，不囉嗦了，人生自古誰無死！比起文丞相來，好歹老夫不曾做了朱屠戶的俘虜！」瀟灑地朝門外走去。

「丞相！」李漢卿、龔伯遂起身相送，雙雙淚流滿面。

在他們兩個看來，脫脫乃是千古賢相，文武雙全的不世俊傑，光明磊落的英雄好漢，雖然殺伐果斷了些，一場洪水就令數百萬黎民葬身魚腹，可那些人都是紅巾軍治下，與反賊有著千絲萬縷的聯繫，站在敵人的立場，如何對付他們都算不得殘忍。

就這樣一個柱石之臣，妥歡帖木兒和滿朝文武卻迫不及待想要他的命，這大元朝要是不亡，還有天理麼?!殺了脫脫，將來誰來替朝廷去抵擋朱屠戶的十萬大軍？

正悲憤不已間，外邊已經擺好香案，有幾句刀子般的話，借著料峭的寒風直接扎進人的心窩：

「……貶脫脫為雲南大理宣慰司鎮西路下千戶所千戶，兩個月內必須抵達任所，若是再蓄意耽擱，罔顧聖恩，則前罪並罰，再無寬宥。勿謂言之不預也！欽此！」

「不能接！」李漢卿一個箭步竄了出去，抬腿踢翻了香案，「要死，咱們兩個也一道死在大都城內，絕不能再往南去，受那紅巾賊的羞辱！」

「東翁！往雲南去的路只有兩條，西路兩個月內肯定無法赴任，東邊這條的話，從洛陽往下，哪裡還有咱們幾個的活路？」龔伯遂的反應只比李漢卿稍稍慢了半拍，衝出來，用身體擋住了脫脫。

都到這個地步了，他也顧不上再講什麼冠冕堂皇的道理，實話脫口而出。

聖旨上對脫脫的處理結果，看似寬容，實際上卻是將他往絕路上逼，從大都到雲南大理宣慰司鎮西路，最安全的選擇就是繞道陝西，然後縱貫四川，前往永昌。沿途道路加起來恐怕有四千餘里，並且中間還有近千里舉世聞名的蜀道，甭說兩個月，能在半年內赴任已經算是及時。

想按時抵達的話，就只能選擇東路，自大都沿運河南下，在抵達徐州之前掉頭向西，繞到剛剛被官兵收復的孟津，渡過黃河，再穿過河南江北行省的南陽、襄陽、安陸等地，從漢陽渡過長江，取道湖廣，最後從南寧前往永昌。

這條路相對平坦，只要出發前備足沿途更換的坐騎，兩個月時間綽綽有餘。然而，眼下河南江北行省內，朝廷和紅巾的勢力犬牙交互，以脫脫的身分，恐怕剛渡過黃河就會被數萬雙仇恨的眼睛盯上，就算他走鴻運，能僥倖躲過其他豪傑的追殺，在渡江時，淮安軍水師也會早早堵在前頭。

「想害丞相，先過老夫這一關！」

第三個衝出來的是沙喇班，他是純粹的武夫，腦子轉得遠比文官們慢，待聽完了龔伯遂的話，才明白朝廷方面到底打的是什麼惡毒主意，拔出佩刀護住脫脫和李漢卿、龔伯遂三個，對前來傳旨的太監怒目而視！

「大膽！」前來傳旨的小太監朴哲元沒想到脫脫這頭死老虎身邊還藏著兩頭惡犬，被嚇了一哆嗦，隨即，便扯開嗓子叫喊了起來，「脫脫帖木兒，你可是要抗旨麼？咱家如果把看到情形彙報上去，下次來的，可就不是這麼幾個人了！」

「有種就來，左右是個死，大不了拼個乾淨！」沙喇班晃了晃手中鋼刀，搶先回應。

「胡鬧！」脫脫的聲音在他身後響起，冰冷得如半夜時的寒風。「讓開，別給老夫添亂！」

「丞相！」沙喇班習慣性地奉命側身，然後滿臉焦急地跺腳。

「退下，老夫做了一輩子忠臣，不能壞在最後幾天！」脫脫用肩膀頂開他，傲然說道。隨即，將香案扶起來，向太監手中的聖旨再度跪倒，「臣，脫脫帖木兒接旨，謝主隆恩！」

「諒你也不敢不接！」小太監朴哲元撇著嘴，「拿著，咱家回去交差了！」

「恭送天使！」脫脫將手臂張開，攔住欲上前拼命的沙喇班、李漢卿和龔伯遂三人。

「東翁！」龔伯遂用盡全身力氣想把脫脫的胳膊推開，誰料脫脫的胳膊此刻卻像鋼鑄鐵打的一般，任身後的壓力再大，都紋絲不動。

直到負責傳旨的太監和怯薛們離開了院門，他才回過頭，挨個抱了抱沙喇班、龔伯遂、李漢卿三個，說道：「這樣不是很好麼，老夫求仁得仁。最終死在紅巾賊之手，而陛下依舊是有情有義的千古明君！」

「丞相！」沙喇班蹲在地上放聲大哭。八尺多高的漢子，就像一個與父母走散了的娃娃般失魂落魄。

「唉，你這廝……」脫脫愛憐地拍了拍他的頭，將目光轉向龔伯遂，「你文武雙全，老夫本想提攜你，讓你能早日獨當一面，誰料卻是今天這個結局！也罷，老夫此去，永無再歸之日，你也不必再為老夫所累了！早早去中書左丞韓元善那裡覓一份清閒官職才是正經，他素來對你欣賞有加，又與你同為漢人，想必不會過於刁難！」

「東翁莫非是嫌龔某當日沒同哈剌將軍一道赴死麼？若不是，何必說出此等話來？」龔伯遂流著淚問。

脫脫被問得微微一愣，旋即紅著眼睛道：「是老夫唐突了，老夫謝罪！」他看向李漢卿，吩咐道：「老夫記得，從淮安城撤軍前，曾經與那朱屠戶有江上相見之約。老四，你能不能先行一步，再去替老夫問他一聲，當初的約定如今還願兌現否？」

「丞相，神射手……」李漢卿聞聽，立時道。

「這個時候還想什麼神射手啊！」脫脫倒是灑脫到了極致，「老夫是不想將自己的頭顱交到庸才之手。反正死在別人那裡也是死，還不如直接去送給朱屠戶，倒也不算辱沒了老夫半世英名！」

「丞相——！」李漢卿的眼睛又紅了起來，熱淚滾滾。

但是他很快就明白了自家主人的意思，咬著牙點頭道：「丞相放心，小四這就出發，只要朱屠戶敢來赴約，小四就是拼了這條命，也要讓他給咱們兄弟殉葬！」

「去吧，能做就做，不能做，也別勉強為之！」脫脫不願意幻想自己還有機會拉著朱重九一起去死，揮揮手。

「丞相保重，屬下在任城西北的劉家大宅裡等著您！」李漢卿又給脫脫磕了一個頭，然後站起身快步離開。

李漢卿前段時間負責替蒙元朝廷刺探消息，向四下安插細作，此刻雖然不再掌權，但昔時積累下來的人脈還殘存一些，再憑著某些上不得檯面的江湖手段，很快就與漕幫的人搭上了線。

漕幫的眾位長老和當家得知，個個都被嚇了一大跳，誰也弄不明白，這脫脫眼看著都要被朝廷給活活逼死了，還想折騰什麼花樣。

然而念在一條運河吃飯的幾萬口幫眾，他們在明面上也不敢將蒙元官府得罪得太狠，只好放出話來，讓李漢卿稍等，他們想辦法將信投遞到淮揚那邊。

話雖然說得很客氣，但到底送不送這封信，卻令眾人好生委決不下。

早在朱重九尚未崛起之時，漕幫就與他建立了非常良好的關係，如今淮安軍的兩支水師內部，至少有一半以上的將領是漕幫弟子，可以預見，如果將來朱重九真的坐了天下，漕幫的地位勢必扶搖直上，即便不能公開稱為天下第一大幫派，至少在南北大運河沿岸，再沒有任何人敢隨隨便便欺負到頭上來！

但要是不送這封信，誰知道李漢卿會藏著什麼後招？他既然敢托人輾轉找上門來，手裡肯定握著漕幫的一些把柄，一旦將其惹急了，通過脫脫以前的人脈，將這些把柄送到朝廷高官手中，對漕幫來說肯定又是一場無妄之災。

「要我說，送一封信沒什麼大不了的！」副幫主龍二向來以機智聞名，思前想後了好長時間，才道：「畢竟，最後肯不肯赴約，主動權還在朱總管手上，只要他斷然拒絕，脫脫即便有再多的妙計也是白耽誤功夫！」

「就怕朱總管不肯拒絕！」副幫主常三石與朱重九交往最多，對後者脾氣秉性也最瞭解，看了龍二一眼，用力搖頭。「如果他不知道脫脫想見他也就罷了，如果知道脫脫想在死之前再見他最後一面，肯定會答應對方的請求。」

「不一定吧，脫脫現在又不是大元朝的丞相了，有什麼資格約他相見？」大當家江十一道：「老三，你是不是認為朱總管還跟兩年前一樣，不管跟什麼人都講究一諾千金？」

常三石嘆氣道：「以前脫脫當丞相時，他未必在乎此人的官大；如今脫脫落了難，他也未必在乎脫脫地位低下，有些東西，就像長在他骨頭裡，根本不可能改變！」

「他至少有防人之心！」副幫主龍二晃晃手中羽扇，不服氣地反駁。「能做得了一方諸侯的人，怎麼可能蠢到不管不顧的地步？明知道脫脫恨不得拉著他同歸於盡，還自己送上門來？」

「問題是，如果他一直與脫脫惺惺相惜呢？」常三石沒好氣地道：「他們這些人的行事，你我怎能猜得出來！」

「老三，你……」

這話就有點兒瞧不起人了，沒法讓龍二不生氣，然而想反駁卻無從反起，畢竟朱重九以區區千把人起家，兩年多一點時間就成了天下數一數二的大反賊，而他們手底下空有數萬幫眾，卻要天天看各方臉色做事！

「咱們自己別吵，見不見，都是別人的事情！咱們兄弟爭起來，算個什麼?!」大當家江十一見狀，趕緊給好兄弟打圓場，「要我說，咱們現在沒這必要瞎操心，把信先送過去，把咱們的提醒也同時帶到，看朱總管如何反應。大不了，在雙方見面時，直接安排幾個本事好的兄弟跟脫脫站在一條船上。發現不對，立刻出手！我就不信，玩這些上不了檯面的東西，誰還能玩過咱們這些老江湖！」

這也是個沒辦法的選擇，至少不至於讓漕幫在黃河以北的基業受到太大衝擊，同時也不會讓漕幫和淮安軍之間原本良好的關係，瞬間變成水火不容。

但是，裂痕肯定會出現的，並且短時間內很難被彌補，不過在雙方共同的利益面前，這些細微的裂痕也不會造成什麼太大影響，充其量讓那些已經在淮安水師中擔任顯赫職位的原漕幫子弟臉上無光罷了！

於是乎，經過反覆考慮之後，漕幫派遣專人乘坐快船，將李漢卿替脫脫寫的書信以及最近掌握的一些情報，以及對脫脫不懷好意的猜測，一起送到了淮揚大總管府邸。

果然如三當家常三石所料，信到了淮揚大總管府後，朱重九幾乎想都沒想，就答應道：「你回去跟三位幫主說，我朱八十一多謝他們的提醒。然而脫脫跟我有約在先，我要是不去，豈不令他大失所望？所以煩勞你們替我給脫脫帶個口信，就說十天之後，我在徐州城外的黃河上等著他……」

「不可！」

一句話沒等說完，老夫子逯魯曾已經「騰」地跳了起來，「所謂千金之子，坐不垂堂，大總管如今身繫三路兩府數百萬黎庶的禍福，豈能再以身犯險，給那無賴小人可乘之機？」

「是啊，大總管三思！眼下脫脫早已不是大元的丞相，有何資格請大總管去履約？況且即便他還沒有丟官罷職，當初大總管答應與他會面，也是為了慢其戰心而已，哪有目的已經達到了，還去履約的道理！」參軍章溢緊隨老夫子之後附議。

「據軍情處所掌握的情況，李漢卿在脫脫帳下時，曾經拉攏了一批是非不分的江湖人為朝廷效力，如今雖然樹倒猢猻散，但難免會有一兩個選擇留下來！」軍情處主事陳基第三個表態，從另外一個角度勸朱重九收回先前的決定。

「主公威名來自兩軍陣前及百姓的餐桌，而不是江湖上的隨口一諾！」揚州知府羅本反對的理由更為現實。「無論去與不去，都對大總管的聲名無損！」

剛剛令朝廷的三十萬大軍鎩羽而歸，又趁機奪下了登萊一隅，如今天下群雄，誰的聲名能與自家大總管比肩？非但如此，隨著洪水的退去，百工作坊的飛速擴張，以及徐州、宿州和安豐等處大規模的土地重新分配，難民們的日子也都有了盼頭，如今在市井百姓口中，朱總管已經成了切切實實的慈悲佛子，偶爾失信一兩回，根本沒任何影響。

「諸位誤會了，本總管其實不是為了踐諾！」見一眾文官的反對聲浪越來越高，朱重九不得不解釋道：「那脫脫雖然是敵國宰相，領兵打仗的本事卻不在我等之下，對蒙元那邊的虛實也瞭若指掌，所以本總管才想趁著跟他會面的機會，跟他討教一番。縱使得不到任何收穫，至少能從其嘴裡探聽出一些朝廷那邊的秘聞來！」

這根本就是在敷衍大夥，事實上，朱重九的目的根本不是這些。在內心深處，他依舊受朱大鵬的影響，對朱元璋、劉福通、張士誠、劉伯溫等曾經在另一個時空歷史上留下痕跡的人物，有一股強烈的把盞論交的衝動。對脫脫這個評書中的紅衣太師，大元朝的擎天之柱，也是愛屋及烏，巴不得能早日見上一面，看看此人到底像不像小說中說的那樣腦後光芒萬丈？

偏偏他的真實想法根本無法公然宣之於口，並且這個時空也沒有「追星族」這一名詞。

好在隨著一次又一次的勝利，朱重九在淮揚系內部的權威已經基本確立。大夥雖然不希望他由著性子胡鬧，卻也不能把話說得太重，只能採用迂迴策略，一點點打消他的念頭。

做這種拐著彎兒勸人的事情，馮國用在一干文臣當中肯定最是在行，他站起來向朱重九輕輕拱手道：「如今我淮揚百廢待興，主公哪有時間去見他？那脫脫若是想履約的話，儘管乘船前來揚州便是！反正主公昔日連俘虜都不曾亂殺，更不會難為他一個主動送上門來的落魄小吏！」

「的確如此！」沒等朱重九開口，逯魯曾就附議道：「脫脫與其到別處送死，還不如直接到揚州城來，至少主公不會殺了他！」

「這……」朱重九剛要說話，耳畔忽然傳來一陣劇烈的咳嗽聲。

「咳咳！嗯哼！」蘇先生忽然一口茶水沒喝順氣，肩膀上下聳動。

「末將附議馮參軍！」第五軍長史逯德山心領神會，也大聲說道：「主公您也不是誰想見就能見的，肯讓脫脫到揚州來，已經給足了他臉面！」

「馮參軍之言有理，末將附議！」吳良謀緊跟著表明態度。

隨著淮安軍的實力日漸龐大，他遠在黃河以北的家人就越來越安全，甚至有地方官吏主動上門拜訪，明著打的旗號是查訪吳家某個被從族譜上除名的逆子之根底，暗地裡，卻紛紛向吳良謀的父親做出保證，只要朝廷不強迫，他們絕對不會動吳家莊分毫，即便哪天朝廷方面真的發了瘋，他們也會提前告知消息，讓吳家有足夠的時間逃往黃河以南。

所以無論於公於私，吳良謀都不希望朱重九再出任何事。如果可能，他甚至希望朱大總管就把揚州城當作他的國都，輕易都別離開半步！

其他幾位武將的心機雖然沒有吳良謀這麼深。但對於自家主公跟曾經的寇仇會面，也覺得不太妥當。在蘇先生和逯魯曾兩個人的暗示下陸續說道：「末將也附議馮參軍，脫脫如果敢來，主公就好吃好喝地招待他，然後派船送他過長江，等他平安到了任所，看看那狗皇帝會不會氣死！」

「末將覺得馮參軍和胡將軍兩個的話有道理。都督肯在揚州城內見他，已經是給了他很大面子，他如果不敢來，也怪不得都督！」

……

緊跟著，參謀部中被重點培養的後備人才們也紛紛出言湊起了熱鬧。

歸結起來眾人的話核心只有一個，朱大總管不該守那個什麼「千金一諾」。要見，就讓脫脫來揚州，以淮安軍現在的實力和自信，大夥絕不會對一個已經被朝廷拋棄了人下狠手。

在座中，唯獨沒有說話的，就只剩下剛加入大總管幕府沒多久的劉基劉伯溫。只見他右手裡拿著一把折扇，在掌心反覆扣打。兩隻眼睛半睜半閉，彷彿自己早就成了世外神仙。

「師叔——！」

揚州知府羅本偷偷朝劉伯溫所坐的椅子腿上踢了一腳，以示自己的不滿。

對於這個便宜師叔，他是一百二十個頭疼，當初明明捨不得離開揚州，卻非裝出一副「不食周粟」的模樣，死活不肯接受朱總管的招攬，轉頭朱總管派人拿了一筆錢資助他辦學，老先生立刻毫不猶豫地就收了下來，還大言不慚的說，開辦書院的宗旨，就是正本清源，打擊淮揚三地所盛行的各種異端邪說，「為往聖繼絕學，為萬世開太平」。

結果書院開起來後，前來求學的人卻寥寥無幾。這年頭，大戶人家的孩子上官辦的縣學、府學，是為了結束學業後能進入大總管帳下謀求功名，小門小戶的孩子上百工技校，是為了學好手藝，將來賺一份令人羨慕的高額薪俸，誰吃飽了撐的，才跟劉某人去繼承什麼古聖先賢的真正學問，出來後再繼承他老人家的衣鉢，專門跟大總管府對著幹？於是乎書院自然開得半死不活。

然而劉師叔卻能沉得住氣，繼續每天吟詩做賦，尋章摘句。偶爾出去走動，結交的也都是曾經的頂級大戶，根本不屑跟淮揚新貴為伍。

誰料想就這麼一頭倔驢，在關鍵時刻卻突然站了出來，替第四軍指揮使吳熙宇穩住了揚州城的士紳之心，然後又以身犯險，前往方谷子的軍營內陳說厲害，使得方國珍在關鍵時刻，掉頭站在了淮安軍這邊，配合著淮安第四軍一道，將董摶霄的浙軍打得全軍覆沒。

立下了如此大功之後，劉師叔自然再也做不成局外人，於是便順水推舟，在吳熙宇、羅本和逯魯曾等人的聯名舉薦下，正式進入大總管府，成為繼馮國用之後，第五名有專門職位的參軍。

只是當了參軍之後，劉師叔的老毛病很快就又犯了。看什麼都不順眼，動不動就發牢騷，而每當正式議事時，又總好像進了曹營的徐庶般，緊閉嘴巴只聽不說。好在朱總管氣量大，從不跟此人計較。否則，依照蘇長史的性子早踢出門外了，怎麼可能尸位素餐到今天。

所以今天無論如何，羅本都得逼著自家師叔張嘴說句話，哪怕跟著大夥隨波逐流，也不能任由他繼續拿捏下去，否則大總管早晚會對其心生厭倦，羅本自己卡在那裡，也裡外都不好做人。

誰料以前怎麼折騰都不開口的劉伯溫，今天只被踢了一下就猛的跳了起來，將紙扇朝著朱重九舉了舉道：「主公認定了脫脫是個英雄，那就去好了，何必在此瞻前顧後！微臣縱觀史冊，還沒見到兩國相爭，靠刺客來決定勝負，想那脫脫也不會如此愚蠢！」

「劉參軍此言大謬！那脫脫連炸毀河堤的事情都做得出，怎麼可能有任何底限！」已經很少在議事時發言的蘇明哲聞聽，緊盯著劉伯溫的眼睛質問。

對於這個特立獨行的劉伯溫，他可沒什麼好印象，雖然後者曾經在揚州保衛戰中居功至偉，但在那之前的種種「劣跡」，蘇長史卻是牢記於心，況且「劉山長義助吳指揮穩定人心」的壯舉背後，還有許許多多不方便被人知道的細節，這些細節普通人不清楚，但對於整天瞪圓了眼睛替朱重九盯著背後的蘇先生，可真不算是什麼秘密。

「劉參軍此言差矣！主公身繫我淮揚幾百人人的福祉，豈可以自己為注，賭那脫脫的人品？」逯魯曾也皺起眉頭，以相對緩和的語氣駁斥。

「主公勿聽劉參軍之言！」

「主公切莫兒戲！」

「主……」

眾文武又紛紛表態，都認為劉伯溫的提議過於想當然。包括劉伯溫的師兄施耐庵，內心裡也覺得自家師弟把事情想得太簡單了，甚至有點兒拿朱總管的性命沒當回事兒的嫌疑。

然而朱重九本人，注意力卻壓根沒放在劉伯溫想法是否正確上。他只是清楚地聽見劉伯溫在叫自己「主公」。

這對放走了朱元璋，又剛剛聽聞張士誠準備自立門戶的他來說，簡直比夏天吃了刨冰還要舒服十倍，因此用力拍了拍桌案，笑道：

「諸位不要打斷，聽青田先生把說說完，本總管自己是非常想去見一見那脫脫。如果大夥都認為不合適，本總管當然不會擰著來，可如果青田先生認為危險不大，那本總管又何必讓脫脫給小瞧了去?!」

說罷，向劉伯溫輕輕抬了下手，示意他有話儘管說個痛快。

劉伯溫微笑著搖了搖紙扇，滿臉傲然地道：

「諸君對主公忠心耿耿，唯恐有些許閃失，所以只看到了此行所隱藏著的危險，卻忘了主公若是慨然應之，可給我淮揚帶來的巨大好處，試問，連脫脫這種被蒙元朝廷自己拋棄了的人，主公都不肯毀諾，那主公將來豈會對天下人失信！昔商鞅徙木立信，新法遂行，主公淮揚所行之法大一異於先前任何一朝，世人乍聞之，心中無不惶恐，而脫脫自己送上門來做那根木頭柱子，主公又何吝區區五十金?!」

這句話，可的確是全心全意在替朱重九而謀了。淮揚新法大興工商，限制田租，打擊宗族勢力，讓全天下的士紳階層都為之側目，新法的推行，卻著實給兩淮各地帶來了勃勃生機。大總管府能在蒙元大軍壓境的情況下，先後救濟了揚州和睢、徐、宿等地兩百餘萬災民，而自身還沒被拖垮的事實，就是最好的明證。

所以現在的劉伯溫承認，新法的確有可取之處，但是他卻不認為，光憑著淮安軍的武力，日後就能成功地將新法推行到全國，於是，他乾脆建議朱重九依照昔日商鞅變法的經驗，**先立信於天下，然後再徐徐圖之**。

而脫脫此番派人下書來，要求朱重九兌現當初碰面的承諾，恰恰是送上門來立信機會，只要朱重九慨然赴約，事情傳揚出去以後，在全天下的人，特別是士大夫眼裡，他的形象就會煥然一新。畢竟，「仁義禮智信」乃為儒家推崇的「五常」，非但平頭百姓受其影響巨大，士大夫們，在明面上，也皆以這五項為做人的標準，著一個言出必踐的君主，比跟著一個翻手為雲覆手為雨的君主要安全得多，也光彩得多。

「這個……」淮安大總管府的文職幕僚中，從逯魯曾往下，包括蘇先生在內，學問都不太差，聽了劉伯溫的剖析，立刻明白了其良苦用心，然而朱重九的性命，當然不僅值區區五十斤銅，所以大夥明白歸明白，內心深處卻依舊不願意讓自家主公去冒險。

「溫曾經聽聞主公昔日於兩軍陣前憑一把短刀手刃阿速軍大將數員，而自身毫髮無傷，然否？」沒等蘇先生、逯魯曾等文官轉過彎來，劉基又出言道。

「當然是真的，我等當時都親眼目睹！」徐達、吳良謀、劉子雲等立刻大聲回應，被日光曬成古銅色的臉上，寫滿了自豪。

胡大海、耿再成等人則紛紛笑著點頭，他們加入淮安軍比徐達等人晚，雖然未曾看到當時朱重九如何驍勇，可也在黃河邊上跟後者親自交過手，知道自家主公的真實斤兩。說是萬夫不當之勇是太誇張了點，但真的同場競技，整個淮安軍內，恐怕只有胡大海、陳德、傅友德等區區五六人能強過他。

「那諸君以為，與主公單獨相對之時，脫脫行得了專諸、聶政之事否？」劉基把紙扇猛的一收，問道。

「哈哈哈……」不待胡大海等人反應過來，文官們已經笑成了一團。

專諸、聶政是歷史上兩個著名的刺客，前者在酒宴上刺殺了吳王僚，後者則從目標的家門口一路殺進去，接連殺死了韓相俠累及其身邊侍衛數十人。

脫脫要是想跟自家主公單打獨鬥的話，恐怕一個照面不到就得被直接用拳頭捶死，畢竟自家主公當初那十幾年的豬不是白宰的，幾千條性命累積下來，光是身上的殺氣，就能讓對手撲面生寒。

「恐怕脫脫只有挨揍的份！白刃對空手都贏不了！」眾武將們很快也想起了專諸和聶政的典故，哭笑不得的回道。

「既然主公之勇力不在脫脫之下，我淮安水師戰鬥力又遠在蒙元之上，雙方約好了在黃河上相見，主公何險之有？只要不讓脫脫的船靠近，即便是准許他本人上船來飲一杯送行酒，那脫脫還能翻到天上去？況且此刻脫脫落難，身邊的死士未必能剩下幾個，而主公這邊卻可以帶上傅將軍、陳將軍和丁將軍，只要我等小心謹慎，脫脫連出招的機會都找不到，又何必糾結見與不見，好像主公怕了他一般！」

最後這幾句話，則是從實戰角度分析雙方的力量對比，結論是，無論單挑還是群毆，脫脫都沒有任何翻本的機會，所以大夥根本不用太緊張，做好充足準備，見招拆招就行，只要不故意出現疏漏，根本就存在太大的危險。

在場的一干文武聽完，大都含笑點頭。一些心中還有疑慮的，如蘇先生和逯魯曾兩個，也只能接受劉伯溫的意見。但是他們兩個卻立刻提議由劉伯溫親自來操辦此事，若是出現任何紕漏，劉伯溫立馬來見！

那劉伯溫骨子裡也是個爽利人，以前跟大夥道不同不相為謀，如今既然已經上了淮安軍的大船，巴不得能有更多機會一展身手，當即向蘇明哲拱手道：「願立軍令狀！」

「胡鬧！」朱重九瞥了蘇明哲一眼，「伯溫肯為朱某而謀，乃朱某之福，還說什麼軍令狀不軍令狀？我信你，你儘管放手去做便是。這幾天需要用到誰，從兩位長史以下儘管調遣！」

說著話，竟將自己的佩刀解了下來，親手遞將過去，「就以此為憑證，除了在座眾人之外，水師四艘戰艦為限，陸營以一旅兵馬為限，需要用到，你只管去調，哪個敢不服，我親自去收拾他！」

「這……」滿座文武，包括劉伯溫都被朱重九的出格舉動給驚呆了，一個個瞪圓了眼睛，無法相信看到的情景。自打徐州舉事以來，誰曾經受到過如此禮遇？包括蘇先生、逯魯曾和徐達，恐怕都是想都不敢去想吧？

「朱某得伯溫，如魚得水！」興奮之餘，朱重九得意地在劉伯溫肩膀上拍了兩下。

劉伯溫，這可是有名的後諸葛亮劉伯溫吶！要是連個落了勢的脫脫都對付不了，他在另外一個時空的歷史上，怎麼可能留下如此大的名頭？費了九牛二虎之力，終於把他給拐到手了，朱某人怎麼可能不給他充分的施展空間？甭說是把佩刀暫時借他用幾天，就是永遠都給了他，朱某都絕對不會有任何遲疑！

「啊——！」劉伯溫的那小身板怎禁得住朱重九的反覆拍打，蹬蹬蹬倒退數步，一屁股坐在了地上。

「哈哈哈……」在一片善意的笑聲中，劉伯溫紅著臉從地上爬起來，四下拱手道：「見笑了，早聞大總管膂力非凡，卻未料其大如斯！」

眾人聞聽，笑得愈發酣暢，七嘴八舌的打趣道：「老劉，你可得好好去打熬一下身體了，咱家主公最喜歡做的事情就是拍人肩膀！」

「是啊，劉參軍，就你這小身板，沒準哪天就被主公一不留神給拍吐了血！」

「劉參軍，咱們這兒可不比別處，文臣武將分得沒那麼清楚，就你這一拍便倒的身子骨，哪天要是遇上急行軍，豈不得累趴在半路上？」

「青田先生，君子六藝，可不只是禮樂書數！」

……

林林總總，其中有些話隱隱還帶著一點酸溜溜的味道，但無論是善意的提醒，還是帶著幾分嫉妒的打趣，說過之後，都將彼此間的距離拉近了數分。

「應該的，應該的，某明天就去拜師學藝，絕不再做文弱書生！」

劉伯溫曾經在大元朝的官場混過不少年，當然知道如何應對這種情況，自我解嘲道，很快就跟眾人打成了一片。

接下來他做事情就容易許多了，憑著朱重九的全力支持和他自己嫻熟的待人接物手段，很快，就將與朱重九前往徐州，與脫脫在黃河上會面的事情安排得八九不離十。

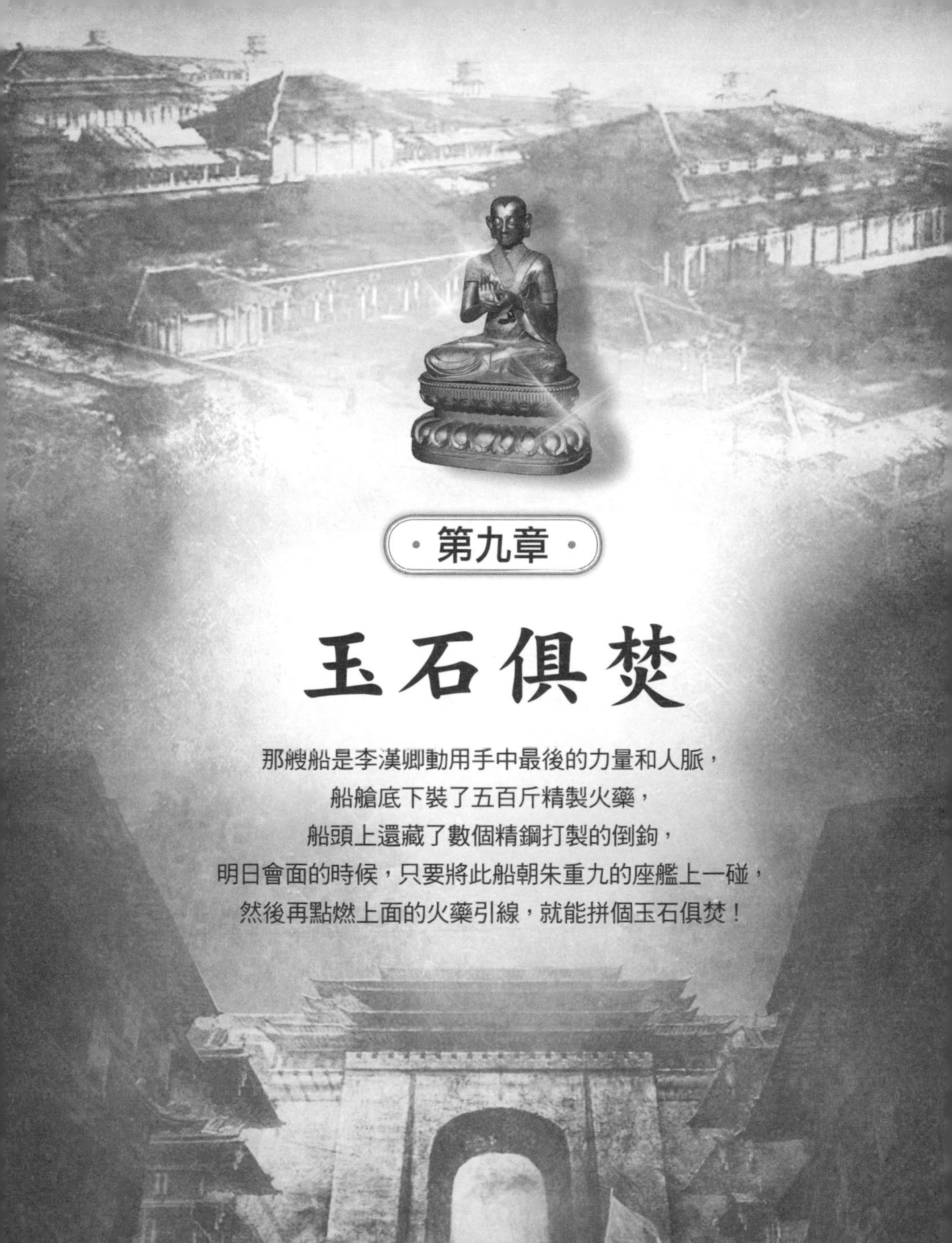

·第九章·

玉石俱焚

那艘船是李漢卿動用手中最後的力量和人脈，
船艙底下裝了五百斤精製火藥，
船頭上還藏了數個精鋼打製的倒鉤，
明日會面的時候，只要將此船朝朱重九的座艦上一碰，
然後再點燃上面的火藥引線，就能拼個玉石俱焚！

然而，令誰也沒想到的是，最後關頭卻突然橫生枝節。

原本內定要在會面當日擔任貼身侍衛的丁德興，接到命令後非但沒有絲毫感到榮幸，反而跟劉伯溫拍起了桌子：「啟稟參軍，此事恕難從命，那脫脫老賊不讓丁某看見則已，只要在丁某眼前出現，丁某必親手將其千刀萬剮！」

「黑丁，別胡鬧，劉參軍是奉大總管的命令而來！」

專門負責陪同劉伯溫四下安排人手的李喜喜見狀，趕緊在劉伯溫發怒之前大聲提醒道，一邊給丁德興使眼色，示意後者不要過於任性，沒等在淮安軍中站穩腳跟就得罪大總管身邊的臂膀。

然而丁德興卻根本不接受他的好心，冷著臉道：「就算是大總管親自點將，丁某也是這麼答覆。若是劉參軍覺得丁某有罪，儘管按照軍法處置好了，丁某絕不皺一下眉頭！」

「丁將軍言重了！」

第一次獨立執行一項任務就遇到了個硬坎兒，劉伯溫心中的感覺可想而知，但是，他卻不能直接拿著朱重九的佩刀去威逼對方，那樣的話，即便丁德興最後不得不屈服，也會顯得他這個參軍太沒本事，並且萬一關鍵時刻丁德興出工不出力，他可就要百死莫贖了。

「劉某只是聽祿長史推崇你的武藝，所以才想勞煩你暫且替主公做一次貼身護衛。」他和顏笑道：「如果丁將軍覺得劉某的安排不夠妥當，或者將軍自己最近公務繁忙脫不開身，儘管對劉某直說，劉某也好安排他人！」

一番話說得不帶半點疏漏，讓別人想挑刺都挑不出來。丁德興聞聽，心中的火頭頓時弱了許多，啞著嗓子道：

「參軍大人勿怪，丁某不是針對你，不知道哪個酸丁，居然給主公出了如此餿的主意，唆使主公去河面上見那脫脫！見什麼見?!那老匹夫一場大水，令我徐宿多少弟兄和百姓葬身魚腹？他如今落了勢，主公不派遣人手沿途取他狗命，已經是足夠寬容，憑什麼還要對他以禮相待？難道說，他脫脫是人，我徐宿那些慘死的軍民就全不是人麼？」

他最近幾天一直按照淮安軍的規矩在講武堂受訓，沒有參加當日的議事，所以不清楚極力促成朱重九去與脫脫會面的那個「酸丁」，此刻就站在他的面前，結果他罵是罵痛快了，卻把個李喜喜嚇得汗流浹背。

不同於丁德興，李喜喜可是知道是誰最先答應要跟脫脫會面的，細究起來，劉伯溫頂多是幫朱重九說服了眾人，真正該被丁德興罵個狗血噴頭的，恰恰是朱重九自己！

想到此節，李喜喜急得用力跺腳眨眼，「黑丁，你胡說些什麼？當時咱們跟脫脫是兩軍爭鋒，所有手段無不用其極！當年關老爺還曾經水淹七軍呢！我就不信他事先都讓百姓搬了家！」

然而，丁德興正在火頭上，根本沒心思理睬李喜喜的暗示，撇嘴冷笑道：

「從前是從前，現在是現在！從前關老爺那會兒可有什麼高郵之約？既然主公憑著高郵之約宰了張明鑑，憑什麼就放過脫脫？一樣是濫殺無辜，火燒揚州和水淹歸德府，其中有什麼分別？莫非就因為他脫脫是蒙古人，就非得網開一面麼？那我等有何必要推翻大元，繼續低著頭，做四等奴才便是！」

「你這廝知道不知道好歹？」李喜喜氣得兩眼冒火，大聲呵斥道。

這回，他可不是光著想替丁德興找臺階下了，剛才後者的那番話，已經直接指向了朱重九本人。擱在過去大元朝那邊，就是誹謗朝政，攻擊上官，最寬也是個流放千里的罪名。

「不知道，我就是不服！你把我拉到朱總管面前，我也照樣是這幾句話，不服就是不服！」丁德興梗起脖子，黑色的面孔因為憤怒而變成了紫裡透紅。

「行了，行了，是劉某唐突了！」到了這個時候，劉伯溫才明白問題出在什麼地方。平心而論，他先前還真沒覺得脫脫罪孽深重；相反，因為推脫脫在大元朝的遭遇令人心生同情，在他眼裡，脫脫的形象反而更加高大，隱隱能與平話裡的岳武穆相比肩。

此刻被丁德興劈頭蓋臉罵了一頓才恍然醒悟，原來在芝麻李和趙君用兩人的老部下眼裡，脫脫早已是不共戴天的寇仇，按照淮揚新政的標準，脫脫的罪行一點不比張明鑑那廝小，只要被淮安軍抓住，必然會處以極刑。

不過這種時候，他不能把責任全都推到朱重九身上。作為臣子，替主公背黑鍋，原就是他的分內之事；何況，朱重九只是說要兌現跟脫脫會面的承諾，可沒有說不追究後者水淹數百萬無辜的罪行。

所以不管心中有多少委屈，劉伯溫都盡力轉圜道：「李將軍別再勸了，丁將軍也暫且息了雷霆之怒，聽下官解釋幾句，若是下官解釋之後，丁將軍仍然覺得不妥當的話，下官自然會將你的意思原原本本轉達給主公，勸主公收回成命，別再去給脫脫長臉！」

「哼，狗咬呂洞賓！」李喜喜將頭側到一邊，懶得再看丁德興的臉色。

丁德興見劉伯溫彬彬有禮，也不好做得太過分，咬咬牙作揖道：「劉參軍儘管說，丁某洗耳恭聽，末將剛才那些話並不是針對你！」

「劉某省得！換了劉某與將軍易地而處，恐怕也要火冒三丈！」劉伯溫點點頭。「但是這其中肯定存在誤會，主公去見脫脫是一碼事，殺不殺脫脫又是另一碼事，兩者不能混為一談！」

「啊？」丁德興聽得微微皺眉，銅鈴大的眼裡充滿了困惑，「參軍能否解釋一二？丁某讀書少，性子急，請參軍大人勿怪！」

「有什麼可怪罪的？誰沒個脾氣？況且你我既然有幸為同僚，自然要互敬互助，哪有剛剛認識就立刻互相拆臺，互相告黑狀的道理！」

劉伯溫笑了笑，先給丁德興和李喜喜兩人吃了一粒定心丸，然後說道：「主公去山東之前，曾經跟脫脫有約在先，於黃河之上會面，共謀一醉，雖然當時主公是為了麻痺脫脫，給跨海奇襲創造戰機，脫脫本人也未必安著什麼好心，但畢竟答應過了，白紙黑字寫得清清楚楚！」

「那又怎樣？你自己都說主公當初是為了麻痺老賊了！」丁德興心裡隱隱湧起一抹不太妙的預感。

當初朱重九答應脫脫會面的事，他可是親眼目睹，並且很清楚，朱重九親自領著奇兵冒險跨海的最基本目的之一，就是為了取敵軍一員大將首級，告慰芝麻李的在天之靈。

事後朱重九也的確做到了，攻克膠州後，與王宣前後夾擊，把益王的兵馬打得潰不成軍，將大元朝有名有姓的管軍正副萬戶和四品以上的地方官員，陣前殺了二三十個，遠遠超過了當初於眾人面前的承諾。

這也是他後來死心塌地跟了朱重九的原因之一，出言必踐，一諾千金。哪怕芝麻李已經死去多日，哪怕趙君用等人早就翻不起什麼風浪，也絕不反悔。然而脫脫畢竟是寇仇，豈能享受自己人才有的待遇？

正鬱悶間，又聽劉伯溫繼續說道：「主公如今不失信於已經窮途末路的脫脫，則將來必然不會失信於天下，丁將軍氣度恢弘，其中意義，想必能夠明白。」

「你說的道理我都懂，但我就是看不得那脫脫不遭報應！」丁德興越聽心裡越不是滋味。

「一事歸一事！脫脫請求主公兌現承諾，主公自然不屑在會面之時命人將其拿下，但會面結束後，則前諾已了，那脫脫接下來無論往哪邊走，只要主公一聲令下，老賊即便肋生雙翼也在劫難逃！」劉伯溫娓娓道出。

「真的？」丁德興立刻轉怒為喜。

劉伯溫捋了捋頦下短鬚，含笑不語。

「那丁某就願意替大總管執戈！」丁德興雙手抱拳，長揖及地，「先前末將出言無狀，還請劉參軍不要怪罪，待回頭殺了脫脫狗賊，無論是打是罰，只要參軍提出來，末將都甘之如飴！」

「丁將軍說笑了，下官初來乍到，還請丁將軍多多看顧才是！」劉伯溫連忙還了個平揖，笑呵呵地回應。

二人原本也沒什麼矛盾，誤會一解，關係反而顯得親近數分。當即，丁德興從劉伯溫手裡接了將令，然後去做出發準備。

第二天一大早，與傅有德、陳德、馮國用的弟弟馮勝等人一道，登上朱重九的座艦，沿著運河朝徐州進發。

早春的風多少有些料峭，但沿著運河兩岸，卻已經露出了勃勃生機。復蘇的麥苗，像錦緞一般四下鋪將開去，無邊無際。零星的油菜花田，則成了點綴於錦緞上的刺繡，在朝陽下流光溢彩，絢麗奪目。

兩淮土地珍貴，所以田埂地頭也從不會空著，種滿了高高大人的桑樹。偶爾有採桑女提著籃子在樹影間穿過，引得無數田間勞作的漢子紛紛直腰眺望，或調笑幾句，或俚歌應答，聲音起起伏伏，餘韻繞梁。

去年臘月時剛剛結束的那場曠日持久的大戰，曾經給淮揚三地帶來過巨大的壓力，但也令三地的人心迅速凝聚成團。韃子來了，大夥將失去眼下所擁有的一切，重新成為朝不保夕的四等奴隸，這是所有市井百姓的共同認識；而士紳們雖然依舊懷念著日漸失去的特權，也意識到**朱屠戶只是讓大夥損失了點財產和面子，但蒙古朝廷卻是直接要命，兩相比較，該站在誰那邊，根本不用去想！**

所以至正十四年這個春天，是淮揚建政以來最安穩的一個春天。

暗中給大總管府添堵的士紳明顯地減少了，重新安頓下來，看到了生存希望的百姓則越來越多，而那些最早從新政中獲得了利益的工匠、學徒，小商小販，還有作坊主、淮揚商號的各級股東和雇員們則以更積極的態度，投入到各自的本職工作當中，更緊密的將自己的未來跟大總管府聯繫在一起，福禍與共。

當大夥兒的力氣不知不覺中朝著共同方向努力時，帶來的變化可謂日新月異，淮河東岸，大量的新式作坊幾乎以每兩三天一座的速度拔地而起，高聳入雲的水車則成了這些作坊最明顯的標誌。

新作坊的增多，自然需要更多的勞力，隨著一批接一批的勞力進入作坊，憑藉雙手養家糊口，令各級官府頭疼的災民數量也迅速減少。而隨著徐州、宿州等地的洪水退走，無主土地重新分配，一些留戀故園的百姓開始成群結隊返鄉。

他們在各級官府和退役傷兵的全力支持下，重新在大地撒下種子後，可以預見到夏糧入庫時，困擾淮揚各地兩年之久的缺糧問題將大大的緩解。

碌著。

除了少數跟淮安軍有著不共戴天之仇的傢伙，運河兩岸幾乎所有人都在忙

當朱重九的座艦與另外四艘擔任護衛的戰艦從運河上疾馳而過時，正在河岸勞碌的人都自動停下手中正在忙活的事，朝著戰艦躬身作揖；甚至還有一些膽子大的少年，沿著河畔奔跑著揮手大呼：

「大總管威武！大總管多福多壽，百戰百勝！」

「大總管威武！大總管多福多壽，百戰百勝！」有人帶頭，很快祝福聲就連成了片。

「大總管，大總管威武！大總管多福多壽，百戰百勝！」

「大總管，大總管威武！大總管多福多壽，百戰百勝！」

……

一波接一波的歡呼聲，穿透座艦上的雕花玻璃窗，傳進所有人的耳朵裡。

此刻，即便對新政最懷疑者，如參軍劉伯溫，聽到了這連綿不斷的歡呼聲，臉上都寫滿了興奮與自豪。

古語云，得民心者得天下，朱總管的未來究竟能走多遠，劉伯溫現在看不清楚，但至少在淮揚三地，朱總管的形象和他所推行的新政已經深入人心；如果他

能一直將這個勢頭保持下去，那至少在他有生之年，新政給華夏帶來的都不會是災難。至於朱總管之後會發生什麼，事到如今，劉伯溫已經不願意去推想了。

抱著這種想法，劉伯溫的心態徹底通達，為萬世開太平，那只是一種理想，非大聖大賢根本做不到。劉伯溫現在的目標不敢放那麼高，**他只想盡可能地輔佐朱重九，結束眼前這個亂世，讓黎民百姓得到喘息。**

也許朱重九一統天下後，所推行的新政會讓許多人，包括劉伯溫自己的親朋好友在內感到不太舒服，與古聖先賢們所推崇的五代之治也背道而馳，但它畢竟也是一種秩序，總好過沒完沒了的持續混亂。

所以此番輔佐朱重九去會見脫脫，劉伯溫心中暗暗發狠，要給淮安軍，給自家主公賺取最大的利益。

朱重九是他見過所有群雄當中，到目前為止最有希望重整江山的那個。劉伯溫相信在自己的全力輔佐下，將加快江山重整的過程。

至於這樣對脫脫和其他人是否公平，誰在乎？兩軍相爭，無所不用其極，敵人輸得越是慘重，自己這邊的勝利才越輝煌！

春風得意濤聲急，帆影如翼入雲霄。只用了一天一夜功夫，淮揚三地就被甩在身後。艦隊從淮安城下進入黃河，然後逆流而上，朝行夜泊。又走了三天半多一點，便靠上了徐州北面的碼頭。

與先前經過的高郵、淮安兩地相比，徐州城完全屬於另外一個世界。才下午申時光景，城北靠近黃河的地段已經很難再看到人影。

剛剛返家的農夫們，都本能地將自家的開荒點遠離河岸，甚至連城西城東原本最貴的郊區地段也鮮有人問津，一直到城南四五里處，土地上才重新出現了開墾痕跡。

由於城市剛剛恢復秩序，根本沒有什麼特色產出，過往船隻也很少在城北的黃河碼頭上停留，直接進入運河，繼續全速向北。

趁著脫脫剛剛戰敗沒多久，蒙元的地方官吏還沒勇氣在靠近徐州的位置上設鼇卡的時候，能多跑幾趟就多跑幾趟，否則，等朝廷和地方官史們緩過這口氣來，就沒什麼便宜可占了。

朝廷那邊可不像淮揚，只統一收一次稅，過一道鼇卡拔一次毛，如果沒有大靠山在頭頂上罩著，恐怕三四道鼇卡通過之後，船上的貨物已經毫無利潤可言。

唯一看起來還有些人間煙火氣的，只是在城牆附近。由於舊城牆曾經被洪水泡過的緣故，很多地方已經搖搖欲墜，淮安軍接手後，不得不用水泥、磚石將其休整加固，所以為了一家老小換取食物的民夫，只在腰間圍一片早就看不出顏色的葛布，就搖搖晃晃地挑起了擔子。

早春的微風從河面上吹來，吹在他們清晰可見的肋條骨上，令他們的步履愈發地艱難。彷彿隨時都可能倒下去，長睡不起。即使勸阻他們離開，也沒有人願意放下擔子，相反，他們卻更賣力的幹起活來，唯恐自己被當作「廢物」淘汰掉。

「狗日的脫脫！」丁德興一拳砸在船舷上，渾身顫抖。再看傅友德，原本紅潤的面孔早已變成了灰白色，手掌緊緊握住腰間的佩刀，手背上青筋暴起。

「丁將軍暫且忍耐，待了結掉主公當日之諾，劉某必幫你將老賊碎屍萬段！」緊跟在二人身後的劉伯溫怕丁德興一怒之下莽撞行事，趕緊勸慰。

話音未落，傅友德已經直挺挺地跪了下去，「多謝劉參軍，若能殺得了脫脫，傅某今後必粉身以報！」

「傅將軍，趕緊起來！」沒想到寡言少語的傅友德竟鬧如此一齣，劉伯溫嚇了一大跳，慌忙彎下腰去拉扶著說：「都是劉某分內之事，即便你不說此話，為了主公將來計，劉某也要想方設法除了他！」

「對參軍來說是分內之事，對傅某來說卻是不共戴天之仇！」傅有德又拜了拜，才緩緩站起。

淮安軍內廢除跪拜禮已久，所以他的舉動看上去著實有些怪異，惹得周圍軍士紛紛回頭，劉伯溫被看得額角見汗。

正尷尬時，朱重九從艦艙探出頭來，好奇地問：「伯溫，你們三個幹什麼呢？好端端的別堵在那裡，小心被人撞了落下水去！」

劉伯溫解釋道：「啟稟主公，我等在說脫脫當年的手段太過，令好端端的徐州破敗成如此模樣！」

「指望外來征服者拿你當人看，哪那麼容易！」朱重九對此倒是看得很清楚，一語道破了其中關鍵。

並不是他有多睿智，而是另一個時空的記憶裡，類似的事情看得太多而已。想當年西班牙人征服中南美，直接屠殺的印第安人就有兩千三百多萬；英國人抵達北美後，居然高價收購印第安人的頭皮，連婦女兒童都明碼標價。

這些殺人惡魔大多數都是虔誠的教徒，平素念頌經文時滿臉慈悲，轉過頭來，卻瞬間就變成了兇神惡煞。道理很簡單，在他們眼裡，自己的族人才是人，而被征服者，根本沒被視為同類！在脫脫眼中的徐宿軍民，恐怕也是一樣，所以殺戮起來不會有任何心理負擔。

「走了，河上風大，小心著了涼！」朱重九卻不知道自己隨便一句話，竟在劉伯溫心裡掀起滔天巨浪，笑著揮揮胳膊催促道。

「微臣多謝主公提醒！」劉基清醒過來，向朱重九遙遙地做了個長揖。

「走了，咱們趕緊進城去，還有許多事需要跟你商量！」朱重九揮了揮胳膊，三步兩步下了舷梯，跳上棧橋，被一群親衛簇擁著，直奔城門而去。

劉基，傅友德、丁德興則緊緊追隨於後，眾人在徐州城內重新修葺過的府衙裡休息了幾天，順帶處理一些公務。

到了第八天上午，終於接到軍情處的細作密報，脫脫已經在任城上了小船，正星夜兼程朝著黃河與運河交匯處趕來。

第八天下午，船幫三當家常三石也來到徐州，見了朱重九，寒暄幾句後，不忘提醒道：「大總管最好小心些，那個脫脫和他手下的李四，都是少見的陰狠之人，此番前來會面，未必不存著拼個玉石俱焚的心思。他們兩個死了，對朝廷來說沒有任何損失，可大總管若是受到半點傷害，對眼下的淮揚，對我船幫，恐怕都是一場大災！」

「多謝常幫主！」儘管彼此間已經有了隔閡，朱重九依舊對這位江湖大豪十分感激：「我這邊備下了五條戰艦，即便蒙元水師殺到，也能周旋一二，不信那脫脫還有什麼翻江倒海的本事！」

「論實力肯定是你比較強，但凡事還是小心為上！」聽朱重九說得豪氣，常三石提醒道：「我原想借著給他們提供船隻的機會，跟著一起過來，這樣，萬一發現什麼不對，還能及時補救一二；誰料那李四不知道從哪弄到了一艘輕舟，並且勾結任城官府，出動兵馬將船幫的幾處分舵都給圍了起來。所以我沒辦法上他的船，只能偷偷跑來，先給你送個消息！」

「能有這些消息，已經是對朱某最大的幫助！」朱重九拱了下手，「貴幫為淮揚所做的一切，朱某已經命人記錄在案，他日尋到機會，定會有所回報！」

船幫上下最迫切需要的東西，就是**承諾**，因此常三石聽了，後退半步，向朱重九鄭重施禮道：「船幫上下多謝朱總管厚愛，這次實在是被逼無奈，畢竟我船幫子弟全靠這條運河謀生，即便恨不得大元朝立刻倒臺，卻沒勇氣將官府得罪得太狠！」

「常幫主見外了！這些事何必解釋？」朱重九擺擺手，「誰家過日子沒自己的難處？若是為了保護朱某，讓你船幫上下失了活路，那才是短視行為，非但會令朱某心中不安，今後再想找人幫忙探聽蒙元那邊的消息，恐怕也沒有如此合適的夥伴了！」

兩世為人，他早就學會了**不把任何幫助當做別人應盡的義務**，對淮安軍來講，船幫是一個非常好的合作夥伴，雙方誰都不欠誰，更不可能為了成全一方，無條件的讓另外一方犧牲到底。

這種在彼此間實力差別已經天上地下，卻依舊平等相待的態度，令常三石愈發的感動，當年自己為什麼忽然間失去了輔佐朱都督的心思呢？

想到這兒，常三石嘆了口氣，然後猛的一拍自己的腦袋，道：「不見外，不見外，是常某糊塗了，將朱總管當成了那一般人。常某今天來，還有一件事想請朱總管成全，只是不知道該不該現在就提出來？」

「什麼事，常幫主直說無妨！」朱重九爽快地道。

記憶中，自打相交以來，大部分都是這位常幫主不遺餘力地替淮安軍做事，淮安軍給予的回報卻是少之又少，所以對方好不容易開一次口，他自然沒有拒絕的理由。

常三石聞聽，臉上表情卻愈發地不自然，期期艾艾了好一會兒，才把心一橫，道：「都督可否記得當初常某曾經推薦自家一個晚輩前來效力的事？」

「當然記得！」朱重九哈哈大笑，「要說這事，老常你可不夠厚道，我等了一年又一年，你那個晚輩卻始終未見蹤影！」

聞聽此言，常三石臉色更形複雜，低下頭去，「都督恕罪。那個晚輩性喜四處遊蕩，常某找了他很久才找到，但是他已經輔佐了別人，所以就一直拖延至今！」

「噢，那也是一件好事！」朱重九不無遺憾地道。

「常某那個晚輩是直心腸，看準了一條路，就閉著眼睛走到黑！所以常某才想請求都督，將來若是他有冒犯之處，還請都督務必放他一條生路！」常三石紅著臉道。

「老常，這事可不太容易，兩軍陣前，刀劍無眼，我可不敢保證他毫髮無傷，要是不小心被我淮安軍抓了，倒是可以商量！」朱重九為難地說：「他到底是在為誰效力？怎麼聽起來好像肯定會跟朱某起衝突一般！」

「朱六十四！」常三石聲音聽起來愈發心虛。「他原本跟著劉聚將軍一道占山為王的，後來劉聚將軍受了趙總管的招攬投了徐州，他卻不看好趙總管，便離開劉聚，四下周遊，也不知道怎麼回事就到了和州！」

「原來是朱重八的手下！」朱重九聽得心微微一顫，臉上的表情變得凝重。

朱重八派人偷取火炮製造工藝的事，令兩軍間的裂痕擺在了明面上；而自打攻取了安慶路後，朱重八影響力越來越大，實力越來越強，已是不爭的事實。其所奉行的政令，又處處打著復唐宋舊制的旗號，隱隱有跟淮揚分庭抗禮的姿態，並且得到許多士大夫的爭相推崇，照目前這種形勢發展下去，雙方早晚必有一戰。

想到此節，朱重九又是一顫，**自己最後終究還是要跟朱元璋兵戎相見**。據軍情處細作彙報，張士誠最近兵不血刃拿下杭州後，也準備自立為王，徹底與淮揚一拍兩散。如果自己想擁有一個穩定的後方，恐怕下一步的用兵方向就是江南，到那時，估計妥歡帖木兒做夢都會笑醒。

「那朱六十四乃忘恩負義之輩，必定難成大業。」看到朱重九的臉色越來越難看，常三石還以為他是在為自己的晚輩投靠了別人而生氣，趕緊又做了個揖，「待都督騰出手來，隨便派一廂兵馬就能將其碾成齏粉，常某那個晚輩不知順逆，若是死在戰場上則一了百了，若是有幸為都督所擒，還請都督……」

「好了，這件事我記下了！」朱重九實在沒有心情管一名敵將的死活，揮了揮手，意興闌珊地道：「你那個晚輩叫什麼名字，回頭我讓黑丁寫在紙上，免得到時候忘了！」

「謝都督！」常三石喜出望外，再度深深俯首，「他叫**常遇春，字伯仁！眼下在朱六十四那些擔任左軍先鋒之職！**」

「什麼?!」朱重九一個趔趄，差點沒一頭栽倒。

自己這三年來想盡一切辦法招賢，目前為止，能在另一個時空歷史中排得上號的文臣武將也沒招攬到幾個，而朱重八躲在和州不聲不響，卻讓常遇春這種絕世勇將主動投懷送抱！**這運氣讓人真的開始懷疑冥冥中是否有天命存在?!**

「他叫常遇春，都督莫非聽說過他？」常三石被朱重九的模樣嚇了一跳。

「劉聚將軍目前已經到了朱某帳下！」朱重九笑了笑，「所以朱某也知道常遇春的大名，卻不知道他就是你曾經跟朱某提起的那個晚輩！」

他順口敷衍道，心中卻很清楚這是自己的一廂情願。徐達不識字，胡大海文武雙全，朱元璋非但長得一表人才，勇武也不在鄧愈、湯和之下……這賊老天，打從自己接受了朱大鵬的靈魂之日起，就一直在不停地折騰，這次也不過是它的新花樣而已。

然而**我命由我不由天**。**常遇春歸了朱元璋怎樣？張士誠坐擁吳越又怎樣？**憑著已經漸漸成型的淮安鐵軍和自己腦袋裡多出來的那六百餘年知識積累，自己未必不能與天下豪傑放手一搏，**哪怕老天爺已經寫好了劇本，自己照樣要給他改過來！**

這一刻，他的心竟是無比的堅定！

人的心思總是在變化的，朱重九自己就是最好的明證，想當初，他的志願不過是在亂世中活下去，而現在，則直接**面對冥冥中不可預知的天意，無論老天到底給別人開多少金手指，自己也要努力笑到最後，無所畏懼。**

對朱重九身邊的文武來說，自家主公身上的這些變化非常不明顯，甚至很難察覺得到，但對常三石這個一年也見不到朱重九幾次的外人而言，卻是實實在在的脫胎換骨。

「若是當初在找伯仁時多花些心思……」越是對朱重九刮目相看，常三石越是惋惜常遇春明珠暗投，否則以他的本事，將來的成就又豈會在徐達和胡大海二人之下？萬一日後兩朱交惡，起步足足晚了一整年的朱重八怎麼可能是朱重九的對手？其結局大概就是部眾喪盡，然後不知所蹤吧！

到了那時候，作為朱重八的心腹愛將，常遇春又豈能獨善其身？雖然朱重九今天很痛快的答應不會傷害他，但他知道侄兒性情耿直如劍，若是真的吃了敗仗，寧可戰死沙場，也不會放下武器去當對方的俘虜。

想到這兒，他不自然地笑了笑道：「我那晚輩實在福薄，才錯過了為大總管效力之機，此事我船幫的幫主和長老們每每提起都甚為遺憾，所以……此番南來之前，我家幫主和幾位長老委託常某給大總管帶句話，如果帳下還缺水手，他們想把自家的子侄送過來任憑驅策。」

這是明顯的想追加投資了，朱重九當然沒有拒絕的道理，因此點點頭道：「常幫主這是什麼話！船幫子弟個個水上本領非凡，他們願意來為朱某效力，朱某求之不得，怎麼可能嫌多?!」

「那常某就先替大夥謝過大總管了！」常三石再度朝朱重九施禮，「常某回去之後，就立刻把他們送過來，同來的還會有五百船工，都是以前造過大漕船的，雖然不懂得怎麼造戰艦，但學起來，應該比普通木匠強一些！」

「多謝幾位幫主高義！今日之恩，朱某沒齒難忘！」朱重九高興地謝道。

按照他的計畫，在成功穩定住原本屬於芝麻李和趙君用兩人的地盤後，淮揚大總管府的下一步動作，就是染指海上貿易，開闢從膠州灣到日本和到南洋的黃金航路。

這個目標的實現過程中，肯定充滿血腥，非但很難得到方國珍和沈萬三兩人的全力支持，遠在泉州，曾經欠下華夏大筆血債的蒲家，更是不會甘心海上在出現一個分羹者，所以在進行海貿的同時，一支可在大海中作戰的艦隊必然要相伴始終，而造船的工匠，操船的好手，則是打造一支艦隊的重要條件，缺一不可。

「大總管客氣了，還望大總管莫嫌船幫弟子魯鈍才好！」常三石自謙地說，接著便向朱重九說起最近蒙元那邊的動向來。

雖然比起軍情處，船幫掌握的消息在品質上差了好一截，但船幫在運河多年，樹大根深，消息管道眾多，所以在情報的廣度上比軍情處強了許多，朱重九邊聽邊和軍情處提供的內容做對照，彌補了許多疏漏。

時間在忙碌中過得飛快，轉眼就到了第二天下午，脫脫麾下的心腹龔伯遂親自前來下書，請朱總管明天巳時在徐州城正北的黃河水面上相見。

「你回去告訴脫脫，明天上午，朱某準時赴會！」朱重九看完脫脫的親筆信，淡然道。

龔伯遂在來之前，曾經設想種種可能，甚至在口袋裡藏了毒藥，準備萬一被朱屠戶扣下，就果斷服毒自盡，以全忠臣名節，誰料朱重九絲毫沒有難為他，甚至連多看他一眼的興趣都沒有，當即朝朱重九拱手道：

「今奉丞相之命前來投書，還請大總管能回一封親筆信，一則龔某回去之後，好跟我家丞相能有個交代憑據；二來日後此事傳揚出去，也不會讓人覺得大總管輕慢，無端壞了名頭！」

「不就是見個面麼？需要這麼麻煩？」朱重九皺了皺眉，隨手抓起一支自己讓大匠院開發出來的蘸水鋼筆，碎念道：「難道本總管閒得沒事幹，才從揚州大老遠地跑到徐州來閒逛？也罷，既然你說了，我就留個憑據便是！」說完，將脫脫的親筆信背面批了四個大字：

「不見不散！」

「你……」龔伯遂氣得臉色煞白，渾身戰慄，「你如此慢待豪傑，不怕天下人恥笑麼？」

「他們為什麼要恥笑我？」朱重九將回信朝龔伯遂懷裡一丟，反問道：「朱某是慢待了哪個豪傑？你為虎作倀的東西算個什麼狗屁豪傑？你儘管拿這四個字回去覆命，脫脫如果不高興，明日儘管別上船就是，又何用你來跟朱某吱吱歪歪？」話說出口時，有股浩然之氣凜然而生。

受朱大鵬的思維影響，他對英雄豪傑的定義，與這個時代大多數人都不一樣，在他眼裡，**所謂英雄豪傑，乃是為了為了國家民族，為了父老鄉親，為了自己的家人和朋友不受欺凌而努力奮鬥的人**，而不是什麼土匪頭子，或者朝廷高官，更不會是龔伯遂這種，明明已經被異族入侵者棄如敝履，卻也要為虎作倀的帶路黨。對於後者，他的鄙夷甚至超過了對入侵者自身！

龔伯遂被對方龐大的氣勢逼得接連後退，語無倫次地道：「你，你這是……」

「黑丁，送客！」朱重九沒功夫跟一個甘願做奴才的傢伙瞎浪費口水，擺了擺手。

「滾吧，有話讓脫脫親自來跟我家總管說，你一個家奴瞎操什麼心！」

比起朱重九這個半穿越客，丁德興、傅友德和馮國勝三個，民族主義情結更為嚴重，見自家主公三兩句話就打得龔伯遂潰不成軍，心中比夏天喝了冰水還要暢快，走上前，架起龔伯遂的胳膊，像拖死狗一樣拖了出去。狠狠朝門外一丟。

「砰！」龔伯遂被摔了個七暈八素，趴在地上喘息了好一會兒才爬起來，將脫脫的親筆信小心地收好，在淮安軍的監視下，踉踉蹌蹌地走出了徐州城。

一路上都魂不守舍，直到雙腳踏上黃河北岸的土地，見到了在此等候自己的脫脫、沙喇班和李漢卿等人，才終於緩過幾分心神，「噗通」一身跪在地上，從懷中拿出朱重九「批閱」的書信，捧過頭頂，放聲大哭，「丞相……」

「怎麼回事？」

脫脫接過自己的信，翻了翻，然後轉給李漢卿，伸手將龔伯遂拉了起來，「那朱屠戶折辱你麼？還是他又反悔不敢來了？以他過去的所作所為，想必應該不會如此膽小？」

「丞相，屬下無能……嗚嗚……」

龔伯遂邊哭邊斷斷續續地向脫脫報告了整個出使過程，雖然不至於添太多的油醋，卻將朱重九驕橫跋扈的形象刻畫得「生動」了十倍不止。

脫脫此刻正處於人生的最低谷，弟弟被賜毒酒自殺，兩個兒子發配地方，心情原本就非常疲憊，再聽了龔伯遂搬弄是非的話，一口老血立時從嘴裡噴出，含恨道：「大膽狂徒，老夫與你不共戴天！」

「啊……」站在脫脫對面的龔伯遂躲避不及，被噴了個滿臉，驚道：「快來人啊，丞相吐血了！」

李漢卿和沙喇班趕緊衝過來抱住脫脫，捶胸的捶胸，拍後背的拍後背，費了九牛二虎之力才讓後者緩過一口氣來。

「虧老夫還拿他當個豪傑，他居然如此折辱老夫！他……」脫脫咬著猩紅色的牙齒，忿忿地道。

自己之所以落到今天這種地步，完全是由於那朱屠戶不肯安心地做一個普通百姓所致，他都不計較個人恩怨了，就想在死前看看他到底是何等人物，他居然如此不知好歹，居然……

「姓朱的罪該萬死！丞相別跟他生氣，先養好了身體，再慢慢圖謀他！」

「丞相勿急，末將早晚為丞相報此大仇！」見到脫脫半死不活的模樣，龔伯遂、沙喇班慌了神，忙不迭地安慰道。

「丞相勿怒，明日會面時，便讓那朱重九粉身碎骨！」唯一始終保持清醒頭腦的，只有李漢卿。扶起脫脫，指著不遠處的一艘快船道。

「嗚呼——！」脫脫吐了口氣，慢慢恢復冷靜。

那艘船是李漢卿動用手中最後的力量和人脈，船艙底下裝了五百斤精製火藥，船頭上還用高粱秸稈藏了數個精鋼打製的倒鉤，明日會面的時候，只要將此船朝朱重九的座艦上一碰，然後再點燃上面的火藥引線，就能拼個玉石俱焚！

「下官再去檢視一遍，明日必為丞相報此大仇！」龔伯遂咬牙切齒地說。

此番南下，他們幾個都懷了必死之心，只要朱重九敢來赴約，等著他的就是跟大夥一起粉身碎骨的下場，到那時，再大的冤仇都煙消雲散了，更何況區區幾句口頭上的折辱。

「去吧！沙喇班，老四，你們兩個扶著老夫一起去，務必做到萬無一失！」

想到明日就能為朝廷除掉心腹之患，脫脫精神振奮許多，那是自己為大元，為妥歡帖木兒陛下做的最後一件事，務必要做到萬無一失，而於千載之後，無論換了哪朝哪代，史書上寫起脫脫帖木兒來，都將是一個忍辱負重，忠義無雙的諍臣形象，相比之下，朱屠戶將永遠是個有勇無謀的跳梁小丑！

「是！」李漢卿、沙喇班含淚回應，架著脫脫的胳膊，踉蹌著走向停在河畔的快船。

四個人又忙碌了小半個時辰，反覆確認了所有點火、引火和爆炸物品，一切準備就緒之後，才各自在客艙裡找了個床鋪躺在上面休息。

這天晚上，誰也提不起吃飯的興趣，睡覺也是半夢半醒。第二天早晨起來，個個都頂著兩個黑眼圈，匆匆找了些肉乾、乳酪等物，對付了人生中的最後一頓飯。然後便坐在船艙裡發呆，抬頭看看時間差不多了，這才命令高價雇傭來的六名死士，扯起竹帆，緩緩朝黃河中央駛去。

朱重九的座艦也扯起風帆，從南岸迎了過來，看上去無比龐大笨重，行動遲緩。

「靠過去，全速靠過去！」李漢卿跳到船尾控制船舵，將倒鉤的船頭穩穩對準目標。

眼看著距離朱重九的座艦只剩下最後兩三百步，所有人的心臟都抽緊了。

猛然間，半空中忽然響起一連串霹靂，隨即數道巨大的水柱在快船的正前方跳起，將李漢卿等人晃得一個個全都跌坐在了甲板上。

還沒等李漢卿等人弄清楚是怎麼一回事，四艘由大食縱帆船改裝而來的淮安戰船切著水波，插在朱重九的座舟和脫脫的快船中間，船舷處，一個個黑洞洞的炮口清晰可見。

「是淮安水師，朱屠戶反悔了，派了水師來截殺丞相！」龔伯遂扯開嗓子，大聲尖叫起來。

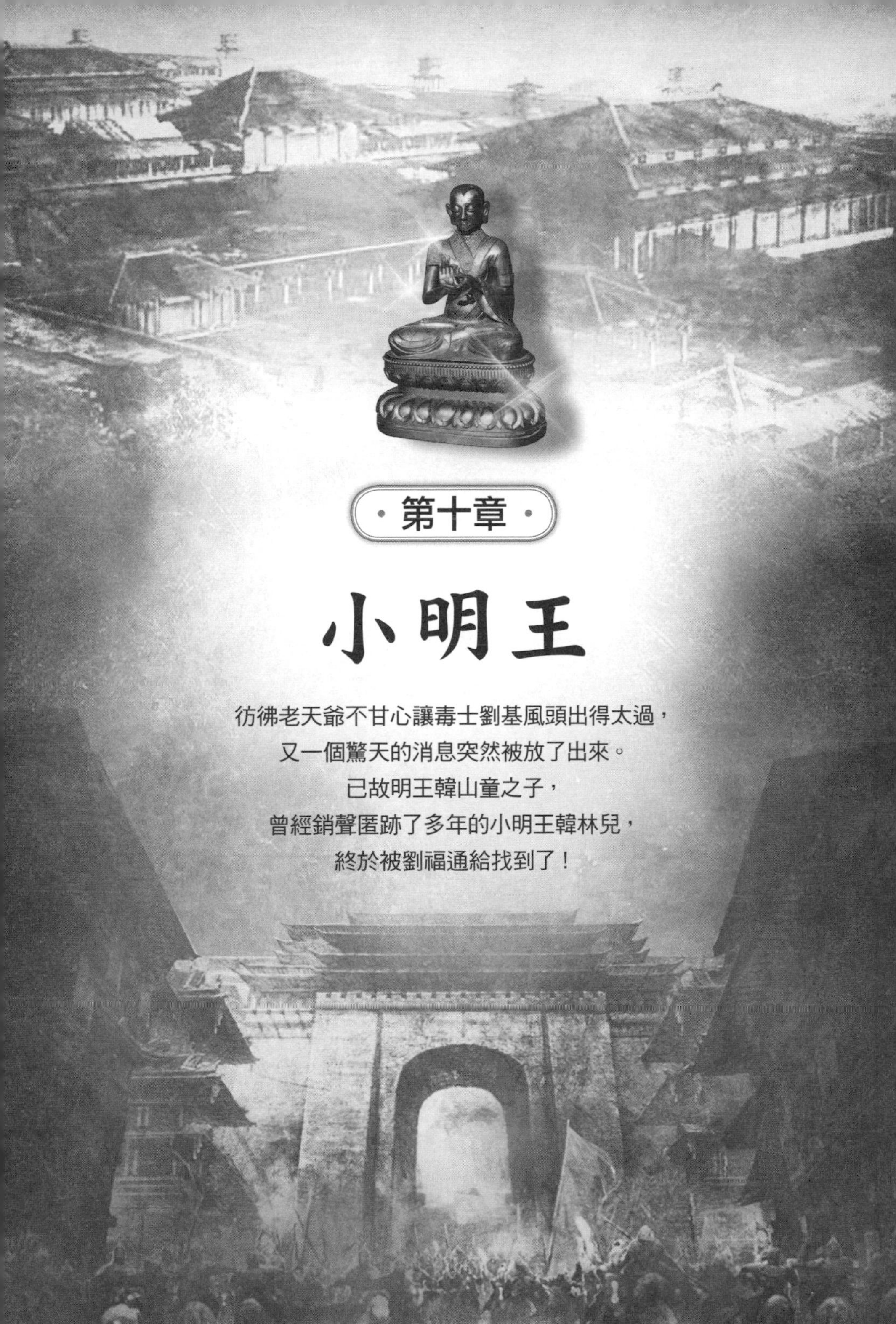

第十章

小明王

彷彿老天爺不甘心讓毒士劉基風頭出得太過，
又一個驚天的消息突然被放了出來。
已故明王韓山童之子，
曾經銷聲匿跡了多年的小明王韓林兒，
終於被劉福通給找到了！

「該死！」沙喇班將握在掌心的火摺子重重地摔在甲板上。

來不及跟朱重九拼命了，對方早就有所防備。那四艘戰艦上，雖然每艘的單側只裝了五門火炮，並且每艘船上的火炮只能依照順序點火發射。但以往的作戰經驗卻清晰地告訴他，腳下的快船根本衝不破二十門火炮編織的死亡之網，只要有一顆命中，就能引起船上火藥的引爆，「轟隆」一聲，讓脫脫大人還沒達成最後心願前，就直接炸得粉身碎骨。

「先停船，看朱屠戶怎麼說！」事到如今，繼續往前硬闖的話，除了讓對方的炮手練習一下準頭之外，不具任何意義，是以李漢卿只能咬著牙下令，讓死士們暫且將船停下來，等待新的機會。

正束手無策間，忽然看到擋在正前方的艦隊緩緩向東西兩側拉開。從正中央放過一葉扁舟來。扁舟上，有一名長衫文士負手而立，袍子下擺被河風吹得飄飄蕩蕩，傲然絕塵。

「對面可是脫脫帖木兒，在下劉基劉伯溫，奉我家主公之命，前來接你過船相見。」眼看扁舟就要與快船相接，長衫文士從背後拿出一個鐵皮喇叭，舉在嘴邊大聲叫道。

「豈有此理！」李漢卿怒不可遏，斥責道：「我家丞相滿懷誠意而來，你准揚卻一而再再而三地故意怠慢，士可殺不可辱，我等就此告辭！」說罷，向脫脫等人使了個眼色，逕自走向船尾去操舵轉頭。

既然輕舟無法靠近朱重九的座艦，玉石俱焚的計畫顯然不可能實現了，不如尋個藉口退回北岸，然後找機會從頭再來。

他的反應不可謂不迅速，偏偏遇上的對手是劉伯溫，後者根本不做絲毫遲疑，立刻大笑著說：「哈哈，李侍郎好大的脾氣！你家丞相修書相約，我家主公就不遠千里從揚州迎到了徐州，並且唯恐你家丞相在途中為宵小所害，特地調了戰艦前來護送，如果這樣也叫怠慢的話，劉某真的不知道我家主公究竟要怎樣做才足見赤誠了！」

「既是赤誠，為何又不將座艦靠近了接洽，反而單獨派你駕船前來迎接？」李漢卿交涉道。

想靠近朱重九不容易，如果能逼得他現身，哪怕是將座艦駛到劉基目前所在的位置，腳下快船也能衝過去。

只可惜劉基不上當，微微一笑，「我家主公座艦太大，你家丞相的輕舟太小，萬一不慎相撞，你想想會是什麼結果？即便雙方操舵者都有把握，但隔著船隻敘話，以兩船目前的高度又是何等的尷尬？」

「嗯哼！」李漢卿被問得兩眼冒火，喉嚨處比塞了塊軟鉛還要難受。

很顯然對方是在為其無禮行為找藉口，偏偏這藉口讓他根本無法反駁，朱屠戶的座艦是由一艘福船改造而成，載重至少是兩千石以上，光高出水面的艙室就分了上下兩層，並且下面那層甲板距離河面足足有一丈半，看起來宛若一座移動的水上城池。

而自己這邊的快舟，載重卻只有區區一百多石模樣，甲板距離水面頂多只有五尺來高，若是迎頭與朱重九的座艦相撞，恐怕幾個呼吸之內就被壓成一堆碎片了，若是雙方並排而行，隔著船舷說話，朱重九絕對是居高臨下，脫脫丞相卻要仰人鼻息！

眼看著李漢卿三兩句話就被駁得啞口無言，沙喇班不甘心的跳出船艙，與他以二戰一，「那也不能隨便派個人來，就讓我家丞相跟著你們走，我家丞相又不是大總管手下敗將！」

「沙將軍此言大謬！首先劉某乃大總管帳下典兵參軍，並非隨便一個人！」劉伯溫看了他一眼，笑呵呵地拱手，「其次，丞相乃前丞相，如今是從六品千戶，官職仍在劉某之下；第三，丞相去年興兵三十萬南下，最後回去的恐怕還不到十萬，又將山東兩道送於我淮安軍之手……」

沒等他把話說完，沙喇班的臉已經憋成了青黑色，跳起來，張牙舞爪，「住口！那是益王和雪雪等人無能，拖累了丞相；是朝廷昏庸，臨陣換將！我家丞相與你家總管交戰十數次，未嘗一敗！」

「莫非丞相不是大元朝的丞相？」劉伯溫輕飄飄一句話，就打得他眼冒金星，「身為大元丞相，既不能內肅朝綱，又不能外禦強敵，甚至連手底下的將領都約束不了，任憑他與我軍暗通款曲！又有何臉面聲言未敗？好在你那邊的朝廷決心下得早，若是再晚些時日，恐怕連最後那十萬兵馬都難以保住。」

「你……」沙喇班的腰像大蝦一樣折了下去，手扶膝蓋，喘息不止。

內心深處，他一直認為脫脫去年並沒有吃敗仗，至少在局部戰鬥中，逼得朱屠戶疲於應付。若不是朝中有奸佞進讒，說不定最後的勝利應該屬於自己這邊。然而，今天被劉伯溫當面逐一駁斥，他才發現自己先前所堅信的那些未必可靠。從整體上而言，大元朝已經敗了，脫脫根本就是獨木難支。

「丞相隻身一人上了大總管的船，誰能保證其平安回來？」見沙喇班也啞了火，龔伯遂不得不硬著頭皮走上甲板，給己方尋找退卻的藉口。

「呵呵！」劉伯溫撇著嘴搖頭，「丞相莫非只是葉公好龍乎？還是心中別有所圖？要知道，我家主公自出道以來，連手握重兵的敵將都沒有亂殺過一個，而丞相，一場大水淹死無辜何止百萬，我家主公又憑什麼相信丞相對他毫無惡意？」

什麼話最犀利？實話當屬第一，因為不帶任何破綻，令人想要反駁都無從下口，今天劉基無疑將實話實說的威力發揮到了極致。

朱重九不是白癡，他手下的那些謀士，也沒有一個是傻子！李漢卿等人的種種謀劃，只能說是過於看輕了他，或者說過於高看了自己。

龔伯遂被問得啞口無言，手扶著艙門，搖搖欲倒。偷偷趕赴尾舵的李漢卿則如遭雷擊，腳步踉蹌，像酒鬼一般難以在甲板上站穩身形。

倒是脫脫，最初就沒指望李漢卿的辦法能奏效，所以發現自己最後的圖謀落空了，倒沒有被擊垮，從船艙中鑽了出來，向劉伯溫遙遙施禮，「久聞江浙劉提學大名，今日得見，果然是後生可畏。在下乃脫脫帖木兒，讓劉提舉久等了！」

「不敢當！」劉伯溫將鐵皮喇叭放下，以平輩之禮還了個輕揖，「儒學副提舉之職已經是陳年舊事，如今劉某人在淮揚大總管帳下出任典兵參軍，丞相如果覺得直呼名姓不妥，叫某一聲劉參軍即可！」

「劉參軍好一張利口！」脫脫刻意設下一個小陷阱，卻被對方隨手就給破了，臉色微紅道：「我大元待汝不薄，汝因何棄朝廷之提學，趨淮揚之參軍？莫非汝真的就認定了朱總管將來必會一躍衝霄麼？」

這番話，至少**又設下了兩個陷阱**，其一是譏笑劉伯溫忘恩負義；其二，則是嘲諷他功利心太重，是為了將來封妻蔭子，才抱上了朱某人的大腿，其實內心深處對淮安軍沒有半點忠誠。

「非也！丞相只知其一不知其二！」好個劉伯溫，幾乎在脫脫話音落下的同時，就果斷做出了回應，「名標凌煙，何人不願？有大好機會在前，劉某自然不能免俗！然而劉某棄朝廷之提學，卻不是嫌棄朝廷給的官小，而是朝廷眼看著方谷子盤踞海上，殺人越貨，卻依舊要授之以顯職。劉某不能親手刃之，卻可以管得了自己，不與害民之賊為伍！」

「至於劉某後來為何又投奔了我家主公，第一，當然是看好我家主公的前程，這毋庸置疑！」劉伯溫深深地看了脫脫一眼，壓住此人趁機挑撥的企圖，「第二，方谷子當年殺人，不過是幾百幾千，而丞相殺人，卻是十萬百萬，所以劉某發誓，此生要替那百萬無辜討還公道！」

「嗯！」脫脫憋得面紅耳赤，卻不肯輕易認輸，咬了咬自己的舌頭，大聲冷笑，「說得好，某殺人百萬，罪大惡極，然自古赫赫之將，哪個腳下不是白骨盈野？用水傷敵者，非從脫脫始；殃及無辜者，也遠非脫脫一個，若如你所說，人人得而殺之，那些領兵打仗的將領，豈不全都該死無葬身之所？」

若是沒有跟丁德興、傅有德等人打交道的經歷，說不定劉伯溫真的會被脫脫給問住，因為先前在他眼裡，也只有那些高高在上的功臣名將，很少看見小人物的悲慘命運，但現在，他的視野比以前宏觀了許多，亦深沉了許多，根本不會被脫脫的問題難倒。當即笑著向脫脫拱手，道：

「敢問丞相，當日歸德府在你眼裡是敵國乎？睢陽、徐宿百姓是大元子民乎？劉某自問也讀過一些書，卻沒看到用自家百姓的白骨來堆砌戰功的名將。至於那些濫殺無辜者的下場，丞相可聞直到唐末，天雷轟殺病牛，腹部尚有白起之名?!」

脫脫當時身為大元丞相，當然不承認朱重九和芝麻李等人割據勢力，為一個可與蒙元相提並論的國家，所以他用水淹死的，當然也是如假包換的大元百姓。只是當時在他眼裡，像朱重九這樣能打贏自己的人，才有資格被稱為人，普通百姓僅僅是戶籍冊上面的一堆數字而已，存在不存在沒任何差別。

如今，被劉伯溫一語戳破其中關鍵，心中豈能不驚雷滾滾?!愣了好一陣兒，才喟然長嘆：「劉參軍說得對，脫脫當初的確是殺了自家百姓，落到如此下場也不冤！算了，事到如今，某見與不見朱總管都是一樣，又何必自取其辱。」

說罷，意興闌珊地朝李漢卿揮了揮手，示意後者速速調頭。

他的心神，其實早在聖旨送達府邸那一刻起就處在崩潰邊緣，之所以強撐到現在，就是想看一看把自己算計到如此下場的朱屠戶到底是怎樣一個人物，然後再當面斥責朱賊一番，慷慨赴死。在史冊上留下一個千古英名。

誰料沒等見到朱屠戶，就已經被劉基當頭敲了第一頓亂棒，將心中所有期待、所有不甘和不服之處，全都敲了個粉碎！

剎那間，脫脫哪裡還有勇氣再去求什麼名留青史？只覺得**天下之大，竟再也找不到自己的容身之所。把黃河之水全都傾倒過來，亦洗清不了自己手上的血腥**，他搖搖晃晃朝船艙裡走，每一次邁步都無比的艱難。

劉基卻還不肯就此放過他，繼續朗聲道：

「丞相慢走！雖然丞相臨時改了主意，我家大總管還有一句話，劉某想要轉送與丞相。我家大總管嘗說，非丞相一人沒把普通百姓當人看，恐怕大元朝君臣也從未將天下黎民百姓當作同類。所以大元朝自立國以來，便只是蒙古人的大元，與我等華夏遺民無關，與其他各族亦無關。大元朝之亡，除了個別做奴隸做上了癮的賤種之外，全天下人都樂見其成！」

「你！」脫脫猛的回過頭，手指劉基，他想說什麼將對方駁倒，倉促間卻找不出任何詞句來！只覺眼前一陣發黑，嗓子裡一陣陣發甜，「噗」地噴出一口血，仰頭便倒！

「丞相，丞相！」李漢卿、沙喇班、龔伯遂三人魂飛天外，慌慌張張地將脫脫抱起。「丞相醒醒，休要上了那劉伯溫的惡當，我等這就返回北岸去，我等還有機會捲土重來！」

「嗚呼——！」折騰了好一會兒，脫脫長長地吐了口氣，幽然醒轉。「走，這就回去！老四，送我回漠西！拜託你！」

「是，丞相，咱們這就回！」李漢卿含淚點頭，將脫脫交給沙喇班，然後衝著劉伯溫咆哮：「姓劉的，回去告訴你家朱屠戶，李某只要一息尚在，就必報今日之仇！」

「劉某與我家主公在此恭候！」劉伯溫聞聽，哈哈大笑，「不過，李侍郎下次切莫再學那小人行徑！**兩國交鋒，比拼的是國力、民心、兵甲與將士**，區區刺客能起得了什麼作用？徒增笑爾！」

「你——！」李漢卿臉上頓時只剩下蒼白，瞪著一雙空洞洞的眼睛，六神無主。

他下定決心要以死相報脫脫的知遇之恩，所以在當初做準備時，幾乎每一項都是親力親為。為了避免陰謀敗露，甚至謝絕了船幫提供座舟的好意，自己專門花高價購置了腳下這艘快船，誰料原本以為天衣無縫的安排，一眼就被對手看了個底掉。

「俗話說，北人善馬，南人善船。」劉伯溫對李漢卿其實非常顧忌，所以不出手則已，一出手，就不願讓對方再有重新振作起來的機會，「以你方區區十來個人，卻能讓百石快船吃水如此之深，那壓艙之物恐怕不下數五、六百斤。李漢卿，枉你以鬼才自居，莫非以為這大河上下所有人都是睜眼瞎子麼？劉某剛才不願戳穿，是給你家脫脫留幾分顏面，你若是還不知道好歹，劉某少不得要讓炮艦上的弟兄們過來搜上一搜！」

「你敢！」李漢卿的腦袋「嗡」地一聲，水陸道場齊開。

他這輩子所有受到的屈辱全加在一起，恐怕都沒有今天這麼多。情急之下，本能地就想操動船帆，讓快艦衝上去，與劉伯溫同歸於盡。

迷迷糊糊間，卻聽脫脫喘息著說道：「老四，走吧！」說著，又是一口暗紅色的血從脫脫的嘴中噴湧而出。

嚇得李漢卿再也顧不上與劉基拼命，蹲下去，從沙喇班手裡搶過脫脫的身體，慢慢拍打，「丞相勿氣，小四這就走，這就帶你離開！」

圖未窮，匕已現，不離開又能如何？眼看著淮安軍的四艘戰艦，呈雁翅型緩緩迫近，船舷上炮口虎視眈眈。沙喇班和龔伯遂兩個交換了一下眼神，雙雙走向船尾，操舵的操舵，幫忙扯帆的扯帆，與幾名死士手忙腳亂地駕駛著快船後撤，很快就逃得遠遠。

那戰艦上的淮安軍提督早被劉基打過招呼，要全了自家主公的「信義」。所以也不去追趕，用炮口瞄著脫脫等人，將其一路送回了北岸。

當天夜裡，脫脫油盡燈枯。臨終時，兀自反覆念叨著：「大元，華夏，華夏，大元……」

這天下不該是帝王和英雄所治麼？五德輪迴又錯在了哪裡？憑什麼大元朝只是蒙古人的大元？憑什麼那麼多人都恨不得大元朝早日滅亡？憑什麼自己竭盡所能試圖力挽天河，卻受到敵我兩方的共同唾棄，最後竟無法在世間立足？自己到底做錯了什麼，到底怎樣才是正確的……

種種困惑，他到最後都琢磨不透。兩隻眼睛瞪著屋頂，死不瞑目！

儘管當事雙方都沒有刻意宣揚，蒙元前丞相脫脫去黃河上與生死之敵朱重九會面，卻在最後關頭被劉伯溫活活氣死的事，依舊以最快的速度傳遍了南北兩岸。

無數人聞聽之後撫掌稱快，但是也有許多人替脫脫打抱不平，認為朱重九妄自尊大，辜負了對方的一片誠意。甚至還有人認為，朱重九假託「誠信」之名，卻放任屬下活活逼死了賢相脫脫，實在是視天下英雄於無物，早晚會因此而受到英雄豪傑們的唾棄，自食其果……

林林總總，有人的地方就有爭論，誰也未必能真正說服得了誰，但無論是持哪種觀點者，恐怕都無法忽略掉一個人的存在，那就是前蒙元江浙行省儒學副提舉，現淮揚大總管府典兵參軍，劉基劉伯溫。

很快，紅巾諸侯和蒙元朝廷都記住了「劉伯溫」這三個字，並且不知道被哪個好事者賜以了「**毒士**」之號，很快就流傳開來，人人皆知。

然而，彷彿老天爺不甘心讓毒士劉基風頭出得太過，就在這一年的清明前後，又有一個驚天的消息突然被放了出來。

已故明王韓山童之子，**天下紅巾的名義上共主，曾經銷聲匿跡了多年的小明王韓林兒，終於被劉福通給找到了**！而其隱匿多年的地點，就是緊貼著黃河北岸的碭山縣夾河村！

此村夾在黃河與黃河故道之間，背靠碭山餘脈，地形複雜，河汊縱橫，樹木蘆葦密若屏障。村中物產稀少，糧食勉強只夠糊口，當地百姓手頭沒餘錢交易，與外界接觸自然就少，渾然不知魏晉。所以無論是蒙元方面，還是紅巾軍方面，都忽視了此地，任由韓林兒悄悄地從一個懵懂幼童長成了翩翩少年。

去歲朱重九帶領水師與王保保在芒碭山腳下惡戰，隆隆的炮聲徹底打破了北岸山村的寧靜。保護著韓林兒在夾河村避難的幾個明教護法們，這才突然發現原來外界的紅巾軍已經成就了如此大的基業。

待脫脫被淮安軍逼退，朱重九奉芝麻李遺命接管了睢陽以東，將東路紅巾的領地徹底連成了一整片，幾個明教護法更是大受鼓舞，當即便找了韓林兒的母親楊氏商量，要保著小明王前往揚州共襄盛舉。

然而楊氏卻搖搖頭道：「那朱佛子雖然是明教大智堂的堂主，但屬於彭和尚的一系，以前從未受過亡夫的半點好處，也未曾見過我們母子。大夥貿然找上門去，恐怕很難讓他承認我們母子的身分。」

「他敢！一入明教，終身侍奉明王，他如果敢公然拒絕承認少主，天下明教子弟都饒不了他！」幾個護法聞聽立刻勃然變色。手按刀柄，大聲咆哮。

「若無當年明王首舉義旗，哪來他朱佛子的今天？他要是敢忘恩負義，我等就用手中鋼刀向他討個公道！」

「啥也別說了，反正蒙元官府現在也顧不上這邊，咱們直接把少主的旗號先拉起來，看那朱屠戶敢不過來迎接！」

「主母，咱們……」一剎那間，屋子裡亂哄哄吵成了一鍋粥。

眾人七嘴八舌，唯恐自己的聲音比別人小了，被直接忽略掉。

與眾護法們張牙舞爪的表現相比，韓林兒的母親楊氏顯得極為鎮定。

「眾位叔叔稍安，妾身也沒說那朱佛子肯定會不承認咱們，只是妾身從未聽說過他，也沒跟他打過任何交道，貿然找上門去，實在容易弄出誤會，倒不如先找個熟人證明了身分，然後再考慮下一步的行止！」

「找熟人！主母認為誰更妥當？那朱佛子的地盤如今可是紅巾群雄裡頭最大的一塊！」

「是啊，揚州原本就富甲天下，那朱佛子又是出了名的擅於經營！」

「黃河對面就是朱佛子的地頭，前幾天據說還有淮安軍的士卒護送百姓回鄉墾荒，我等去那邊，路上肯定最為安全，若是投奔別處，難免會走漏風聲！」

……

眾護法們紛紛搖頭，不願意捨近求遠。

「妾身以為，汴梁距離這裡並不算遠！」楊氏夫人掃了大夥一眼，堅持自己的意見，「想當年，亡夫殺白馬黑牛舉義，劉、杜、羅、盛四位尊者都曾經刺血立誓，此生對亡夫忠貞不二。如今劉福通在汴梁已經站穩了腳跟，其他三位尊者也都彙聚於汝寧、南陽附近，我等何必放著熟人那裡不去，反而到揚州去賭那朱佛子的臉色?!萬一他心懷叵測，硬說我們母子乃外人假冒，天下豪傑有幾個敢跟他朱佛子做對，仔細去分辨其中真偽？」

「嗯——」眾護法皆低下頭沉吟不語。

很多事情不怕去仔細琢磨，就是怕自欺欺人，**那朱重九從沒見過韓山童，也沒從韓家得到過任何實質性的好處，他憑什麼要對一個突然冒出來的少主俯首貼耳?**萬一他突生歹意，直接殺人滅口，眾護法的武藝雖然好，又怎麼能抵擋住那可以開山裂石的霹靂雷霆炮？

「所以，妾身以為，你們幾個不如稍微繞得遠一些，先去汴梁求見劉福通。」楊氏繼續說道：「他劉叔要是還念著往日的情分，一定會派人前來迎接我們母子；如果劉叔覺得我們母子不宜現身，有其他三位尊者在旁邊看著，想必也不至於讓我們母子無聲無息地在世上消失！」

「主母說得對，是我等心急了！」幾個護法如夢方醒，凜然拱手。

正所謂一個和尚偷狗肉，兩個和尚念真經，劉福通眼下的實力的確不如朱重九，但劉福通那邊最大的好處是，認識韓林兒母子的人不止劉福通一個，很多陰險手段根本無法明目張膽的使用出來。

況且劉福通原本在明教當中就以「仁厚」而聞名，即便不歡迎韓林兒前來分享權力，正如楊氏所說，他也不至於動了殺機。

當即，王氏親筆給劉福通寫了一封信，又拿出幾件當年韓山童用過的舊物作為憑證，讓一名行事謹慎的護法帶著，前去汴梁聯絡劉福通。

待此人前腳一走，楊氏後腳立刻又命令其他幾位護法悄悄在蘆葦蕩中藏一隻快船，以防萬一有什麼不測，就帶著韓林兒進入黃河，從水路直奔徐州。

事實上，她的這些準備純屬多餘。那劉福通天天盼，日日盼，就希望自己的手下能找到韓林兒，好以其為招牌，讓如今已經徹底四分五裂的紅巾軍重新整合為一體，將所有力量聯合起來，北伐大都，早日驅逐韃虜，恢復漢家山河。

忽然有人拿著韓山童妻子的手書和信物送上門來，劉福通豈能不喜出望外?!在接到信的當天，就派出了麾下愛將關先生，帶領死士五百，悄悄乘坐小船趕往了夾河村。搶在小明王還活著的消息沒傳出之前，將他們母子和幾個護法一併帶回了汴梁。

舊日的王后、少主和重臣相見，難免要相對痛哭一場。哭過之後，劉福通對楊氏和韓林兒說道：「王后，少主，請移駕延福宮，微臣將在日內抽調精銳，組建御林軍三千，以保衛王后和少主的周全！」

在山村中隱姓埋名三年多的韓林兒，倉促間哪裡適應得了自己身分的巨大變化，看看自己的娘親，本能地就想往其身後躲。

「還不謝過你劉叔！」楊氏一把揪住韓林兒。

「謝過劉叔，劉叔辛苦了！」韓林兒逃無可逃，只好硬著頭皮說道。

「妾身這三年不准任何人跟他提起他父親的事情，所以這孩子還不習慣！我們孤兒寡母能活到現在已經是福氣，所以無論住在什麼地方都行，千萬別給大夥添太多的麻煩！」楊氏頗識大體地說。

「王后此言讓微臣慚愧得無地自容！」劉福通躬身下拜，聲音瞬間變得沉痛無比，「那延福宮乃大宋徽宗皇帝遣大臣蔡京督造，後又曾經被金主宣宗定為寢宮，雖然格局小了些，卻也非帝王不能居，所以蒙古人一直空著此宮作為佛寺，微臣聽聞少主的下落，立即連夜命人收拾了出來！」

「既然是舊有之物，妾身母子就不挑三揀四了！」楊氏聞聽，心神頓時大定，點點頭笑道。

韓山童在當初起義時，曾經自稱為大宋徽宗皇帝的八世孫，所以延福宮騰出來給韓林兒這個九世孫住，也算是物歸原主。

當然，這裡邊所包含的意義，不是宮殿本身，而是在劉福通眼裡，韓林兒到底該擺在什麼位置，顯然目前的安排令母子二人喜出望外！

經歷了那麼多大風大浪，劉福通現在的性格比早年謹慎了足足十倍。安頓好韓林兒母子後，他立刻命參政盛文郁替自己起草了命令，火速召潁州紅巾中當年曾經見過韓林兒母子的一眾紅巾老兄弟回汴梁議事。

眾人得到韓林兒尚在人世的消息，又驚又喜，立刻放下手頭事務星夜回奔。待到達汴梁後，又前往延福宮去探望。各種能用的試探花樣都用了個遍，折騰了小半個月，才一致認定韓林兒母子貨真價實。

「既然少主尚在，我等何不扶其早登大位，以號令天下紅巾？」參知政事羅文素的思維最為活躍，確定了韓林兒並非假冒後，立刻聯想到其中所蘊含的巨大機遇。

「正是！若無當年明王首義之功，哪來得我紅巾今日之局面？是以於情於理，我等都該輔佐少主登位，以繼承明王之遺志！」副萬戶崔德的反應也不慢，緊跟著羅文素之後大聲附和。

「那是自然，我等盼這一天多時了！」

「少主乃天命所歸，哪個不服，咱老白第一個前去找他！」

「以前少主不在，那徐壽輝才敢妄自尊大，如今少主被咱們找回來了，看那徐壽輝還有什麼臉面做他的天完皇帝？」

……

沙劉二、白不信、王士誠等武將也紛紛跟進，唯恐晚一步落在別人後邊。

倒不是所有人都圖的是這擁立之功，而是眼前的局面實在過於玄妙，原本按聲望和資歷，潁州紅巾都是天下翹楚，理所當然要號令群雄。但最近這一兩年來，潁州紅巾的發展卻遠遠被芝麻李、朱重九兩個所掌控的東路紅巾甩在了後邊。

特別是朱重九，憑著自家之力，就硬生生抗住了脫脫和董摶霄兩路官軍的南北夾擊，並且在關鍵時刻果斷跨海北征，逼得脫脫不得不回師自救。隨即，淮安軍巧施離間計，令董摶霄和方國珍二賊反目成仇，進而全殲董家軍於江灣城下。又充分利用了蒙古皇帝對脫脫的不信任，迫使朝廷臨陣換將，以庸才太不花取代脫脫，導致蒙元朝廷從北方各地辛苦抽調來的數十萬精銳一哄而散，活著回到濟南的不到三成！

與此同時，其他各路紅巾則連戰皆北，南北紅巾先後敗亡，孟海馬和布王三身死名滅，天完紅巾被蒙元四川行省平章答失八都魯父子打得節節敗退，幾位領軍大將各自困守一方，彼此不能相顧。甚至潁州紅巾自己也被張良弼、李思齊等賊逼得從河南和南陽兩府主動後撤，退保汝寧和汴梁。

可以說，過去一年裡，都是淮安軍一家在支撐著紅巾軍的殘山剩水，若不是在最危急時刻，蒙元朝廷將察罕帖木兒和李思齊兩人調去配合脫脫追殺朱重九，也許汴梁都可能重新落於元軍之手，此番韓林兒母子來了之後，根本無合適地方供其安身。

實力此消彼長之下，原本從潁州紅巾發往東路紅巾的命令，就愈發的不靈光了，非但朱重九一個人對潁州這邊的命令置若罔聞，依附於其周圍的毛貴、郭子敬、張士誠、朱重八等也有樣學樣，根本不拿豆包當作乾糧。

所以，從潁州紅巾的整體利益出發，**跟淮安紅巾爭奪對天下英雄的領導權成了當務之急**。否則，也許用不了多久，**朱重九就將成為第二個徐壽輝悍然自立**，與汴梁這邊分庭抗禮。

然而想法歸想法，具體操作起來，吃相不能如此難看。至少，紅巾大元帥劉福通此刻頭腦還保持著絕對的清醒，不肯立刻採納大夥的提議。

「諸位兄弟莫急，擁立少主登位之事，我等自然責無旁貸！」他示意大家安靜，「少主畢竟剛剛回來，名頭不甚響亮，而我明教如今的情況又遠不及當年！」

「右丞相這是什麼話？我明教怎地就不及當年了？」話音剛落，參知政事羅文素冷起了臉，大聲抗議。

他與杜遵道、盛文郁三人最初的地位本與劉福通並列，但最近這幾年，劉福通卻憑著對兵權的掌控，在整個潁州紅巾內部說一不二。而杜遵道這個左丞相和他這個參知政事，則一而再，再而三地被打壓，幾乎成了空頭牌位，存在不存在都沒什麼影響。

所以韓林兒歸來，非但對潁州紅巾整體是個機會，對他羅文素和杜遵道兩個同樣也是個機會。畢竟韓林兒母子初來乍到，不會對潁州紅巾內部的情況瞭解得十分詳細，而一旦韓林兒登位，劉福通的上頭就有了一個最終裁決者，杜遵道和他的話不會向先前那樣毫無分量。

「丞相此言過謙了，我潁州紅巾如今坐擁一府一路膏腴之地，帶甲之士近四十萬，怎麼還就不如明教當年了?!」

「可不是麼?當年無兵無將，我等還能擁立明王登位。如今怎麼兵馬越多，膽子反倒小了起來！」

……

在座「聰明人」，肯定不止羅文素一個，很快，李武、崔德等平素不太被劉福通看中的將領，也紛紛開口，認定劉福通的說法過於離奇。

左丞相杜遵道雖然沒有直接下場，但兩隻小眼睛卻悄悄地瞇成了一條線。

在他看來，以往不能掌握兵權，並非是因為自己能力和威望都不如劉福通，而是當初不該顧全大局，被劉福通占得了先機。今天，顯然風水有了輪流轉的傾向，得到李武、崔德等人的全力支持，再多去延福宮內探望幾趟，讓楊氏知道自己與劉福通的觀點有何不同，相信用不了太長時間，劉福通獨斷專行的局面將被徹底改觀。

只是劉福通對危險的警惕性遠比杜遵道想像的敏銳。發覺幾個平素議事時都沒什麼存在感的人紛紛跳了出來，立刻意識到韓林兒的回歸恐怕對自己不見得完全是福，於是道：「羅參政先不要太心急，諸位兄弟也別先忙著下結論，且給劉某個機會把話說完整，畢竟這裡是劉某的丞相府，不是外邊的東西兩市！」

「這……」羅文素、李武、崔德猛然覺得心頭一寒，閉上了嘴巴。

有道是聽話聽音，在小明王韓林兒沒出來親政之前，劉福通依舊手握生殺大權，如果他們逼得太急，恐怕下場絕對不會太好。

「就這點兒鼠膽，還好意思來逼宮！」看到幾個反對者噤若寒蟬的模樣，劉福通心中暗暗腹誹。「少主雖然是明王殿下的獨苗，但少主這三年來流落在外，既未曾上陣殺過一賊，也未曾中軍獻過一策，剛一亮出身分，我等就擁立其為天下紅巾的共主，倉促間恐怕會有許多人心中不服！」

「誰敢……」白不信露胳膊挽袖子，低聲咆哮。卻被劉福通一個白眼瞪得低下頭去，直憋得大喘粗氣。

「此外！」劉福通凜冽的目光掃過全場，「當年我明教雖然沒有掌控這麼大的地盤和兵馬，但是萬眾一心。教主號令一下，千萬弟子無不遵從；然而現在，諸位請看，**明教上下可是還如當年一樣齊心？**且不說遠處，緊鄰著汝寧的徐壽輝，他肯聽到少主回歸就立刻主動放棄僭號麼？他若是不肯，我等豈不是自取其辱？興兵伐之，則被蒙元朝廷恥笑；繼續忍氣吞聲，那少主等不登基，又有什麼分別！」

「這……」即便肚子裡對劉福通再不服氣，羅文素等人也不得不承認後者的話有道理，**天子是挾給天下諸侯看的**，如果天下諸侯都對天子視而不見，那就等同於關上了大門，沐猴而冠。除了落一堆笑話之外，沒任何好處！

「那右丞相不知有何高見？何不說出來，也給大夥吃個定心丸？」

發現自己如果再沉默下去，劉福通就又重新控制住局面了，左丞相杜遵道忽然睜開了眼睛，滿臉堆笑地請教。

「對啊！」羅文素等人立刻又精神了起來，紛紛將目光看向劉福通。「這不行，那不行，你倒是拿出個行的方案來啊？難道因為有許多顧忌，就當韓林兒沒回來過麼？」

誰料劉福通根本沒把他們的逼視當一回事，朝杜遵道拱了下手，朗聲道：「多謝左丞相提醒！本相這裡，的確想到了一個辦法。少主回歸，令我紅巾軍心大振。所以本相以為，我等先不急著擁立少主登帝位，而是先將其回歸的消息詔告天下，隨即借著少主的福蔭，揮師西進，跟張良弼那賊算一算總帳！一來收復洛陽和南陽等地之後，我潁州紅巾必將聲威大震。二來，少主之功也能落在天下豪傑眼裡。將來我等再提擁立之事，便順理成章！」

「善！」另外一個參知政事盛文郁，立刻撫掌喝彩。「丞相此計甚善，那張良弼前一段時間狗仗人勢，四處橫行無忌，我潁州紅巾早就該打上門去，將其挫骨揚灰。一則能將南陽、河南、汴梁、汝寧三府一路徹底融為一體，二來，也能替北鎖紅巾報了當年的血海深仇！」

這幾句話接得可是太經典了，非但進一步闡明了劉福通的意圖，並且將其形象也豎立得無比高大無私。兩相比較，杜遵道和羅文素等人，只是一群蠅營狗苟的鼠輩爾！

潁州紅巾內部，劉福通的支持者遠比杜遵道要多，見盛文郁帶了頭，無論真的明白了劉福通的意圖，還是聽得懵懵懂懂，都紛紛大聲附和：

「善，丞相看得長遠，我等望塵莫及！」

「丞相此計甚妙！少主寸功未立，貿然登位，甭說朱屠戶和徐販子兩個未必肯服氣，末將心裡也覺得不他娘的太爽利。畢竟前兩年我等跟韃子真刀真槍的拼命的時候，少主始終不見蹤影。如今脫脫被朱屠戶給逼死了，察罕和李思齊兩個也去了黃河以北，少主卻突然就從山裡走了出來，哼哼，很多話好說不好聽！」

「末將願為先鋒，在洛陽城下，等待少主的旌旗！」

「打出去，打出去。少主的位子，要靠我等替他去爭，不需要任何人的施捨！」……

一片紛亂的叫喊聲中，杜遵道的臉色漸漸開始發黑。很顯然，周圍這幫粗俗的兵痞們，眼裡只有劉福通，沒有他這個滿腹經綸的左丞相。

然而，他又無法指責劉福通的話沒道理，畢竟韓林兒出現的時間非常地不恰當，哪怕早露頭兩三個月，趕在朱重九跟脫脫兩方沒分出勝負的時候，好歹也算跟大夥福禍與共過。如今，朝廷的大軍被逼退了，他卻大模大樣跳出來要繼承亡父意志，如此清楚的摘桃子行為，讓人怎麼可能心服！

「劉丞相此言令杜某茅塞頓開！」畢竟在蒙元官場上打過滾，杜遵道即便再不甘心，也不會在明知大局已定的情況下，再繼續咬牙跟劉伯溫死磕。拱了拱手，退而求其次，「我軍若能打出少主旗號，橫掃南陽和洛陽，然後再談擁立之事，當然會比現在更有底氣！不過……」

微微頓了頓，他非常謙虛地向四周拱手，「不過少主畢竟已經回來了，我等將如何置之？總得有個說法。否則，肯定會讓軍中的明教老兄弟無法心安，萬一外邊的人問起來，咱們潁州紅巾也不好給人家答覆！」

「然也！」羅文素如影隨形，非常賣力地補充，「少主登基的事情可以放緩，但少主畢竟是明王的唯一骨血，我等總得給天下英雄一個交代！」

「要我說，何必管那麼多。直接讓少主登基，然後誰不服，打到他服氣便是！」

「人不能忘本，當初明王如何待我等，諸位摸摸胸口，自然能想得清楚！」

……

李武、崔德等幾個平素不受重視的武將，徹底準備跟杜遵道共同進退了，也先後亂哄哄的開口。

說一千，道一萬。他們這夥人的底線就是，小明王韓林兒可以先不做皇帝，但劉福通必須將潁州紅軍的大權，交還一部分出來給小明王。否則，劉福通就是忘了已故明王韓林兒的大恩，也是背叛明教教義的千古罪人。

當然，等劉福通將這部分權力分出來交還給小明王之後，小明王再將其轉交給誰，大夥就不好意思直說了。但是很肯定的結果是，劉福通今後不可能再像以前那樣一言九鼎！

「早知如此，老子又何必這麼著急去接小明王！」看著杜遵道等人賣力的表演，劉福通心裡一陣陣發涼。

有人的地方，就有矛盾，明教從來就不是鐵板一塊，今後恐怕也不會是，但以前杜遵道和羅文素兩個帶著黨羽跟他爭，至少還有幾分顧忌。而今天，隨著小明王的歸來，所有顧忌居然瞬間被消弱到了極點。彷佛一張被雨水打濕了的窗戶紙，隨便捅幾天，便是四處漏風。

杜遵道自己肯定沒這麼大膽子，以往二人爭鬥的經驗，已經清晰地告訴了劉福通，對手到底有幾斤幾兩。此人今天之所以有了公然叫陣的勇氣，肯定是得到了外力的支持。而這股外力究竟來自何處，劉福通根本不用仔細去想，就能確定其源頭。

作為母親，延福宮裡的那個女人很聰明，但作為王后或者皇后，那個女人絕對不夠格，她不該替小明王去爭權，至少，她不該這麼早就開始爭。

劉福通既然肯派人將他們母子接回汴梁，並且千方百計幫他們母子證實身分，就意味著早晚會將手中權柄交還給小明王。根本不需要楊氏在於外邊尋找其他支持者，更不需要她們母子玩什麼**拙劣的平衡之術**！

然而事到如今，劉福通想後悔也來不及了，只能見招拆招。

「嗯，爾等說得也有道理。少主既然回來了，咱們當然不能把他再藏起來！」意味深長地看了左丞相杜遵道一眼，他微笑著做出決斷，「羅大人先前不是說要詔告天下麼？下去之後，儘管草擬出一份詔書便是。以明教尊者的身分告訴全天下的子弟，小明王不日正位，接替已經亡故的主公，擔任教主之職。」

「只是接任教主之職？」杜遵道終於逼迫劉福通做出了巨大讓步，非但沒有見好就收，反而試圖得寸進尺。

「那當然不夠！」既然已經準備退讓，劉福通就不在乎退得更多一些，因此沒等羅文素等人幫腔，就迅速接過杜遵道的話頭，「主公生前曾言，他乃大宋徽宗陛下的八世嫡孫。當年為了避禍，才改姓為韓。如今少主回歸，我軍又雄踞汴梁，剛好應了大宋復興之兆頭，所以依劉某之見，不如讓少主暫且稱王，立國號為宋。先看看天下群雄的反應，待日後有了威望，再百尺竿頭更進一步！杜相，羅大人，還有在座諸位以為如何？」

「宋王？」沒想到劉福通一下子退出了如此之遠，杜遵道感覺自己彷彿一拳打在了空氣上，肚子裡頭說不出的難受。

如果說先前的明教教主只是個虛職，對潁州紅巾影響力未必太大的話，現在這個宋王，肯定比前者強了十倍。只要韓林兒一將王爺的蟒袍穿上身，劉福通就不再是潁州紅巾的最高權力擁有者。所有文武官員的座次，以及他們之間的關係，就可能要重新來一次定位。到那時，杜某人日這個左丞相就不再是一個擺設，甚至與右丞相劉伯溫分庭抗禮都極有可能！

但是，**劉福通為什麼要退讓這麼多？他什麼時候變得脾氣如此好了，還是他在其中另有圖謀？**

正因為勝利來得太快，太容易，所以給人的感覺非常不真實。倉促之間，不光杜遵道一個人無法適應，羅文素和其他幾名同派系的武將也都不知道該如何應對才好，有心大聲回應吧，又怕劉福通設了圈套給自己鑽。而想去出言反對，偏偏又擔心劉福通再度順水推舟收回提議。讓他們全都空歡喜一場。

「如果諸位不反對的話，這件事就定下來。」將幾個政治對手的表現看在眼裡，劉福通冷笑著下令，「杜相，你文彩遠在眾人之上，就由你來修書給天下紅巾首領，請他們三個月後派人前來觀禮。羅參政，你來選個六月分的黃道吉日，然後上報給杜相。還有崔、李兩位將軍，延福宮被和尚挪用多年，作為宋王的宮邸，許多地方都得修葺，就煩勞二位來做一次監工，儘量將其弄得符合少主的身分一些，若需錢款，儘管找盛參政去批就是！」

「是！」沒等杜遵道做出反應，崔德、李武和羅文素三個已經躬身領命。

「怎麼，杜相還要再客氣一番麼？」劉福通將目光轉向杜遵道。

「不敢，杜某願替少主捉刀！」杜遵道被刀子般的目光逼得心裡頭發寒，後退半步輕輕拱手。

「有勞杜相！」劉福通坦然受了他的一拜，「按理說，起草詔令可是你的分內之事。以前少主未歸，王位空置，你這個左相也沒太多事情做，今後可是有得忙了。哈哈哈哈，哈哈哈哈……」

他是身經百戰的義軍統帥，笑聲裡，自然有一股尋常人無法企及的慷慨豪邁。直震得議事堂的窗戶紙，嗡嗡作響。

外邊房檐下角，也有簌簌土落，杜遵道和羅文素等人聽在耳朵裡，心中立刻湧起一股說不清的滋味，彷彿陳年老醋裡邊泡了茱萸、八角、豆蔻、和薑粉、茴香等物，讓人既咽不下去，吐又捨不得。

「眼下脫脫剛死，蒙元朝廷那邊人心惶惶，李思齊和察罕兩條野狗暫時找不到新主人，糧草輜重無處可籌。」又四下看了一眼，劉福通大手一揮，果斷發布新的命令，「是以，本相決定，親自帶兵去討伐張良弼。除了關鐸率領禁軍留守汴梁，保衛少主之外，其他諸將只要眼下手頭沒有其他任務，全都要跟本相同行，本相要在少主正式登上王位之前，把洛陽從元軍手中替他奪回來！」

一連串命令連珠箭般發布下來，根本沒跟任何人商量，也沒給任何人商量的機會，待杜遵道和羅文素等人終於感覺到情況有些不太對勁的時候，眾將領已經紛紛從劉福通手裡接了令箭，轉身下去厲兵秣馬。

「劉某出征在外期間，少主那邊還請杜相多多看顧一二！」劉福通向杜遵道笑了笑，聲音裡隱隱帶著幾分快意。

你不是想借少主母子的勢跟老夫爭麼？那老夫就成全你，給你創造更多的機會！看沒老夫的手諭，你能否動得了潁州紅巾的一兵一卒？

請續看《燕歌行》12 權謀天下

燕歌行 卷11 歷史真相

作者：酒徒
發行人：陳曉林
出版所：風雲時代出版股份有限公司
地址：10576台北市民生東路五段178號7樓之3
電話：(02) 2756-0949
傳真：(02) 2765-3799
執行主編：朱墨菲
美術設計：許惠芳
行銷企劃：林安莉
業務總監：張瑋鳳

初版日期：2020年9月
版權授權：蔡雷平
ISBN ：978-986-352-861-6
風雲書網：http://www.eastbooks.com.tw
官方部落格：http://eastbooks.pixnet.net/blog
Facebook：http://www.facebook.com/h7560949
E-mail：h7560949@ms15.hinet.net
劃撥帳號：12043291
戶名：風雲時代出版股份有限公司

風雲發行所：33373桃園市龜山區公西村2鄰復興街304巷96號
電話：(03) 318-1378
傳真：(03) 318-1378
法律顧問：永然法律事務所 李永然律師
北辰著作權事務所 蕭雄淋律師

行政院新聞局局版台業字第3595號 營利事業統一編號22759935

國家圖書館出版品預行編目資料

燕歌行 ／酒徒 著. -- 初版 -- 臺北市：風雲時代，
2020.04- 冊；公分

ISBN 978-986-352-861-6（第11冊；平裝）

857.7 109000129